瑾有獨鍾 2

文創風 612

半卷青箋 著

目錄

第二十九章

這日，方瑾枝去垂鞘院找陸無硯。

她低頭從袖中翻找，然後把陸無硯的手拉過來，將繫著一顆佛珠的紅繩繫在他的手腕上，一邊繫，一邊說：「昨天我去靜寧庵看望靜憶師太，順便幫三哥哥求了佛珠。」

昨日她去靜寧庵，把與陸無硯的婚事告訴她和靜思。之前從楚映司口中得知，陸無硯曾經殺過很多人，而且手段血腥殘忍，每每想起都能讓她心悸。有時候，陸無硯不經意間顯露出的戾色也讓她擔心，所以才去求佛珠，讓陸無硯戴著，消去他的戾氣。

陸無硯看方瑾枝一眼，便猜透她的心思，笑笑拉過她的右手，將袖子往上推，露出這些年一直繫在她手腕上的金鈴鐺，用指尖撥動，瞬間發出細小而清脆的聲音。

「三哥哥，你又打金鈴鐺的主意。都送你佛珠了，不許再搶它！」方瑾枝縮回手，十分寶貝地將手負在身後。

陸無硯故意逗她。「小時候，妳不是說過願意送我嗎？」

「那是為了討好你，又不是真心想送！」方瑾枝揚起下巴，實話實說。

陸無硯無奈地輕笑一聲，拉她的手，不由分說地解下金鈴鐺。

方瑾枝委屈地望著他，陸無硯拍拍她的手。「把牆角矮櫃裡的剪子和紅繩找出來。」

方瑾枝的眼睛立刻明亮起來。「原來三哥哥是想幫我換繩子嗎？我知道了，這就去！」

她歡喜地跳下長榻，去拿陸無硯要的東西。

不一會兒，陸無硯接過方瑾枝遞來的紅繩，再看自己腕上的繩子，問道：「妳編的？」

「嗯！」方瑾枝點頭。

陸無硯剪了一段紅繩，照著相同編法來編，隨即編出完全一樣的來。畢竟，編繩還是他教她的。

在方瑾枝小時候，他沒少教些亂七八糟的東西。這一、兩年，連諸國地形、朝局及行軍、布陣都教。仔細想想，讓她學這些也是好事，畢竟眼下的太平日子不會一直持續下去。

「好了。」陸無硯重新將金鈴鐺繫在方瑾枝手腕上，順手撥動一下。

方瑾枝見狀，趕緊把袖子放下，藏住金鈴鐺。她總覺得陸無硯一直想把這個金鈴鐺搶走，雖然這樣想有點沒道理，可是感覺很強烈。

一會兒後，方瑾枝離開垂鞘院，剛穿過月門，就被入烹喊住。

「九表嫂。」方瑾枝立在遠處，笑著等入烹走近。

「知道表姑娘什麼都不缺，還是繡了對枕巾送妳。表姑娘知道的，我最擅長的是廚藝，繡功並不怎麼樣，可別嫌棄。」入烹將精心繡好的鴛鴦枕巾遞給方瑾枝。

方瑾枝接過，指尖輕輕撫摸枕巾上鴛鴦戲水的圖案，欣喜地說：「入烹總是這麼謙虛。這繡得多好呀，我可喜歡啦！」

入烹溫柔地笑起來。「表姑娘喜歡就好。」

方瑾枝彎著眉眼望入烹，憶起陸無硯跟她說過不要離入烹太近的話。可這些年入烹實在對她不錯，雖然可能是因為陸無硯看重她的緣故。猶豫一會兒，才說：「我最近忙些，如果九表嫂有空，可以去我那裡坐坐。」

「好啊……」入烹眼中是滿滿的溫柔笑意，可心裡明白，方瑾枝很快就要和陸無硯成親，日後自然會搬去垂鞘院。

想到垂鞘院，她眼中不由浮現一抹落寞。留戀地方，倒不如說是捨不得人。雖然她已經嫁給陸子境，可這輩子都不可能喜歡上他。她可以做個賢慧的妻子，卻不能把陸子境裝進心裡，因為她的心早就裝了另一個人，一丁點空隙都沒留下。

他是主，她是僕。他讓她在身邊伺候，是她的福氣；他讓她嫁給別人，是他的命令。只要他讓她做的，即使去死，也是她的本分。

如今他要成親了，迎娶一心喜歡的方瑾枝。他歡喜，入烹也跟著歡喜；他幸福，入烹也跟著幸福，縱使他的歡喜與幸福都與她無關。

在入烹想著這些事時，方瑾枝也在沈思。自從陸子境和入烹成婚後，她沒見過他們幾次，府裡也沒傳出兩人不和的閒話，可她總覺得入烹消瘦許多，眉宇之間有抹鬱色。有一次見到陸子境和入烹走在一起，覺得他們之間疏離得像陌生人。

方瑾枝明白，以入烹的身分嫁給陸子境，定有些不為外人道的艱難。她想幫幫入烹，卻不知該如何入手？

這時，無論是方瑾枝還是入烹，都沒注意到陸無磯藏身在垂柳後，眸光靜靜落在方瑾枝身上，看不出喜怒和情緒。

方瑾枝和入烹說了一會兒話，就各回自己的院子。

見方瑾枝的身影消失在小徑盡頭，陸無磯才收回目光，往前院去，經過剛剛方瑾枝和入烹說話的地方時，看見地上有個亮亮的東西，遂彎腰撿起，原來是一條繫著金鈴鐺的紅繩。

這是方瑾枝自小戴在手腕上的東西，陸無磯識得。看到金鈴鐺，彷彿又瞧見方瑾枝的臉，她便有些嫌棄地將它扔到地上，越過它往前走，可沒跨兩步，又停下來。

陸無磯想起，小時候他曾故意搶走過金鈴鐺，還騙方瑾枝，說扔到蓮花池裡了。那時，方瑾枝委屈得快哭出來，差點要跳下池去找，他才把金鈴鐺還給她。

現在丟了，她還會像小時候那樣難過嗎？

陸無磯想了想，回頭撿金鈴鐺，用指腹擦淨上面泥土，猶豫一瞬，往方瑾枝的小院走去。

方瑾枝回到自己的小院，讓米寶兒把入烹送的鴛鴦枕巾好好收起來，然後坐回繡檯前，繼續修改嫁衣。

「姑娘，吳嬤嬤來了，也把箱子帶來了。」卓嬤嬤上樓，滿臉喜色。

方瑾枝忙放下針線，和她一起下去。

吳嬤嬤正在廳裡喝茶，身後放了個大箱子，米寶兒、鹽寶兒和衛嬤嬤都在細瞧。

見方瑾枝下來，吳嬤嬤急忙稟報：「姑娘，花莊裡的別院已經徹底修好，明天就可以搬過去。這箱子是老奴精心挑選的，做了許多空隙，也夠大、夠結實。」

方瑾枝拍拍箱子，問道：「重嗎？」
衛嬤嬤在一旁說：「不輕。家丁送到院子後，是咱們幾個一起抬進來的。」
「不知道大小適不適合……」方瑾枝呢喃著。想將方瑾平與方瑾安帶出溫國公府，送往花莊，又絕不能被人發現，只好委屈她們藏身於箱子。
卓嬤嬤將這幾日和衛嬤嬤一起做好的絨毯鋪在箱裡，摸了摸，點頭道：「大小正好。」
這箱子不輕，抬上樓也不方便，方瑾枝想了想，吩咐米寶兒鎖院門，又吩咐衛嬤嬤去喊兩個妹妹下來，試試這箱子。
方瑾平和方瑾安探頭探腦地從樓上下來，腳步很輕，小心翼翼地。縱使明知沒有外人在，也習慣畏首畏尾。有時候，即使方瑾枝陪著，她們仍喜歡躲在有大衣櫥的房裡。如今讓兩人下樓，眼中還是有些畏懼。
自從搬到這個小院後，有了小廚房，在吃食上，方瑾枝從不會委屈兩個妹妹，只要是她們想吃的、喜歡吃的，一定吩咐下人做。可縱使如此，兩人還是十分瘦小，如今十一歲了，看上去仍只像是七、八歲而已。
「平平、安安，到姊姊這兒來。」方瑾枝去牽她們。
「姊姊！」兩個小姑娘眼中的畏懼散去不少，添了許多因為見到方瑾枝而湧出的欣喜。
方瑾枝揉揉她們的頭，柔聲說：「明天帶妳們搬家，不用再住小房間了，高不高興？」
「高興……」方瑾平與方瑾安望著方瑾枝，淺淺地笑。
其實她們早習慣了困在房裡的生活，對於見到外面世界的憧憬並沒有那麼濃。但方瑾枝希望她們走出去，看看藍天、綠草、鮮花、山巒和小溪，便也覺得那樣的生活更美好。

方瑾枝把兩人拉到大箱子旁。「來，試試這箱子小不小，明天要藏在裡面大半日呢。」

方瑾平和方瑾安鑽進去，坐在絨毯上，頭頂距離箱頂還有半掌之差。

「放下蓋子，看看會不會悶？」方瑾枝讓吳嬤嬤小心翼翼地蓋上箱子。

箱蓋一放，箱裡立刻暗下來，只從四周細小空隙裡射入零星細微的光。

方瑾枝蹲下，輕拍箱子，有些歉疚地問兩個妹妹：「會不會悶？是不是太黑了？」

「挺好的，很舒服，姊姊不要擔心。」箱裡傳來兩人悶悶的聲音。

方瑾枝聽了，不由有些心疼。無論如何，就算把她們藏身在人少的花莊裡，也只能在別院裡行動，還是不能過正常人的生活。無法讓兩個妹妹生活在陽光下，已是她心裡永遠的遺憾。這次把兩人送到花莊去，便不能每日守著，雖然有忠心奴僕照顧她們，還是有些擔憂。她甚至疑惑，這麼做究竟對不對？因為要出嫁而離開兩個妹妹，算不算自私？

方瑾枝收起心神，笑著對藏身在箱裡的兩個妹妹說：「平平、安安，妳們先在裡面待一下，看看能不能適應？等會兒姊姊再讓妳們出來，好嗎？」

「好！」方瑾平與方瑾安一起出聲答應。

卓嬤嬤看看方瑾枝的臉色，猜到她心疼兩個妹妹，笑著說：「姑娘放心。不管怎麼說，送去莊子裡，總比留在溫國公府安全。」

吳嬤嬤也勸：「是。姑娘想想，如今還藏得住，可過陣子您出嫁，兩個小主子也不能跟著您嫁到三少爺院子裡。花莊裡的人都是老奴精心挑出來的，可靠能幹，姑娘就放心吧。」

衛嬤嬤想的卻是另一件事，蹙著眉問：「姑娘，之前您說要把奴婢們全送到花莊去，身邊當真一個人都不留？」

米寶兒和鹽寶兒聽了，也望向方瑾枝。

方瑾枝想了想，點點頭，緩緩道：「平平和安安一直和我在一起，現在把她們送走，我不放心。就算花莊裡的人再怎麼可靠，但在我與妹妹們心裡，都沒有妳們可靠。所以妳們留在花莊，仔細照顧她們就好。」

說完，方瑾枝沈吟片刻，又道：「明日妳們一起離開，說不定會惹人懷疑……這樣吧，明天卓嬤嬤和米寶兒先跟馬車去花莊，過個七、八日，再找藉口讓衛嬤嬤去。等我出嫁後，便安排鹽寶兒過去。」

鹽寶兒聽了，皺著眉問：「姑娘，您身邊真的不留人？這樣……可以嗎？」

「無妨。」方瑾枝搖搖頭。垂鞘院本就是閒人免進，她嫁過去後帶著貼身丫鬟，雖然陸無硯不會說什麼，可心裡不知會不會厭煩？日後要真缺人伺候，再讓他找滿意的人吧。

「好了，把箱子打開。」方瑾枝的目光落回箱子上。

米寶兒和鹽寶兒急忙開箱，方瑾平和方瑾安一起鑽出來，還沒等方瑾枝開口，就急忙說：「箱子裡很軟、很舒服，姊姊不要擔心！」

「這樣就太好……」方瑾枝的話還沒說完，便聽見外面有異響。

方瑾枝大驚，房裡的人也變了臉色。

方瑾枝呆怔片刻，隨即衝出門，吳嬤嬤、衛嬤嬤、卓嬤嬤和米寶兒、鹽寶兒跟上。方瑾平與方瑾安嚇得臉色煞白，又不敢亂跑，只得藏進箱子裡。

門外的人，是陸無磯。

陸無磯不想親手把撿到的金鈴鐺還給方瑾枝，只打算將金鈴鐺扔到她的小院裡，讓下人發現就好。可又擔心隨意一扔不會被看見，才偷偷溜進院子，想扔到簷下。

他剛靠近簷下，便聽見屋裡傳來陌生的聲音。好奇心驅使他戳破窗紙，瞇著眼睛望去，竟看見兩個一模一樣的小姑娘站在箱子裡，肩頭相連，分明就是一對怪胎！

「陸無磯！」方瑾枝的身子和聲音都發顫了，瞪著他，恐懼爬上心頭。

陸無磯從震驚中回過神，盯著方瑾枝，冷笑道：「妳居然在溫國公府裡藏了一對怪胎！」又對她投去嘲諷的一瞥，即轉身離去。

不能讓他走！方瑾枝提起裙子追上陸無磯，張開雙臂擋在他身前，拚命讓自己冷靜下來，拚命告訴自己，這個時候千萬不能慌張。

「讓開！」陸無磯不耐煩地說。

方瑾枝深吸一口氣，盯著陸無磯，努力壓抑聲音裡的顫抖，道：「明天我就會送她們離開，她們不會再留在溫國公府。說吧，究竟要怎樣，你才肯保守這個秘密？」

陸無磯聞言，瞇起眼，重新打量方瑾枝。

方瑾枝任由他看，繼續說：「條件任你開，只要我能做到。」

「妳算什麼東西，有什麼資格跟我談條件？」陸無磯冷笑著推開她。

方瑾枝死死抓著他的手腕，不肯鬆開。

陸無磯感覺到方瑾枝抓著他的手是冰涼而顫抖的。她現在一定很害怕吧？心裡突然生出一股煩躁。這個樣子的方瑾枝，並不是他想瞧見的。

他回頭看向方瑾枝，鄙夷地說：「方瑾枝，我三哥知道妳會這樣抓著一個男人的手不肯鬆開嗎？」明明心裡藏著捨不得，說出口的話卻忍不住傷人。

方瑾枝咬唇，更加用力地抓住陸無磯的手腕。她不能鬆開，如果陸無磯走出這院子，是不是代表所有人都將知道方瑾平跟方瑾安的存在？明明前一刻還因為終於要將兩個妹妹送去花莊平安度日而鬆口氣，如今恍若又墜入冰窟。

方瑾枝已然藏不住聲音裡的顫抖，淚水在眼眶裡打轉，只勉強撐住，不讓自己在陸無磯面前落淚，一字一字地說：「你要什麼？官職？錢財？我把方家所有財產都給你好不好？」

聽著方瑾枝帶哭腔的聲音低低乞求，看她紅著眼不肯哭出來的樣子，陸無磯的心裡忽然被螫了下，竟有種報復的快感蔓延開來。

他朝方瑾枝靠近一步，俯視她，低低地說：「如果我要妳呢？」

方瑾枝的目光裡迅速染上一抹震驚。

傷人的話，只要開了口就收不住，陸無磯又向方瑾枝靠近，用厭惡的目光打量她，冷笑著說：「方瑾枝，妳不是自小就懂得如何討男人歡心嗎？嘖，三哥被妳迷得團團轉，本少爺也想體會妳這半大孩子究竟有怎樣過人的本事？天黑後去找我，如果真能把我哄開心了，我就替妳保守這個秘密，如何？」

「好……」方瑾枝艱難地點頭。

陸無磯嘴角那抹笑卻在聽見方瑾枝的回答後，僵住了。他故意拿話傷方瑾枝，可如今真的傷了，心裡反倒沒有一絲一毫的歡喜。

「好，那我等著妳。」陸無磯收了笑，有些生氣地甩開方瑾枝的手，大步朝外走，也不知道自己在氣什麼？

出了院子，陸無磯心裡的憤怒讓他越走越快，身上似乎帶著一團火氣。

「十一哥？」迎面走來的陸佳茵疑惑地看著他。「你怎麼從方瑾枝的院子出來？」

「少多管閒事！」陸無磯瞪她一眼，大步越過她。

「凶什麼凶？」陸佳茵忍不住小聲嘟囔，自己離開了。

小院裡，直到陸無磯走遠，方瑾枝忍在眼眶裡的淚才落下，感覺到冷意，原來衣衫早被冷汗打濕。

幾個下人上前，擔憂地問：「姑娘，十一少爺怎麼說？」

剛才她們離得遠，方瑾枝與陸無磯說話時又壓低聲音，所以沒聽見內容。

「沒事。」方瑾枝垂眼，拭去殘留的淚痕，深吸一口氣，扯出笑臉，才走回屋裡。

第三十章

一進屋，方瑾枝看見箱子被蓋上，猜想兩個妹妹定是躲在裡面，趕緊過去打開。

「沒事了，不要怕，姊姊在這裡。」

方瑾平與方瑾安臉色蒼白、渾身顫慄，蜷在箱裡的角落，恨不得把自己縮成螞蟻那麼小，好不被發現，看得方瑾枝心如刀絞。

「姊姊……」兩個小姑娘爬到箱邊，伸出手臂抱住方瑾枝。

方瑾枝彎下腰，將發抖的妹妹們摟在懷裡。「平平和安安不要怕，只要姊姊在，就沒人可以傷害妳們……」說著，又忍不住落淚，趁著兩個妹妹沒發現時，迅速抬手拭去。

「好啦，平平和安安最勇敢，咱們回樓上休息好不好？今晚早點睡覺，明天就可以搬家啦！」方瑾枝輕揚說話的尾音，帶著一抹憧憬的歡愉。她自小就會演戲，說哭便哭、說笑便笑，卻從來沒像此時這般笑得艱難，笑得兩腮生疼。

方瑾平和方瑾安一向最聽方瑾枝的話，乖乖點頭，慢慢起身。

「姑娘，您的金鈴鐺掉了，奴婢在簷下撿到的。」鹽寶兒將繫著金鈴鐺的紅繩遞給她。

方瑾枝抬手，這才發現手腕上空空的，想來是繩結的地方鬆開，才不經意間掉落。

她將金鈴鐺重新繫好，便陪著兩個妹妹回樓上去。

這次方瑾平與方瑾安真的嚇著了，回房後，竟直接躲進大衣櫥裡，縮在角落。

方瑾枝見狀，不由嘆氣，吩咐下人早早做晚膳，親自看著兩個妹妹吃了，才哄著她們睡覺，但願睡著能讓她們不再害怕。

「姑娘，您一口都沒吃呢。」見兩個小主子睡著了，鹽寶兒才壓低聲音道。

「收起來吧。」方瑾枝哪有心情吃東西。她走到梳妝檯前，打開下面的小抽屜，取出藏在錦盒裡的信。

搬到溫國公府後，每年她都會拆開一封母親留的信，如今還沒拆開的只剩下三封。

她想了想，拆開其中一封信。

瑾枝：

娘親寫這封信時，妳還是小小的一團，蹲在院門口，總說喜歡在那裡玩，可是娘親知道，妳在等哥哥回家。

妳哥哥不會回來，妳爹爹也不會再回來了，妳看見這封信時，娘親也應該離開很久了。娘親好想撐下去，好想護著妳們，可惜身子熬不住……

如今平平和安安還在嗎？妳是這個世界上最好的女兒、最好的姊姊，縱使娘親看不見，也能想像妳拚命保護兩個妹妹的樣子。縱使無法護住她們，也不要怪自己、不要難過，妳已經做得很好，娘親相信妳盡力了。

如果有一天，平平和安安威脅到妳的安全，就讓她們到娘親這邊來吧。別擔心，娘親和妳爹爹、哥哥會照顧好她們。

瑾枝，萬望照顧好自己。瑾枝，別哭。

放下信，方瑾枝已然淚如雨下，雙手摀住嘴，不敢哭出聲，免得吵醒剛睡著的妹妹。

她用手背擦去臉上的淚痕，又把信重新裝入錦盒收好，然後拉開另一個抽屜，將當初楚映司送給她的匕首握在手中。她曾試過這把匕首，很鋒利，削鐵如泥，切金斷玉。

她深吸一口氣，把匕首藏進袖中，折回衣櫥前，替妹妹們蓋好被子才轉身往外走。

「姊姊……」

方瑾枝的腳步一頓，嘴角扯出一抹笑容，回頭溫柔地問：「怎麼醒了？」

其實方瑾平跟方瑾安根本沒有睡著，坐起來，有些擔憂地望著方瑾枝。

「姊姊不走，留下來……」她們不知方瑾枝要去哪兒，可是總有種不祥預感，知道連累了方瑾枝，感覺她是要去冒險，擔心她出事。

方瑾枝走回去，揉揉兩個妹妹的頭，裝作什麼事都沒有，安慰道：「姊姊等會兒就回來。平平和安安在家裡好好睡覺，等妳們睡醒了，就會發現姊姊還在這裡。」

可兩個小姑娘摟住方瑾枝的腰，不想鬆開。

方瑾枝偏過頭，望向窗戶。天色已經暗下，馬上就要全黑了。

她狠下心，拿開她們緊緊抱住她腰間的手。

「乖，平平、安安要聽話，留在這兒好好睡覺，好不好？」

方瑾平與方瑾安睜大眼睛，點點頭，聽話地躺回小床，不捨地望著方瑾枝。

「乖，把眼睛閉上。」方瑾枝重新為她們拉好被子。直到兩個小姑娘聽話地閉起眼睛，才狠心地關緊衣櫥的門，用厚重金鎖鎖上。

就算知道兩個妹妹並沒有睡著，她也不能再耽擱了！

殺了他！殺了他！殺了他！這個聲音在腦中迴旋無數遍。她唯一能想到的辦法就是殺了陸無磯，唯有他死了，才能保守秘密！

理由……就說陸無磯圖謀不軌，所以她失手殺了他。只要不把方瑾平和方瑾安扯出來，一切好說。但憑她的力量，真的可以殺了陸無磯嗎？她不敢想，萬一失敗會怎麼樣？

不，不能逃避，要仔細地想對策！

明明只是十三歲的半大孩子，眼中卻迸出不屬於這個年紀該有的絕望與決絕。

另一邊，在方瑾枝掙扎猶豫的時候，陸無磯也是如此。

他在屋裡走來走去，心中煩躁不安。他後悔了，他不該說那些話。回來以後，方瑾枝忍淚抓住他的手低低乞求的樣子一直浮現在眼前，根本揮不去！

她會來嗎？不會吧？像她這種虛偽、貪圖錢財，又滿心算計的人，怎麼可能會來？再說了，她那麼聰明，哪會以身犯險？

如果她真的來了怎麼辦？

陸無磯猛地頓住腳。方瑾枝在天黑後來到他的院子，若讓人瞧見，就有理說不清了！陸無硯是什麼人？那是個眼睛裡揉不進沙子的，倘若被他知道，會不會拋棄方瑾枝？方瑾枝那麼喜歡陸無硯，如果被拋棄，一定會很難過。

陸無磯想著，隨即衝到門口，趕走所有下人。如果方瑾枝真的來，便不會有人看見。

陸無磯看著下人們走遠，轉身回屋，頹然地坐進椅子裡，忽然覺得自己很可笑，甚至不明白自己究竟在幹什麼？

他彎下腰，將臉埋在寬大手掌裡。屋子裡靜得讓他能聽見自己一聲又一聲的心跳。

一會兒後，方瑾枝細小的腳步聲由遠及近傳來，陸無磯猛地抬頭。

「十一表哥。」方瑾枝推開門，立在門口。

陸無磯眯起眼睛，望著方瑾枝。她身後的弦月當空，無數星光在天際閃爍。

他應該勸她走，勸她馬上離開這裡，可是話一出口，卻變成——

「方瑾枝，妳真不要臉！」

方瑾枝緩步走進去，坐在陸無磯對面，臉色平靜，明眸裡澄澈無波，已然瞧不出哭過許久的痕跡，用疏離卻不厭惡的聲音說：「十一表哥，你自小便喜歡用最難聽的話來說我。」輕輕笑了下。「若我如你希望的那樣委屈，哭泣求饒，你就會放開我，不再糾纏？」

陸無磯有一絲被揭穿的窘迫，壓下想要發火的衝動，岔開話：「那對怪胎是什麼人？」

方瑾枝淡淡地說：「她們不是怪胎，是我的雙生妹妹，當年我來時，就藏在閨房裡。」

陸無磯震驚，想到這些年她藏匿妹妹的辛苦，不由生出一絲同情，卻說不出好話。

「哼，什麼妹妹，不過是一對該燒死的妖孽！」

方瑾枝不喜歡別人這樣說她的妹妹，可是現在不能反駁。她的眸光在屋中輕輕掃過，然後落在牆邊的琴架上，起身走到琴邊，輕輕撥動琴弦。

「十一表哥，你希望我像討好三哥哥那樣討你開心嗎？」方瑾枝側過臉，似看向陸無磯，又似根本沒看他。

陸無磯沒出聲，目光從方瑾枝搭在琴弦的手指緩緩上移，落在她的側臉。

方瑾枝在琴後坐下，纖細指尖緩緩撥動琴弦，彈出溫柔的曲子，嘴角噙著一抹淡淡笑意，暗中觀察陸無磯的神色，心中謀劃動手的時機。

一曲終了，陸無磯垂頭不語，方瑾枝的手緩緩放下，握住藏在袖中的匕首。

忽然間，有火光從窗外閃過，還傳來凌亂的腳步聲和喧囂的驚呼。

陸無磯詫異地走出去，喊住一個舉著火把的下人，吼道：「大驚小怪的幹什麼？」

「十一少爺，府裡有妖怪！我們要架火燒了那對妖女！」下人說完，繼續往前院跑。

下人的話不僅落入陸無磯耳中，方瑾枝也聽見了，眼中迅速爬滿驚怒和仇恨。

陸無磯也震驚，匆忙折回屋中找方瑾枝，剛踏入屋中，便覺眼前銀光一閃——

「我殺了你！」方瑾枝舉起匕首從他的劍眉劃過，經過左眼，貫穿左臉，直到嘴角。

陸無磯的目光瞬間被染成一片鮮紅，看見方瑾枝眼中刻骨銘心的仇恨。

方瑾枝猛地推開他，提起裙角，不要命地往前院跑。

陸無磯低頭，血一滴滴落在地上，很快凝成一小灘，艱難地開口：「不是我……」

可是方瑾枝早已跑遠，全然聽不見了。

第三十一章

方瑾枝一路奔跑，耳邊是家丁吵雜的呼喊，一聲聲「妖怪」、「燒死」像尖刀一寸一寸刺入她耳中。還未見到兩個妹妹，心裡已然遍體鱗傷、鮮血淋漓。

前院圍了很多人，家丁手中的火把將夜空照得燈火通明。看方瑾枝匆匆跑來，人群靜了一瞬，又開始竊竊私語。

「表姊！」陸佳藝猶豫一下，阻攔方瑾枝，抓住她的手腕，搖頭勸道：「別去了……」

方瑾枝甩開陸佳藝的手，衝進人群。

「平平！安安！」

兩個小姑娘相互依偎著縮在一起，臉色煞白，渾身顫慄，身上衣服在拖拽間染了大片污泥。方瑾平的丱髮鬆開，髮絲凌亂地披散下來，方瑾安的額角則有塊破了皮的瘀青。

不知是不是嚇傻了，雖然兩人驚懼不已，卻一滴淚都沒有流，聽見方瑾枝的聲音時，眼裡才迅速溢出淚珠，從臉頰滾落，哭著喊她。

「姊姊！」

衛嬤嬤、卓嬤嬤、米寶兒和鹽寶兒也在，焦急懼怕，卻被溫國公府的家僕抓著，什麼都做不了。

方瑾枝不顧一切地奔上前，將兩個瑟瑟發抖的妹妹摟在懷裡。

「不怕！姊姊在這裡！」方瑾枝用顫抖的手拍著她們的後背，輕聲安慰著，可是自己也很害怕、很絕望，恍若已經看不到未來。

許氏見狀，拍著胸口，惱怒道：「瑾枝，妳為何要私藏這麼一對怪物？陸家收容妳，不是讓妳藏晦氣，這是要把厄運帶到溫國公府嗎?!」

陸文岩立在一旁，也連連搖頭，嘆道：「瑾枝，妳讓外祖父十分失望。」

姚氏心裡卻是高興的，幸災樂禍地說：「妳這孩子不僅想將厄運帶來陸家，更打算連累三房，簡直居心叵測！幸好被我們發現，不然妳還要瞞到什麼時候？」

陳氏看看抱著妹妹哭泣的方瑾枝，張了張嘴，還是把話吞下去，拉著陸佳藝的手往後退，決定不攪和進來。

姚氏痛心疾首地望著陸文岩和許氏，繼續火上加油。「父親、母親，不知道的人還以為三房包庇方家留下的怪物呢！怪不得方家家破人亡，原來是因為這帶來厄運的怪物。咱們不能讓這霉運進陸家，趁著還沒驚動兩位老祖宗，趕緊處理，不然要怪罪到三房頭上了！」

許氏點頭，發話了。「妳說得有理。來人啊，把表姑娘拉開！」

幾個婆子立刻湧上，想押走方瑾枝。

方瑾枝握著帶血的匕首，銀芒一閃，眸光森然，竟唬得那些婆子不由後退了兩步。

「都給我走開！誰也不許傷害我的妹妹！」方瑾枝瞪起大眼睛，揮舞匕首，護在兩個妹妹身前，明眸裡再無半分澄澈笑意，只剩決絕與瘋狂。

陸文岩見狀，沈聲道：「妳這像什麼樣子？把刀放下來！」

這時，不知是誰小聲說了句。「表姑娘手裡的刀子，上面怎麼有血啊……」

與此同時，一個小丫頭急匆匆跑來，驚恐地說：「不好了！十一少爺受傷了，滿臉滿地都是血……」

「什麼?!」陳氏雙腿一軟，差點跌倒，幸好站在她身邊的陸佳藝扶她一把。

「是她！」也在前院的陸佳茵指著方瑾枝。「傍晚時，我親眼看見十一哥進方瑾枝的院子，天黑以後她又不要臉地溜進十一哥房裡，竟然還要求十一哥替她保守秘密；我離開時，她正彈琴給十一哥聽。一定是十一哥不肯答應她，她才傷了十一哥。」

方瑾枝猛地轉過頭，怒視陸佳茵，咬牙切齒地說：「是妳！」眼中的仇恨和瘋狂太過濃烈，與平時溫婉嫻靜的樣子判若兩人。

陸佳茵瞧見，不由嚇一跳，但仍鼓起勇氣，惡狠狠瞪著方瑾枝，朝她吼道：「我說得不對嗎?哦，我知道了，妳怕三哥知道妳不要臉的事。哼，說吧，妳從什麼時候開始勾搭十一哥的?」

「佳茵！」姚氏眸光變了變，低聲打斷陸佳茵的話。

陳氏目光複雜地看方瑾枝一眼，托著陸佳藝的手道：「快!快帶我去看妳哥哥！」

陸佳藝應聲，急忙扶陳氏去陸無磯的院子，五房的人也跟著離開。

許氏擔心最小的嫡孫，可這個時候不能走，遂想著趕緊把事情解決掉，便轉頭看向那幾個婆子，責備道：「磨蹭什麼?還不快把表姑娘拉開！」

婆子們聽了，哪還敢耽擱，就算是明晃晃的刀子擋在身前，也要衝上去。

如今的方瑾枝不過十三歲，還是個半大孩子，縱使手裡握著鋒利匕首，也抵不過幾個幹慣粗活的婆子。

她揚起匕首攻擊人，不知劃傷誰的手，傳來驚呼，可是下一刻，她的手腕就被擒住，匕首掉落在青磚上，聲音清脆，像心裡有什麼東西跟著碎了。

「表姑娘，您別攔了，她們活著對誰都不好，對您也不好啊！」婆子們一邊勸著，一邊抓住方瑾枝，把她拉走。

「不——」方瑾枝拚命掙扎，髮間的金步搖跌落，雲髻散開，髮絲披散而下，撕心裂肺地怒吼：「我不做陸家的外孫女了，讓我帶著妹妹離開，有多少災難，我一力承擔，絕對不牽連高貴的陸家！我姓方，我的妹妹也姓方，陸家人沒資格傷害方家人！」

五房的人聞言，不由停下腳步，向後看去。一片火光中，方瑾枝恍若癲狂，烈火映出她絕美臉上無望的淚水和眼中刻骨銘心的仇恨，那種決絕之色，竟讓人忍不住心悸。

瞧著方瑾枝這個樣子，陸文岩心有不忍，略略放低聲音，勸道：「瑾枝，妳要聽話，過了今天，妳還是外祖父疼愛的好孩子。」

陸無砌見狀，憶及自己的官職可是方瑾枝從封陽鴻手中求來的，心裡不忍，望向陸申松，欲言又止。

陸申松搖搖頭，愁眉不展。他也想幫方瑾枝說話，但這件事非比尋常，而且方瑾枝鬧出這樣的事，以後還能嫁到陸家嗎？他不敢冒險站出來幫她。

此時，二房的人趕來，看著身體相連的小姑娘，不需多問，也明白發生了什麼事。

「天吶！」陸佳萱驚訝得用帕子摀住嘴，一時接受不了。

趁著婆子們見二房的人過來而分神，方瑾枝終於掙脫箝制，朝兩個妹妹衝過去。

「姊姊……」方瑾平和方瑾安站起來，想靠近方瑾枝，卻又被丫鬟抓住。

方瑾枝剛剛握著兩個妹妹的手，又被迫分開，她們發顫的指尖從掌心劃過，逐漸遠離。

許氏急著想去看陸無磯，喝道：「快把那對怪物綁起來！點火！」

方瑾枝大驚，一個踉蹌重重摔倒，下巴磕在冰冷青磚上，霎時滲出鮮血。

「姑娘！」衛嬤嬤、卓嬤嬤、米寶兒和鹽寶兒泣不成聲，看著主子的慘樣，心痛不已。

「姊姊——」方瑾平和方瑾安不停地哭，除了畏懼死亡，更因親眼看見姊姊被人欺負。

方瑾枝緩緩抬頭，看著那些奴僕用拇指粗的麻繩一道一道捆在兩個妹妹身上，一滴淚從臉上滑落，忽然間冷靜下來，隨即爬起來，不要命地往後跑，去追尋她唯一的希望。

剛才押住方瑾枝的婆子沒想到她會朝相反方向跑，一時愣住，不知道要不要去追？

許氏望著方瑾枝慌忙跑遠的背影，對幾個婆子道：「人都跑遠了，傻站著幹麼？還不去幫忙！」下巴微抬，橫向正在堆柴火的家丁。

婆子們應是，不去追方瑾枝了，過去幫忙搬木柴。

另一邊，垂鞘院位置偏僻，又極少過問溫國公府的事，前院鬧出這麼大的動靜，院裡的人竟是渾然不知。

這時，入茶跪坐在蒲團上挑揀團茶，入熏則在另一邊試著新做的熏香，看見方瑾枝披頭散髮地跑進來，著實嚇了她們一大跳，匆匆迎上前。

「表姑娘，您這是怎麼了？」

方瑾枝完全顧不上她們，直接往樓上跑，凌亂的腳步聲踩得木梯砰砰直響。

「三哥哥！」她推開陸無硯的房門，飛撲過去，跪在床邊，去抓他的手。「我要死了！救救我！」

方瑾枝跑上來時，陸無硯就被驚醒了，睜開眼睛，有些震驚地看著這個樣子的方瑾枝。她會這樣狼狽，只可能是因為妹妹們出事了。可依照前世記憶，那對雙胞胎不是兩年後才會被發現嗎？

方瑾枝沒工夫解釋，哭著把陸無硯扯下床，拉著他往外走。

入茶和入熏還沒從方瑾枝那般模樣的震驚中緩過神來，就見她拖著只穿一身雪白中衣的陸無硯下樓往外跑。

「這……」入熏茫然地望向入茶。「咱們要做什麼嗎？」她來垂鞘院的時日並不長，向來小心謹慎，有什麼不懂的事都悄悄問入茶，不敢有半分差池。

「拿上剪子、乾淨錦帕、水囊，並一件厚實外袍跟我走。」入茶略一思索，又道：「不，兩件。得幫三少爺帶兩件衣服。」

入熏應是，匆匆去了。

出了垂鞘院，方瑾枝一邊哭，一邊拉著陸無硯往前院跑去。

她知道她應該跟陸無硯解釋，可是她不敢。如果，陸無硯也像那些人一樣，要燒死她的妹妹們呢？

方瑾枝不敢去想，因為是他，變得更加在意。那些人厭惡的目光加起來，抵不過他一個人的嫌棄。她怕在陸無硯眼中看見對兩個妹妹的排斥，那她就真的什麼都沒有了。

她想過無數次，要把兩個妹妹的事情告訴陸無硯，卻又一次次將話嚥回去。她不敢拿兩個妹妹的性命去賭，也不敢拿她和陸無硯之間的感情去賭。哪怕是掩耳盜鈴，哪怕是粉飾太平，她不去賭，就不會輸！

但兩個妹妹的事還是被發現了，就在準備將她們送走的前一天，她不得不來求陸無硯。

到這個時候，方瑾枝還是開不了口。她心裡很清楚，逃避不是解決問題的辦法，但她害怕現在就把事情說出來，陸無硯會甩開她的手，轉身離去。

她想求他幫忙，卻只能一味地拉他趕往前院。可是趕去以後呢？他就不會甩開手了嗎？

如果陸無硯拒絕幫忙，那麼……她就用死來要脅他。她知道陸無硯有多喜歡她，恐怕要利用這份喜歡了。她明白陸無硯的性格有多討厭要脅，大不了用自己的性命賠他！

方瑾枝緊緊咬唇，貝齒將淺粉唇瓣咬出一絲血痕。

陸無硯望著幾近崩潰的方瑾枝，長嘆一聲。他等了兩世，終究還是沒等到她的信任。

「瑾枝。」他停下腳步。

方瑾枝轉過身，乞求地凝望陸無硯，想拉著他繼續往前跑，可是拉不動。

「別哭了。」陸無硯靜靜看她。「我都知道，很早以前就知道了。」

方瑾枝呆呆盯著他，有些迷惑。

陸無硯緩緩開口：「讓妳搬去帶小廚房的新院子，是讓她們不再吃下人偷偷帶回來的飯菜；衣櫥是專門為她們打造的藏身之地；小時候妳從垂鞘院離開，我都讓妳帶走兩份糕點。

「她們病了，妳故意讓自己著涼好藉機請大夫，卻不知妳吃的藥不能給她們用，是我讓入醫偷偷換了藥方；妳的衣服都是訂做的，但我會故意留柔軟布料送妳，藉口讓妳裁自己喜歡的款式，其實是留給她們的。

「妳在我這裡讀書的那一年，我明知道妳已經背下來，還是讓妳把書卷帶回去，是為讓妳教她們寫字；送給妳的琴是特意加長的，可以讓她們坐在一起彈琴；妳選的花莊，原本的主人千金不賣，是我設法逼他鬆口……」

陸無硯頓了下。「妳不是一直想知道，我時常夜裡不在府中是去做什麼嗎？我在找分開她們的方法，找了整整七年。」苦笑著，有些失望地說：「瑾枝，在妳眼裡，我就那麼不可信任？」

方瑾枝聞言，眼眶裡的熱淚湧出來，模糊了目光，讓她看不清眼前的陸無硯。她拚命地用手背擦眼淚，睜大雙眸望著陸無硯，想再看清楚他的樣子。

陸無硯抬手，用指腹抹去方瑾枝眼角的淚。

「瑾枝，我會如妳一樣待她們，把她們當成親妹妹。」陸無硯苦澀地凝視著方瑾枝。

「我只要妳的信任。」

方瑾枝拚命點頭，哭著說：「我再也不會瞞著你任何事了。」

「好，這是妳說的。」陸無硯握住方瑾枝的手。「我要妳發誓，將來不管發生什麼事，不管我們之間的關係變成什麼樣子，妳都會相信我，不會再隱瞞我！」

「我發誓！將來不管發生什麼事情，不管我們之間的關係變成什麼樣子，我都會相信三哥哥，絕不會再瞞你任何事！」

陸無硯這才鬆口氣。「別哭。有我在，他們傷不了妳妹妹。」拉著方瑾枝往前院趕去。

這時，前院的柴堆已經燒起來，方瑾枝還沒趕到，就看見升起的煙，還聽見驚呼聲，心不由揪了起來。

「別急。」陸無硯蹙眉，攬住方瑾枝的腰，腳步輕輕一掠，帶著她往前躍去。

「平平！安安！」方瑾枝望著濃煙滾滾的柴堆，卻看不見兩個妹妹的身影。

「姊姊！」方瑾平和方瑾安的喊聲同時響起，繞過將她們救下來的玄衣公子，朝方瑾枝跑去。

方瑾枝鬆開陸無硯的手，飛奔而上，撲跪在地，把發抖的妹妹們摟在懷裡。

「姊姊在，不要怕，都過去了。」幸好，她們還好好的……

「枝枝？」玄衣公子轉身，一步一步朝方瑾枝走去。他長身玉立，劍眉入鬢，火光映照出鷹目中的銳利深邃。

方瑾枝疑惑地抬頭望向他，方瑾平在她耳邊小聲說：「姊姊，剛剛是他把我們從柴堆上抱下來的。」

「謝謝……」方瑾枝頓住，因為不認識，不知怎麼稱呼？可又覺得他的眉目有些熟悉。

玄衣公子在方瑾枝面前蹲下，然後從袖中掏出包好的白色錦帕，親手打開，裡面是閃著一層光漬的紅豆糖。

「枝枝，哥哥幫妳帶回紅豆糖了。」

陸無硯聞言，沈下臉，微冷目光越過方瑾枝，落在玄衣公子身上。

方宗恪回來了。

第三十二章

這時，入茶和入熏匆匆趕上，入茶偷偷觀察陸無硯的臉色，捧著他的衣裳送過去。可是，陸無硯的目光始終凝在方宗恪身上，對她視而不見。

入茶見狀，忽然想到什麼，偷偷吩咐入熏回去取傷藥，又小聲提醒陸無硯。「三少爺，天寒。」

陸無硯這才接過厚長袍穿上，抱著胳膊，隱在火把沒照到的陰影裡，眸中是森然寒意。

他千算萬算，還是沒算到方宗恪會比前世早兩年歸來。

方瑾枝愣愣看著方宗恪掌心裡的紅豆糖，記憶不由回到小時候……

「枝枝乖，在家裡等哥哥回來。」

她壓低了聲音求。「那哥哥回來，要給我帶紅豆糖。」

「小孩子不許總吃糖！」

「求求哥哥嘛，娘親把所有紅豆糖都藏起來了……」她拽著他的衣角，可憐巴巴地說。

「如果哥哥回家時看見枝枝在院門口等我，就幫妳帶！」

方宗恪說完，拍馬而行，帶走方家的商隊。

方瑾枝站在院門口，望著他遠去的背影，小手圈在嘴邊喊：「枝枝等哥哥回家！」

方宗恪沒有回頭，只擺擺手，身子隨著馬匹輕輕搖晃。

這成了這些年方瑾枝記憶裡對他最後的印象……

方宗恪離開十年，久到方瑾枝已經記不清他的樣子了。

「哥哥？」方瑾枝迷茫地望著他，直到面前這張冷峻臉龐和記憶裡稚氣的哥哥，逐漸重合，隱隱映出另一個人的輪廓來。

「是，哥哥回家了。」方宗恪心疼地望著方瑾枝，曉得這些年她一定吃了很多苦。

眼淚從方瑾枝的眼眶裡滾落，望著方宗恪，癡癡地說：「哥哥長得好像爹爹……」

方宗恪離家時不過十七、八歲，十年後，氣質褪去當年的青澀，也讓他的眉目間多了幾分父親的影子。

他看向方瑾枝懷裡的方瑾平和方瑾安。方瑾枝抱著她們的手緊了一下，小心翼翼地說：「哥哥，這是瑾平和瑾安，是我們最小的兩個妹妹，你沒見過她們呢。」

「是啊，我走的時候，她們還沒出生。」方宗恪望著兩人過於瘦小的身子，有些悵然。

方瑾枝捏捏兩個妹妹的手，教著她們。「咱們哥哥回家了，叫哥哥。」

方瑾平和方瑾安有些畏懼地望著方宗恪，小聲喊了哥哥，聲音小得幾乎聽不見，說完又往方瑾枝懷裡鑽。

方宗恪的目光一凝，帶了幾分深思。

方瑾枝怕方宗恪不喜歡方瑾平和方瑾安，忙道：「妹妹們很懂事、很好。」

「當然。」方宗恪笑。「我的妹妹怎麼可能不好？」
方瑾枝聞言，暗暗鬆了口氣。
方瑾平和方瑾安偷偷看方宗恪一眼，又匆匆低下頭，將臉埋在方瑾枝懷裡。
方宗恪站起來，目光輕輕掃了一圈，然後落在陸文岩臉上，嘴角略略勾起，似笑非笑地說：「這些年多謝外祖父對瑾枝的照顧，宗恪感激不盡。」微微頷首，禮數周到。
如今，長兄為父，有他在，方瑾枝、方瑾平和方瑾安再也不是無依無靠的孤女。他站在那裡，恍若一道可以遮風避雨的牆。
陸文岩點頭。「回來就好。」
小時候，方宗恪到過陸家幾次，雖然陸文岩有些記不清他的樣子，可如今他與他父親長得極為相似，便肯定他就是方宗恪。
許氏從想去探視陸無磯的焦急中平靜下來，看向方宗恪，有些疑惑地問：「為何一走多年，也不給家裡來封信？」
方瑾枝仰望方宗恪。她也很想知道為什麼，甚至連一封家書都沒有。
「其中曲折，一時半會兒說不清楚，眼下更重要的是……」方宗恪頓了下，轉過頭看方瑾枝，輕笑道：「枝枝，收拾東西，哥哥帶妳們回家。」
方瑾枝瞬間怔住。即使離開這麼多年，方家的一磚一瓦仍能在眼前浮現，想到可以回去，心裡好像湧起一汪水，沁得她濕漉漉的。
她擁著兩個妹妹，欣喜地說：「平平、安安，我們可以回家了！」

陸文岩皺眉。「現在這樣，哪有連夜趕回去的？應該先住下。不知道的人，還以為陸家苛待外孫呢。」

方宗恪撩起眼皮，瞥向剛撲滅的火堆一眼，反問：「難道不是嗎？」

陸文岩語塞，重新審視方宗恪，鄭重道：「這對孩子不能留。她們已經害了你們的父母，難道還要任由她們把厄運帶到你和瑾枝身上？」

「不勞外祖父費心。方家的事情，我說了算。」方宗恪的眉宇間染上幾分不悅，看向遠處的卓嬤嬤，責備道：「還不扶姑娘們回去？」

「是！」卓嬤嬤心中大喜。方家做主的人回來了！衛嬤嬤在方瑾枝出生後才到方家，而她在方宗恪小時候就來了，所以認得方宗恪。

孫氏被人簇擁著趕來，臉色不大好看。陸嘯和她都上了年紀，體力有限，實在是前院的動靜鬧得太大，她身邊的嬤嬤斟酌再斟酌，才把她喊醒，稟報了事情經過。

陸文岩急忙迎上去。「母親，怎麼驚動了您老人家？是兒子的不是。」

孫氏蹙眉，望著方宗恪。「孩子，就算你歸心似箭，也要看看妹妹的情形。她們受了驚，實在不適合連夜趕路。歇一晚，明天再走也不遲。」說得很慢，也沒有太多威嚴，像是長輩尋常的勸慰。

方宗恪蹙眉，看三個妹妹一眼。的確個個狼狽，一時半會兒緩不過來，遂彎下腰，拉起方瑾枝。

「妳們住在哪裡？回去好好休息，明天一早，哥哥帶妳們回家。」

方瑾枝握住方宗恪的手，急忙說：「哥哥別走。」

「放心，哥哥哪裡都不去，以後陪著妳們。」

說完，方宗恪對孫氏微微頷首。「宗恪帶妹妹回去了。」

此時，某個才六歲的小少爺小聲地問：「那對小怪物不燒了嗎？」

方宗恪聞言，嘴角的笑微凝。「沒人能傷我方家人。」

他拔出腰間寬刀，劈頭砍下，瞬間銀光閃現，手腕卻忽然被握住。

方宗恪瞇起眼，看著出現在面前的陸無硯。他的動作實在太快，竟不知是怎麼出手的？

陸無硯冰冷的眼中生出一團火。「也沒人能肆意傷我陸家人。」

大家沒想到陸無硯會突然站出來。這麼多年，這是他第一次替陸家說話。

孫氏望著陸無硯，先是震驚，而後狂喜，眼中緩緩發亮，像是看見某種希望。

「哥哥！」方瑾枝急忙放開兩個妹妹，拉住方宗恪的衣襟，焦急地說：「把刀放下。」

雖然方瑾枝絕不允許別人傷害她的妹妹，但也明白一雙妹妹本來就不容於世，她想要的只是保護，而不是改變所有人的想法。更何況，無論如何也不能讓方宗恪在溫國公府裡明目張膽地殺人。

方宗恪盯著陸無硯，忽然咧嘴一笑。「開個玩笑嚇唬孩子罷了，表弟何必當真。」

陸無硯鬆開他的手，望向方瑾枝，眸子很黑，掩藏所有情愫。

一時之間，方瑾枝也看不懂他眼中的思緒。

陸無硯的嘴角慢慢噙起一絲淡淡笑意，拉過方瑾枝，以長指為梳，仔細梳理她披散下來的凌亂長髮，動作很慢，像對待世間的珍寶；又順手折了梅枝，將她的烏髮綰起來。

「先回去吧，等會兒我去看妳。」他望著方瑾枝的目光寵溺得有些過分，最後落在她下巴的傷口上，帶著莫測的深思。

「好！」方瑾枝的眼睛彎成一對月牙，心裡充滿喜悅。

在這樣的情景下，他對方瑾枝做出如此親暱的動作，竟有一絲詭異的味道，唯有方瑾枝渾然不覺，因為她實在太開心了。陸無硯會把方瑾平與方瑾安當成親妹妹一樣看待，而她的哥哥活著歸來，方瑾平和方瑾安也終於安全，她快被種種喜悅沖昏了頭。

方瑾枝拉著一雙妹妹和方宗恪往她的小院走去，時不時回頭望望陸無硯，直到走遠。

陸無硯目送她離開，始終掛在嘴角的那抹淺笑才淡去。

他轉過身，望著聚在一起的陸家人，目光森然。「所有碰過瑾枝和那兩個孩子的人，砍去雙手，滾出溫國公府。」

剛才拉扯方瑾枝和綑綁方瑾平、方瑾安的幾個下人嚇得跪在地上，連連求饒。

陸無硯厭惡地皺眉，冷道：「再吵一句，亂棍打死。」

哭天喊地的人立刻噤聲，臉色慘白。

接著，陸無硯看向陸文岩和許氏，那涼涼一瞥竟讓人心中生出寒意，隨即將目光落在地上的匕首，淡淡道：「明日三房就把府中所有事情移交了，好好享福。」

三房的人不由一驚，二房的人還沒反應過來，陸無硯又道：「二房也一併交了。」

此舉等於直接奪了二房和三房的權，二房跟三房的人自然不悅，但孫氏卻是高興。家事本應由大房打理，可溫國公府實在特殊，大太太住在靜寧庵，陸申機不肯續弦，陸無硯尚未成婚，大房根本沒有女主人。如今陸無硯主動替方瑾枝要權，甚好，她早盼著大房立起來。

孫氏在心中暗暗舒口氣。還好那兩個孩子沒事，還好方瑾枝沒事，不然今日之事必不能善了，陸無硯會恨死陸家！

陸無硯說完，彎腰將那把染血的匕首撿起來，遞給一旁的入茶。入茶急忙用浸濕的錦帕將上面的血跡和污泥仔細擦乾淨。

「哪來的血？」陸無硯知道方瑾枝沒有受傷，目光在幾個跪地的家僕上掃過。

眾人安靜一瞬，小丫鬟才小聲地說：「是十一少爺的血……」

陸無硯側首看她一眼，小丫鬟立刻畏懼地向後縮。這個小丫鬟是陸佳茵身邊的人，陪著陸佳茵跟蹤方瑾枝，看見她溜進陸無磯院中。

陸佳茵瞪小丫鬟一眼，恨鐵不成鋼地說：「讓妳實話實話而已，怕什麼啊！」

「奴、奴婢……看、看見……」小丫鬟吞吞吐吐，不敢說出來。

「廢物！」陸佳茵罵她一句，然後對陸無硯道：「三哥，方瑾枝不是好東西，她背著你跟十一哥偷情！」

「哈！」陸無硯突然笑出聲，望著陸佳茵。「妳再說一遍。」邁步朝她走去。

「我說的都是真的！我親眼看見十一哥從方瑾枝的院子出來，還看見方瑾枝趁天黑以後溜進他的院子，為他彈琴，說要像討好你一樣討十一哥開心！而且……」

「佳茵！」姚氏的臉色煞白，急忙喊住小女兒，讓她不要再說下去。話落，又是擔心、又是氣惱，擔心陸佳茵的安危，想不通這個女兒怎會如此蠢笨、怎麼就這麼沒有眼力？

看著陸無硯離自己越來越近，陸佳茵感覺不對勁了，不由開始害怕。她說的都是實話，到底做錯什麼了？

陸無硯忽然伸手，掐住陸佳茵的脖子，拎起她，看著她喘不上氣的樣子，笑道：「妳繼續說啊。」

現在陸佳茵連喘氣都困難，哪還能說出一個字？雙眼中布滿驚懼，向來衣食無憂，天不怕、地不怕的她，第一次知道了什麼是恐懼。

「不要啊！」姚氏像發瘋一樣地衝過去，抓住陸無硯的寬袖。

陸無硯垂眸，嫌惡地看了被姚氏抓住的袖子一眼。

姚氏立刻反應過來，慌慌忙忙鬆開手，在一旁顫聲求：「不要傷害我的佳茵……」

陸無硯仍舊在笑，看著臉色脹紅的陸佳茵，眼中逐漸染上嗜血的慾望。

「給我留她一命的理由。」陸無硯這般笑著，掐著陸佳茵脖子的五指卻是不斷收緊。

「她是你妹妹啊……」姚氏跪坐在地上，泣不成聲。

她真的後悔了，都是她的錯，不應該一味嬌慣陸佳茵，縱容她越來越任性。

姚氏顫聲地求：「是我沒教好她，你不要傷她……」

孫氏見狀，皺眉沈思，開口道：「無硯，離你和瑾枝的婚期不到一月，若家中出了白事，恐不吉利。」

姚氏眼中立刻浮現一抹光，急忙跟著附和：「對對對！不吉利！不吉利！」

陸無硯聞言，目光落在右手手腕的佛珠上，靜了一瞬，鬆開手，陸佳茵如一灘軟泥般癱在地上。

為了不讓事情再鬧下去，孫氏急忙吩咐：「來人，把陸佳茵關起來，不到出嫁那日，不許放出來！」

她給了陸佳茵最大的責罰，何嘗不是在陸無硯再次動了殺意之前，先將人處置了？

陸無硯見狀，瞥了被姚氏抓過的袖子一眼，嫌惡地將整件袍子脫下扔到地上，冷著臉，大步朝後院走去，直到遠離人群，才停下來。

他一停，跟在後面的入茶才上前，為他穿上另一件乾淨的衣袍。

陸無硯看入茶一眼，伸出右手。

入茶忙把水囊裡的清水澆在他手上，為他洗手，又用乾淨錦帕將水漬擦乾淨。

「我想殺人。」陸無硯突然開口，聲音冰冷，恍若纏上脊背的毒蛇。

入茶的動作一頓，輕聲說：「三少爺剛剛答應表姑娘，等會兒去看望她的。」

這時，凌亂的腳步聲響起，入熏氣喘吁吁跑來，猶豫一下，小心翼翼將手中的小瓷瓶遞給陸無硯。

陸無硯接過，打量一瞬，丟下一句「做得不錯」，便轉身朝方瑾枝的小院走去。

等他走遠，入熏才長長舒口氣，拍著胸口，心有餘悸地說：「入茶姊姊，剛剛我好怕三少爺不接東西，一腳踹來，然後我就死了……」

正蹙眉思索的入茶聽了這話，不由笑出來。「放心吧，只要不出大差錯，三少爺就算趕妳回入樓，也不會一腳踹死妳——因為怕弄髒了鞋子。」說著，轉身往垂鞘院走去。

入熏急忙追上，問道：「入茶姊姊，剛才妳為什麼讓我回去拿外傷藥呀？三少爺身上沒受傷啊……」

入茶笑而不答。

第三十三章

小院裡，方瑾枝幫著兩個妹妹洗了澡，哄她們睡著，才和方宗恪坐在廳中說話。

十年不見，有太多的話想說，但一時之間，並不需要太多言語。

陸無硯走進院子裡，透過開著的門看去。方宗恪背對他，方瑾枝閃著明媚的笑眼，笑得可真甜。

「三少爺過來了。」衛嬤嬤站起來招呼。

正和方宗恪說話的方瑾枝聽見，急忙起身，小跑著迎上前，挽著陸無硯的胳膊，開心地喊：「三哥哥！」

陸無硯側首，望著她如沐春風的笑臉，心裡的殺意一點點淡去。

方瑾枝拉著陸無硯走進屋中，讓他到藤椅裡坐下，轉身抱過毯子搭在他的膝上，然後將米寶兒遞來的鎏金鏤祥雲暖手爐塞進他手中，滿臉歉意地說：「都是我不好，心裡太急了，沒讓三哥哥穿上外衣就拉你出門，三哥哥一定冷了吧？」

陸無硯的目光落在屋中的炭盆上。現在已是春天，府裡的炭火幾乎停了，暖手爐等物也收起來，顯然是方瑾枝回來後，吩咐人去取收到庫房的暖手爐，又重新燒起炭火。

他望著眼前滿臉愧疚的方瑾枝，心裡殘存的殺意盡數散去，身上的寒冷也在這暖融融的屋裡逐漸消失。她忙著照顧兩個妹妹，還陷在與哥哥重逢的喜悅，但心裡仍是記掛他。

「不冷。」陸無硯嘴角慢慢噙起帶了暖意的笑。

「那就好。」方瑾枝歡喜地捧過鹽寶兒端來的熱茶給陸無硯。「三哥哥再喝點熱茶，別染了風寒。」

「好。」陸無硯接了茶，抿一口，然後抬頭看向一直注視他的方宗恪。

方宗恪靠著椅背，打量陸無硯，似笑非笑。

他眼中的深意，別人看不懂，陸無硯卻是明白，欠身將手中茶盞放在旁邊的小桌上，問道：「表哥為何突然回來了？又為何十年毫無音信？」

「是呀！」方瑾枝也好奇地追問：「哥哥既然還好好活著，為什麼這麼多年都不回來看我？」聲音低低的，尾音更低，帶著一絲委屈。

陸無硯蹙眉。他不喜歡方瑾枝用這種語氣對別人說話，縱使那個人是方宗恪。

方宗恪沒回答，反而笑著問：「枝枝太偏心啦，我怎麼沒有茶？」

「有的、有的！」方瑾枝起身，匆匆幫方宗恪倒茶送去，等方宗恪喝了，才蹙著眉繼續問：「哥哥還沒告訴我為什麼呢，你怎能那麼狠心？」這是埋怨上了。

方宗恪笑笑。「妳六歲時，我回來過；九歲、十一歲時，也回來看過兩次。」

方瑾枝詫異地望著他，仔細尋思半天還是沒有頭緒，疑惑地問：「我怎麼不知道？」

「當初遇到意外，哥哥在床上躺了幾年，再回來時，才知道父親和母親都不在了。後來我到溫國公府，偷偷看了妳一眼。那時，哥哥身上還有血仇未報，不能接妳回家，就沒見妳，讓妳安心待在溫國公府。」方宗恪三言兩語將十年的事情講了個大概。

「什麼意外？怎麼會在床上躺幾年呢？哥哥哪裡傷著了？要找誰報仇？現在哥哥肯接我回家，那是已經報仇了嗎？」方瑾枝顯然信了方宗恪的話，擔憂地連連追問。

陸無硯垂首，擺弄手腕上的佛珠，努力壓下想踹方宗恪一腳的衝動。滿口謊話！可是他的瑾枝居然還相信了！

然而他不能在這種時候揭穿方宗恪，甚至覺得方瑾枝信了方宗恪的話，也挺好的。

方宗恪安慰方瑾枝。「沒事，一切都過去了，哥哥不會再走，咱們明天就回家。」

「好！」方瑾枝彎起一對月牙眼，望著方宗恪，滿心歡喜，壓在心裡多年的大石頭終於放下。

方宗恪看向陸無硯，道：「時候不早，表弟還是早些回去歇著吧，枝枝也要休息了。」

陸無硯坐在藤椅裡紋絲不動，道：「是不早了。瑾枝，幫妳哥哥安排好客房沒有？」

「衛嬤嬤都收拾好啦。」方瑾枝忙點頭。

陸無硯笑著看向方宗恪，儼然是家中男主人的架勢。

方宗恪與他對視片刻，悠悠道：「無硯啊，以前我不在時也罷了，如今我回來，該有的規矩就要重新立起來。夜深，就不留你了。」這是直言不諱地送客了。

方瑾枝看看方宗恪，又看看陸無硯，心中的歡喜滯了一瞬，慢慢察覺出不對勁，發現陸無硯和方宗恪之間一點都不和睦，有些無措。

閣樓上忽然傳來方瑾平和方瑾安的驚呼聲，方瑾枝一怔，急忙往上跑去。

陸無硯和方宗恪對視一眼，隨即跟上。

屋裡已經熄燈，方瑾枝點起蠟燭，走到床邊，看見兩個妹妹縮在床角瑟瑟發抖。

「怎麼了？作惡夢嗎？」方瑾枝心疼地望著兩個妹妹。

方瑾平和方瑾安驚慌的眼睛望向方瑾枝，逐漸冷靜，伸出手臂抱住方瑾枝的腰，把臉埋在她身上。

「不怕，不怕了……」方瑾枝坐在床邊，輕聲哄她們，知道今天的事真把兩個妹妹嚇壞了。安慰一會兒，才柔聲勸著：「平平、安安聽話，睡覺好不好？」

方瑾平猶豫一瞬，勉強點頭。方瑾安怯生生地抬手，指指對面的衣櫥。

方瑾枝知道方瑾安的意思，心疼地揉揉她的頭。「不用再躲進衣櫥裡。以後平平和安安都睡大床，不必躲起來。」

方瑾安聽了，紅起眼睛，緩緩搖頭，乞求地望著方瑾枝；方瑾平也小聲地說：「我們不想睡大床……」

這些年來，無論方瑾枝說什麼，兩個妹妹都很聽話，這還是第一次反對。

她們爬下床，鑽回衣櫥裡，坐在小床的角落，伸手將門關上，讓衣櫥裡陷進一片黑暗。

方瑾枝呆呆望著關上門的衣櫥，忽地落淚，隨即匆忙用手背擦去，抱著床上的棉被走到衣櫥前。

「平平、安安，把衣櫥打開，姊姊不勉強妳們睡大床了，給妳們送被子……」

衣櫥的門開了，露出兩張一模一樣、怯生生的臉。

「來，躺好，好好睡一覺。」方瑾枝把棉被蓋在兩人身上。「姊姊就在樓下，衛嬤嬤會在門外守著，有什麼事就喊我們。」

方瑾平與方瑾安點點頭，閉上眼睛。

方瑾枝凝望她們一會兒，才將衣櫥的門輕輕關上。

她轉身往外走，不忘熄滅屋裡的燭火，吩咐衛嬤嬤幾句，才難過地對方宗恪說：「哥哥，都是我不好，讓她們在衣櫥裡住太久……」不願讓兩個妹妹看見的淚又湧出來。

「這不能怪妳，妳已經做得很好了。」方宗恪緊緊皺眉。這一刻真的心疼，心疼一雙妹妹過著不見天日的生活，更心疼方瑾枝這些年的守護，她雖是姊姊，可也不過十三歲。

他剛想抬手幫方瑾枝擦眼淚，陸無硯已經快一步把她拉到身前，用指腹小心翼翼地為她抹去淚痕。

「三哥哥，平平跟安安可以像正常孩子那樣生活對不對？」方瑾枝環住陸無硯的腰，將臉埋在他的胸前。

「會，一定會。」陸無硯把她擁在懷裡，低低承諾。

「我怎麼又哭啦……」方瑾枝鬆開手，吸吸鼻子，擦去臉上的眼淚，努力扯出一抹笑容。「太晚啦，哥哥和三哥哥都回去休息吧。」

「好。」陸無硯和方宗恪同時說。

方宗恪和陸無硯一起下樓，方宗恪看著陸無硯離開院子，才去了方瑾枝吩咐下人為他收拾好的客房裡。

他熄了屋裡的燈，卻沒有睡，等聽見腳步聲時，走到窗邊，從縫隙間望出去，果然見到陸無硯折回來了，暗道一聲：無賴！

方瑾枝並沒有回自己的寢屋，以擔心吵了兩個妹妹為由，宿在另一間屋子裡。但是，她沒有休息，她在等陸無硯。

她坐在梳妝檯前，拆開髮髻，讓如緞長髮披在肩上，握著陸無硯插在她髮間的梅枝，默默發呆。

聽見叩門聲，方瑾枝匆忙起身，小跑著去開門，拉陸無硯進來，又把門關上，才轉過身，用無辜的眼睛可憐巴巴地望著他，小聲道：「關於十一表哥的事，是我做錯了。我慢慢跟你解釋，你先不要生氣……」

陸無硯從她手中奪走梅枝，在她的頭頂輕輕敲了下，兩、三朵紅梅落在她的髮間，染上三分馨香。

「渾身上下髒兮兮，不去洗澡，也不換身衣服。」

方瑾枝明媚笑開，心裡緊繃的弦鬆了大半，撒嬌地牽住陸無硯的手。「沒來得及嘛，而且我怕三哥哥回來時見不到我。」拉著他往梳妝檯走，有太多話想對他說。

陸無硯立在原地，反手把她的手握在掌心。「走吧，去洗澡。」

「三哥哥，你嫌棄我！」方瑾枝瞪他，猶豫一會兒，才說：「太晚了，別折騰她們燒水了……」今天發生太多事，不僅兩個妹妹嚇到，衛嬷嬷、卓嬷嬷、米寶兒和鹽寶兒又何嘗沒受驚？那些家丁對她都不客氣，何況是對幾個下人？拉扯間，她們身上一定也傷著了。

陸無硯聞言，停下腳步，拿起一件披風幫方瑾枝穿好，又繼續牽著她往外走。

方瑾枝一愣，這才反應過來，陸無硯是要帶她去垂鞘院的淨室。垂鞘院淨室裡有溫泉，並不需要燒水。

她隨陸無硯走著，不經意間回頭，目光掃過方宗恪住的客房，窗上映出方宗恪立在窗前的身影，急忙轉頭，假裝什麼都沒看見，腳步加快了幾分。

陸無硯帶方瑾枝走進淨室，才鬆開牽著她的手，半躺在長凳上，抬抬下巴。「快去。」

方瑾枝擰眉，瞅著他好半天，才有些扭捏地說：「三哥哥，你不許偷看！」

陸無硯合上眼，開始小憩。

方瑾枝往水池走去，一步三回頭，警惕地盯著陸無硯，陸無硯始終合著眼，沒看她。

水池四周用四大片玉石圍屏遮擋，每片圍屏不相連，空出一大塊地方，也就是說，四角位置是毫無遮擋的。現在陸無硯躺著的長凳被一整面圍屏擋住，若他起身呢？或繞著水池走一圈，豈不是什麼都看見了？

這樣的地方，方瑾枝怎麼可能安心？但陸無磯的事情讓她心虛，不敢開口趕陸無硯。站在池邊扭捏半天，又從圍屏後探出頭看陸無硯，見他始終合著眼躺在長凳上，一動不動，這才匆匆解下衣裙，踏入溫暖的泉水裡。

泡在熱水裡，方瑾枝逐漸放鬆，隱隱覺得身上有些疼痛。

她抬起腿，將膝蓋彎到胸口，輕輕吹了吹。原來摔倒時碰破膝蓋，沁出細密血絲，周圍還腫了。她一直緊張著，竟然沒發現，如今看見傷口才覺得疼，不由癟嘴，差點哭出來。

這一癟嘴，下巴也隱隱作痛，水面映出她皺巴巴的小臉蛋，也映出下巴的傷口，比膝蓋上的傷小很多，卻也流了血，還沾上髒兮兮的泥土。

方瑾枝皺著眉頭，捧起一把溫熱的水，輕柔地清洗下巴上的血垢和泥土。真疼。

此時，陸無硯已經睜開眼睛，望著方瑾枝映在圍屏上的身影，眼睛裡是理不清的深思，然後很快被漸漸生出的溫柔取代。他收回目光，起身朝外走去。

圍屏外忽然響起腳步聲，方瑾枝一驚，不由把身子往水中藏，連下巴都沒在池裡。

可是外面的腳步聲卻越來越遠，甚至出了淨室。

陸無硯出去了？方瑾枝鬆口氣，忙把髮絲攏到一側，側著頭開始清洗。

剛剛洗好墨髮，淨室的門又開了。

明知只有陸無硯會進來，方瑾枝還是有些緊張地問：「三哥哥，是你嗎？」

「嗯。」陸無硯應了聲。「洗好了沒？」

「好啦！」方瑾枝左看看右看看，忽然想起很重要的事——忘記帶乾淨衣服進來了！

「給妳衣服。」陸無硯從圍屏外探出手，手上捧著一疊衣物。

「三哥哥，你把衣服放在地上就好！」方瑾枝藏在溫泉水裡，沒有動。

「髒。」

如果別人在此時這麼說，可能是懷了壞心思而找的藉口。可方瑾枝知道陸無硯是真的嫌棄地上髒，嘟囔一聲：「就不能找條毯子裹著嗎……」

圍屏外的人沒有回答，方瑾枝無聲地抗議一會兒，還是從池裡走出來，躲在圍屏邊，匆匆從陸無硯探來的手中將衣服接過來。

陸無硯看著那雙濕漉漉的小臂拿走衣服，叮囑道：「把身上的水漬擦乾淨，再穿衣服。」隨即走回長凳，望向圍屏映照出的綽約身影。

「我知道……」方瑾枝小聲應了句，匆匆擦乾身上的水珠，才去穿衣。

她拿起衣裳，發現陸無硯帶得很齊，連最貼身的小衣都有。一想到陸無硯的手碰過那些衣物，臉頰忽地紅了……

方瑾枝穿好衣服，慢吞吞地從圍屏裡走出去，小聲嘟囔：「三哥哥，你這裡怎麼會有姑娘家的貼身衣服……」埋怨中帶著點懷疑，懷疑中帶著點不高興。

「自然是要幫妳準備的。來。」陸無硯朝方瑾枝招手。他沒說的是，他連她二十歲時的衣裳都準備好了。

等她走近，陸無硯把她拉到身邊，道：「抬下巴。」

方瑾枝看著陸無硯從一只紅色小瓶子裡倒出黏稠的淺紅色乳脂，滴在指腹上，蹙著眉說：「塗了藥是不是會紅紅一大片？多難看。」雖然這樣說著，可還是聽話地抬起下巴。

「留疤更難看。」陸無硯用沾了藥脂的指腹在方瑾枝下巴的傷口上輕摁。

「疼……」方瑾枝向後縮了縮。

「忍著。」陸無硯眉眼不動。「誰叫妳不相信我，自己逞能。」

方瑾枝立刻閉嘴，不敢再反抗。雖然那藥脂塗在傷口上時火辣辣地疼，但疼痛很快就消失，取而代之的是清爽舒適。

塗好了藥脂，陸無硯才問：「身上哪裡還有傷？」

方瑾枝用眼神對他抗議一會兒，才癟著嘴，指指自己的膝蓋。

陸無硯抬起她的腿，放在自己的腿上，撩開她的裙子，露出白皙小腿。

方瑾枝有些不自在，又嘟囔一句。「明明可以在裙子上剪個洞，只把膝蓋露出來……」

「好了吧？」等陸無硯上完藥，方瑾枝便急忙去拉裙子。

陸無硯拍開她的手。「別亂動，等藥脂乾了，才能把裙子放下來。」

方瑾枝想反駁，卻還是低頭小聲應了。「哦……」誰叫她心虛！

「睏了嗎？」折騰大半夜，現在已經子時過半，陸無硯擔心一向早睡早起的她犯睏。

方瑾枝搖搖頭，握著陸無硯的手，仔仔細細說了陸無磯的事，然後舉起手發誓：「我保證剛剛說的都是真話，再沒隱瞞三哥哥一星半點、一字半句！」小心打量他的神色，又問：「所以三哥哥不生我的氣，對吧？」

陸無硯十分嚴肅地搖頭。「我快氣死了！」

陸無硯的表情實在不像說笑，方瑾枝的大眼睛一眨不眨地盯著他好一會兒，才笑嘻嘻地挪挪身子，更靠近他一些，討好地說：「那怎樣才能讓三哥哥不生氣？」

看著這令他萬分心動的笑靨，陸無硯嘆口氣，拿棉帕去擦方瑾枝濕漉漉的頭髮，擦得小心、仔細。這麼多年過去，她的頭髮還是如小時候那般過分柔軟。

「瑾枝。」陸無硯開口了。「如果在我和妳哥哥之間只能選一個，妳會選誰？」

方瑾枝愣住了。

陸無硯見狀，匆匆說了句。「算了。」她剛和哥哥重逢，哪能在這種時候逼她。

「選三哥哥呀！」

陸無硯怔住，有些驚訝地看向她。

「以後會有嫂子陪著哥哥，但三哥哥只有我呀！」方瑾枝笑嘻嘻地湊到陸無硯臉前。「明天我跟哥哥回家，之後一個月好好陪陪哥哥、妹妹，然後，我就回來啦！」

「妳啊……」陸無硯輕敲她的頭。「這是怕我不讓妳回家。」

方瑾枝躲開，往後走兩步，踩在小鼓凳上，朝陸無硯伸出手臂。「三哥哥揹我回去！」

「好。」陸無硯答應，走過去揹起她。

方瑾枝嬌嬌小小，揹在身上很輕。陸無硯掂了掂，道：「太瘦了。」

方瑾枝將下巴抵在陸無硯的肩窩，用臉蹭蹭他的脖子，輕聲說：「三哥哥變了。」

「嗯？」

方瑾枝沒吱聲，陸無硯揹著她，無聲往她的小院子走去。

直到院子門口，方瑾枝才道：「三哥哥有心事。」垂下眼。「你是不是早就知道我哥哥還活著？」

陸無硯驚了半瞬，說不出話。

「三哥哥，我覺得你知道好多好多事情。」方瑾枝從陸無硯的背上跳下來，上前仰頭望向他，眼中溢出一抹執拗。「你見到我哥哥時，一點都不驚訝，而且目光不對勁，還要我在你和哥哥之間做選擇。三哥哥，你和我哥哥早就認識嗎？你和他有過節嗎？」

陸無硯不知如何解釋，好半天才勉強說：「別多想，我只是不喜別的男人靠近妳……」

方瑾枝搖頭。「可是你看我幾位義兄的目光不是這樣的，他們還與我沒有血緣關係，而方宗恪是我的親哥哥！」說著，眼中執拗更深。「還有，我把平平和安安藏得這麼好，三哥哥怎麼會知道她們的存在？而且很多年前就知道？」

陸無硯剛想開口，方瑾枝又打斷他。「三哥哥不許我隱瞞你、不許我對你說謊，那三哥哥也不能隨便搪塞我呀！你這裡裝了好多事情！」上前兩步，拍拍陸無硯的胸口。

陸無硯皺眉，這一瞬真心希望方瑾枝再笨一點就好了。

方瑾枝說完，忽地笑起來。「沒關係，三哥哥不想說就不說，等到想告訴我時，自然會告訴我。可是，如果你不想讓我知道，就明明白白告訴我，不許隨便搪塞、編謊話。」

陸無硯只得應道：「好。」

「那我回去休息啦！」方瑾枝甜甜笑了，轉身離去。

大落大起的一日，沒有比現在更美好的結果了，她心裡是滿滿的歡喜。

第三十四章

雖然後半夜才睡，可第二天方瑾枝還是一早就起來，匆匆梳洗完，就去看兩個妹妹。

方瑾平和方瑾安剛睡醒，臉色已經比昨日好許多，方瑾枝不由鬆了口氣。

「讓姊姊擔心了。都是因為保護我們，才害姊姊被別人欺負……」

兩個小姑娘望著方瑾枝的目光帶著愧疚。雖然兩人性格靦覥內向，心裡卻什麼都明白，因為她們的存在，而連累了方瑾枝。

「親姊妹之間，怎麼能說這些話呢？」方瑾枝溫柔地揉揉她們的頭。「收拾收拾，咱們等會兒就回家。」

方瑾枝說著，眼睛彎起來，帶著一絲憧憬，卻發現兩個妹妹並沒有像她這麼開心，便問：「平平與安安不想回家嗎？」

方瑾平猶豫一會兒，才點點頭。方瑾安則小聲地問：「衣櫥會帶回家嗎？」

方瑾枝心裡一沈，頓時泛起苦澀。對兩個妹妹來說，就算帶走她們，未來的路還是很長。遂壓下心裡的難受，柔聲道：「姊姊知道突然讓妳們離開，妳們會不適應、會害怕，可是咱們總是要走出來的。之前是姊姊不好，沒有別的辦法，才把妳們藏起來。以後，姊姊會帶著妳們去看好多好多的風景……」

兩個小姑娘聽完，終於慢慢點了頭。

這就足夠了。方瑾枝懂得循序漸進的道理，不再逼迫兩個妹妹，讓衛嬤嬤伺候她們梳洗，她想在她們下樓之前，先找方宗恪談一談。

院子裡，其他下人都在收拾行李，方宗恪獨自立著，似有心事。

「哥哥。」方瑾枝走過去。

方宗恪轉身。「平平和安安都起來了？」

「起來了，正在梳洗。」方瑾枝垂眼，沈默一瞬，才道：「哥哥，你打算怎麼照顧平平與安安？我的意思是，她們倆實在不容於世，就算是爹爹和娘親，當年也只能藏起來……」

「我不會讓她們再住在黑暗裡。如果有人敢議論，我不知道便罷，知道一個殺一個。」方宗恪說得極為隨意，就像談論今晚吃什麼的小事一樣。

方瑾枝聽了，高興地望著方宗恪，眼中是無限的喜悅。「好！哥哥回來了真好……」

可是她的心裡卻冷了幾分。

方宗恪是自小把她捧在掌心的哥哥，也是失蹤十年毫無音信的哥哥。時間最是奇妙，可以將人與人之間的關係拉近，又可以將關係拉遠。

她久居他人簷下，生性多疑，怎會一下子完全相信一個離開十年的人？她希望方宗恪只是經歷一些不想讓她擔心的事。其實她不貪心，只要方宗恪不排斥兩個妹妹就足夠。

吃早膳時，方瑾枝故意將方瑾平和方瑾安喊到樓下，和方宗恪一起吃。

這些年，方瑾平跟方瑾安一直待在樓上，忽然下樓，又和方宗恪坐在一起，兩人垂著頭，將手放在膝上，有些緊張。

方瑾枝假裝看不見她們的不自在，默默幫她們挾菜，又偶爾和方宗恪說幾句話。

「哥哥，家裡都收拾好了嗎？」

「昨天開始收拾，應該整理好大半。不急，先搬回去，剩下的再慢慢拾弄。」方宗恪看了兩個小妹妹一眼，發現只要他說話時，她們都會變得更加緊張。

方瑾枝也看見了，不過她鐵了心要讓妹妹們慢慢克服見到生人就畏懼的習慣。別人便罷了，但方宗恪是她們的哥哥，不能再這樣下去。

「哥哥，等會兒咱們還要去跟陸家長輩道謝告辭才好。」說這話時，方瑾枝偷偷打量方宗恪的臉色，有些擔心，怕他對陸家不滿而不肯過去。

「嗯。」方宗恪應下。

其實，方瑾枝心裡很為難。對陸家某些人傷害兩個妹妹的事，她很難過，在心裡留了疙瘩。可是她也明白，兩個妹妹本不容於世，即使是別的人家，也會作出同樣的決定。

她在陸家住了七、八年，雖然受過委屈，但又何嘗沒受到照拂？陸家有欺負她的人，也有護著她的人。

即使是決定燒死妹妹的外祖父，除了這件事，其他時候是護著她的；而不喜歡她的外祖母，也會偶爾囑咐幾句天冷加衣，她生病時，不管是不是做樣子，也送來庫裡的藥參。

更別說那些表哥與表姊妹，一起長大，朝夕相處，怎麼可能一點情誼都沒有？

方瑾枝想著，嘆了口氣，不由放下手中的碗筷。

方瑾平與方瑾安立刻望向她。

「沒事。」方瑾枝笑起來。「等會兒，哥哥和姊姊要去向長輩拜別，妳們留在這裡等我們回來，好不好？」

「好！」兩個妹妹點頭應下。

吃過早膳，方瑾枝和方宗恪先去三房見外祖父母，再去向陸嘯和孫氏告辭。大家心照不宣，沒談起昨日的事。陸文岩挽留幾句，希望他們多住幾日再走，但方宗恪拒絕了。陸文岩也不勉強，讓方宗恪有空常來坐坐。

兄妹倆回去後，衛嬤嬤和卓嬤嬤已經將行李收拾好，候在門口。其實要不了一個月，方瑾枝便嫁回來，不必整理太多東西。

方宗恪叫來軟轎，停在院門口——給方瑾平和方瑾安準備的。

方瑾枝勸了很久，兩個小姑娘才肯出來，低著頭，走了很久很久，才出了小院門口。

她們剛上軟轎，陸佳萱和陸佳藝就來送方瑾枝，曉得要不了多久她便搬回來，並沒有不捨，還笑著說等她歸來。

「該走了。」方宗恪不耐煩了。他討厭姑娘們之間的嘰嘰喳喳。

「哦……」方瑾枝拉長尾音，有些不情願地往外走。

方宗恪權當沒聽見她語氣裡的怪異，知道方瑾枝是怪他不許她去垂鞘院找陸無硯道別。一想到陸無硯，方宗恪的臉色就沈了幾分，抬頭一望，臉色更沈了。

陸無硯正在前面等著呢。

「死皮賴臉。」方宗恪瞪著陸無硯，不由皺緊了眉。他應該再準備一抬軟轎，讓方瑾枝也坐進去，還應該從後面走！

「三哥哥！」方瑾枝歡喜地提起裙角，朝陸無硯飛奔而去。

方宗恪的臉色更難看了。

方瑾枝小跑到陸無硯面前，欣喜地望著他，有很多捨不得的話要說，卻又不知怎麼開口？且光天化日之下，又有別人在，她不好意思對陸無硯撒嬌……

「我讓入熏給妳做了幾道小食，路上吃。」陸無硯看看身後的入熏，入熏忙將手中的食盒遞給鹽寶兒。

「謝謝三哥哥。」方瑾枝彎著一雙月牙眼，望著陸無硯的目光裡，滿滿都是甜蜜。

陸無硯被她瞧得多了三分笑意。「過幾天，我去方家看妳。」

聞言，方瑾枝彎著的眼睛裡霎時劃過一抹明亮的光。「三哥哥要去方家看我？不會一個月見不到你了嗎？你說的是真的？什麼時候來？不騙人？」

「不騙妳，再過兩天又是十五，我要上國召寺，隔天下山就去方家。」

「好！」方瑾枝笑著答應。若不是還有別人在，她定要伸手跟他打勾才成。

「走了。」方宗恪冷著臉催促。

方瑾枝背對著方宗恪，對陸無硯吐了吐舌頭，才有些不情願地走回方宗恪身邊。

方宗恪神情複雜地看著滿臉歡喜的方瑾枝，不由暗暗嘆氣。經過陸無硯身邊時，涼涼一瞥，目光中帶著點警惕，又帶著一種愁態。

出了溫國公府的大門，馬車已等在那裡。方宗恪讓轎夫把軟轎抬到儘量靠近馬車的地方，才讓方瑾平和方瑾安下來登車。

路上，方瑾枝想著兩個妹妹的事，知道自己能陪她們的時間不多，打算利用接下來的日子多陪著，努力幫她們克服對人世的畏懼。

如今的情況實在讓人犯愁。她不確定真能在一個月內，抹去這些年在妹妹們身上留下的陰影，甚至後悔不該這麼早嫁給陸無硯。不如將婚期再推遲兩年？但一想到陸無硯蹙眉的樣子，便立刻打消念頭。

幸好方宗恪歸來，以後兩個妹妹也能有哥哥護著了。

一會兒後，馬車抵達方府。

「到了。」方宗恪趕馬到車前，將車門拉開。

方瑾枝望著面前高懸的「方府」兩字，心中頓時感慨。終於回家了。

「來。」方宗恪朝兩個妹妹伸出手。

方瑾平跟方瑾安卻只是靜靜看著他，沒有動。

方宗恪皺著眉，緩緩放下手。

「哥哥別急。」方瑾枝揉揉她們的頭，自己先下馬車，然後守在旁邊，扶兩人下來。

方瑾平和方瑾安下車後，偷偷四處張望，尋找剛才乘坐的軟轎，可是沒有看見，只好往方瑾枝身後藏。

方瑾枝也以為方宗恪會把軟轎準備好，便疑惑地望向方宗恪。

「我們走回去。」方宗恪態度堅決。

方瑾枝想想，明白方宗恪的意思。待在方家時，他不打算再把方瑾平和方瑾安藏起來。兩個妹妹總是要走出這一步的，她蹲下，拉拉披在兩個妹妹身上的寬袍，柔聲說：「陪哥哥姊姊走回家好不好？姊姊帶妳們看看咱們方家的樣子。」

雖然不情願，可兩個小姑娘還是點了頭。

方瑾枝一邊牽著妹妹們往裡面走、一邊絮絮講著小時候的事情。一磚一瓦、一草一木是記憶中的樣子，但也不完全是。過去這麼多年，某些記憶中的場景也有了差異。

這段路並不長，方瑾枝走著走著，差點落淚。

方宗恪看她一眼，吩咐卓嬤嬤先陪方瑾平與方瑾安去休息，他帶著方瑾枝在方家院子裡一條路又一間屋地轉轉。

望著堂廳屏風前擺著的兩把太師椅，方瑾枝笑著說：「以前哥哥每次闖禍，爹爹總是坐在那兒訓你。」

「嗯。」方宗恪點頭。「每次被他老人家罵個狗血淋頭，妳就從屏風後面探出小腦袋，跑到他膝上要糖吃。每次不管發多大的火，父親一看見妳，便能消氣。」

方瑾枝漾起淺笑。「我還記得，有一回你摔碎一箱貴重玉器，賠了好多錢，把爹爹氣個半死。你怕挨揍，故意掐我的腿，讓我哭……」

「只要妳一哭，父親就會去哄，沒辦法罵我。」方宗恪接話，冷硬的眉宇間也染上三分回憶的柔軟。

方瑾枝轉身，從大開的門望向院子，抬手指指院子正中的地方。「爹爹被抬回來的屍首就放在那兒。當時我想，為什麼那些人一直哭、一直哭，沒人去幫他擦頭臉上的血泥？」

方宗恪輕咳一聲，別開眼，不去看觸景傷神的方瑾枝。

「走吧，瞧瞧以前栽的木槿還在不在？」方瑾枝重新笑起來，先一步往外走。

方宗恪跟上。

木槿已經死了，連枯葉也不剩。

「真遺憾。」方瑾枝低頭，踢踢腳邊的小石子。

「沒關係，哥哥再種，種滿整個院子。」

「哥哥說話要算數！」方瑾枝彎起眼睛。「好啦，我要回去看看平平跟安安，怕她們突然換了環境，會不習慣。」

方宗恪應好，方瑾枝剛走沒幾步，他又叫住她。

「嗯？」方瑾枝疑惑地轉過身。「怎麼了？」

「這些年，讓妳獨自照顧她們，實在辛苦了。」方宗恪凝視方瑾枝，眼中布滿心疼。

「我是她們的姊姊呀！」方瑾枝莞爾，轉過身，繼續往前頭走。

方宗恪斜倚在一棵松樹上，望著方瑾枝離開，直到看不見她的身影，才長長地嘆口氣，往府中西南角的松林走去。

松林深處掛了一座鞦韆。

小時候，方瑾枝吵著要盪鞦韆，他和父親才親手做的。可惜方瑾枝沒玩兩次就摔著，再不肯坐，便荒廢了。

此時，鞦韆一邊的麻繩斷開，頭重腳輕地垂在地上，木板爬滿青苔。

一眨眼，這麼多年過去了。

方宗恪還記得，當初把方瑾枝抱在懷裡時，她不過剛滿月，是個軟軟的小團子，如今長大了，這般亭亭玉立。想起這些年她是如何心驚膽戰地藏著一雙妹妹，便忍不住心疼。

當年他負傷逃回來，發現方家早已人去樓空。他找遍整座方府，只找到父母的靈位，悄悄打聽，才知道父母接連去世，方瑾枝也被溫國公府的人接走。

他悄悄去了溫國公府，躲在對街的樹後，看見方瑾枝被陸無硯從馬車上抱下來，穿著漂亮的小斗篷，彎著月牙眼對陸無硯甜笑，一口一個三哥哥，心想，陸家是皇城權貴中的權貴，她在陸家應該可以得到照拂，將來及笄，配個尋常人家，多好。

而方瑾平和方瑾安出生時，父母隱瞞真相，說她們夭折了。方宗恪離家那年，她們還沒出生，逃回來後，才從別人口中得知自己曾有對剛出生就去世的妹妹。

如果他知道呢？方宗恪嘆氣。就算知道，當時也不可能把她們接走。

原本打算這輩子都不回來，讓方瑾枝當他死了，直到得知她要嫁給陸無硯的消息……

「少爺。」蘇管家疾步走來，恭敬地彎腰遞上一封信。

方宗恪接過打開，一目十行看完，本就凌厲的眉宇間添了幾分冷冽。

蘇管家欲言又止，等了半天，才吞吞吐吐道：「有句話，老奴不知當講不當講……」

「那就別講了。」方宗恪站直，大步往前院走。

蘇管家聽了，彎著的腰背慢慢直起來，道：「別忘了你的身分。」

方宗恪腳步未停，繼續大步往前走，嘴角是不甚在意的冷笑。

方府的奴僕不多，除了管家，只有方瑾枝身邊那幾個人，方宗恪便想再買丫鬟進來。方瑾枝勸他不要急。依方瑾平、方瑾安如今的樣子，也不適合一下子接觸太多陌生人。

回到方家三、五日後，方瑾平與方瑾安已經能在方瑾枝的陪同下，每日到院子裡走走，面對方宗恪時也自在很多，沒像初見那般緊張。

為親近兩個妹妹，方宗恪也著實下了一番功夫，花不少心思採買小玩意兒逗她們開心。

方瑾枝見狀，笑著對她們說：「小時候，哥哥也是這樣對我的；現在我長大了，就開始哄妳們啦。」

方宗恪看她一眼。「心情很好？」

方瑾枝抿唇，沒吭聲。當然好，因為今天是三月十六呀！

方瑾枝不知他們離開溫國公府時，方宗恪有沒有聽清她和陸無硯說的話？又因他昨日說今天下午會出門，乾脆不告訴他，陸無硯今日會來。

陸無硯到方家時，方瑾枝正帶著一對妹妹看新栽的木槿。

不知是不是因為這些年，方瑾枝幾乎每晚都要跟兩個妹妹提到陸無硯的緣故，方瑾平和方瑾安見到陸無硯時，竟沒有太多畏懼。

陸無硯舉起手中的琴。「妳們的琴忘記帶了。」

方瑾枝剛往前走一步，想替兩個妹妹把琴接過來，忽又改變主意，拍拍兩人的頭，讓她們自己去拿。

方瑾平與方瑾安仰頭望方瑾枝一眼，走上前，從陸無硯手中接過琴，甚至小聲地說了謝謝，讓陸無硯和方瑾枝頗為意外。

兩人抱著琴跑回屋裡，不一會兒，屋中就傳出琴音。

「妳哥哥不在家？」陸無硯問道。

方瑾枝忙不迭地點頭。

「妳這竊喜的表情是怎麼回事？」陸無硯取笑她。「好像咱們在私會一樣。」

方瑾枝迎上去，自然地挽住陸無硯的胳膊，岔開他的話。「三哥哥，我帶你瞧瞧我家。」

陸無硯拉住她。「我只想多看看妳。」目光灼灼，一寸也不肯離開方瑾枝。

「以後還有好多時間看嘛……」方瑾枝不好意思地垂下眉眼，但握住陸無硯的手卻是緊緊攥著，不肯鬆開。

相處的時間總是太短暫，日薄西山時，方瑾枝還沒把想說的話說完。其實她說的都是這幾日發生的小事，連哪株木槿被踩了一腳都講了。

陸無硯坐在垂柳下的長凳上，側首凝視身邊的方瑾枝。他一直靜靜地聽她說話，她歡愉的聲音在耳邊嘰嘰喳喳，像動人的樂章。

方瑾枝瞧見西垂的落日，忽然住口。

「怎麼不說了？」

方瑾枝低頭，小聲嘟囔：「我一直在說這些芝麻綠豆大的事，三哥哥肯定不愛聽……」

「沒有，只要是關於妳的事，只要是妳說的，我都願意聽。」陸無硯笑著將方瑾枝的手捧在掌心。她的手小小的，又嬌嬌嫩嫩，似最好的羊脂白玉。

「三哥哥。」方瑾枝笑起來。「我就是想把你不在我身邊的每件事講給你聽，好像你一直都在我身邊一樣。」

「嗯，妳說。」

方瑾枝搖搖頭。「已經傍晚，三哥哥該回去了。」又重重地嘆口氣。「你趁著我哥回來前先走吧。」

陸無硯忍不住笑。「真像背著長輩私會。」

方瑾枝聞言，將腿微微彎曲放上長凳，俯下身，腦袋枕在陸無硯腿上，抬頭仰望他，極為認真地說：「三哥哥，我實在不知你和哥哥為什麼……」本想說「互相看不順眼」，可話到嘴邊又嚥回去，相信陸無硯明白她的意思。

「三哥哥，我很苦惱呢，你們就不能和解嗎？」

望著方瑾枝那雙期待的明眸，陸無硯沈默，掌心輕輕撫過她的臉頰，斟酌許久，才說：「瑾枝，等我們成親後，我就把我跟妳哥哥不和的原因告訴妳。」

「真的嗎？」方瑾枝驚訝地睜大眼睛。

「嗯。」陸無硯有些悵然。「放心吧。妳哥哥……也是為妳好。」

方瑾枝又疑惑了。「三哥哥，我不懂……」

「別急，等到一切塵埃落定，什麼都告訴妳。」陸無硯有些艱難地說出口。

「什麼叫塵埃落定？」方瑾枝繼續追問：「我們成親了，就是塵埃落定嗎？」

「對。」陸無硯點頭。

方瑾枝眼中的笑意更濃，歡喜地問：「三哥哥，我們的婚期還能再提前一些嗎？」

陸無硯不由笑出來，表情有些複雜地凝望方瑾枝，低低地說：「瑾枝，別忘了妳答應我的事情。」

方瑾枝眨眼，立刻曉得陸無硯指的是什麼，抬起右手發誓，朗朗道：「我發誓！將來不管發生什麼事，不管我們之間的關係變成什麼樣子，我都會相信三哥哥，絕不隱瞞任何事！」

方瑾枝與陸無硯之間有著奇妙的默契，很多時候根本不需要把話說出來，就能懂對方的意思。

「妳啊……」陸無硯把她舉起的手握在掌心，俯下身，吻了吻她的眼睛。

畢竟是在外面，且還是在方家，陸無硯的吻一碰即離。但方瑾枝卻抬手，摸上他垂下的墨髮，順勢攬住他的脖子，不讓他離開。

陸無硯望著方瑾枝近在咫尺的瀲灩明眸，溫柔地吻了她的唇。

「咳！」方宗恪站在小院垂花門處，臉色鐵青。

方瑾枝聽見聲音，立刻跳起來，臉色緋紅，心撲通撲通地跳，望向方宗恪，有點惱怒地說：「哥，你怎麼不敲門！」話一出口，才想起這裡是後花園，如何敲門？

她急忙看向陸無硯。「天色不早，三哥哥早點回去吧！」

「好。」陸無硯看著她的目光十分溫柔。

送走陸無硯後，方瑾枝回到自己的寢屋，路上遇見方宗恪。

方宗恪瞪著她，表情很冷，不發一語。

「哥哥。」方瑾枝直直望著他。「如果我就是要和他在一起呢？」

方宗恪皺眉，望著滿臉執拗的妹妹，忽然覺得堅持不下去了。

他嘆口氣，悵然地說：「枝枝，哥哥不會害妳，陸無硯不是妳的良人。這天下的男人，妳隨便選，唯獨他不行！」

「為什麼？」

方宗恪話到嘴邊，又嚥回去，別開臉，不去看方瑾枝被浸濕的眼睛。

「哥哥，看見你回來時，你知道我有多開心嗎？為什麼要讓重聚的喜悅被這些事沖淡？」

方瑾枝低頭，使勁把眼淚憋回去。「無論是你還是三哥哥，都有事情瞞著我，為什麼不肯告訴我？」

方宗恪有些震驚，上前握住方瑾枝的肩，追問道：「妳剛剛說什麼？陸無硯知道什麼？」

「我不知道。你不告訴我就算了，反正三哥哥說了，以後會告訴我的。」

陸無硯知道？如果他真的知道，又為什麼要娶枝枝？

此時方宗恪無法顧及方瑾枝了，陷入震驚，臉色冷得可怕，凌厲眼中浮現一抹殺意。

方瑾枝沒有回答，默默回房，把門關上。

方宗恪跟過去，在門外站了一會兒，無言離去。

第二日一早，靜寧庵的小尼姑送來靜憶親手做的槐花蜜糕，並一封書信。原來靜憶得知方家長子尚在的消息，又將方瑾枝接回家團圓，特地寫信祝賀。

方瑾枝得了信，這幾日正因陸無硯和方宗恪之間的事情心煩意亂，便吩咐鹽寶兒準備馬車，想去靜寧庵坐坐。

她剛剛上馬車，方宗恪就騎著馬追來。

方瑾枝瞪他一眼，放下車簾，不去看他。

到了靜寧庵，方瑾枝下車，仍不理會方宗恪，逕自帶鹽寶兒進去。可走到靜寧庵門口時，還是忍不住停下腳步，回頭看他一眼。

方宗恪已經下馬，斜斜倚靠一棵樹，注視著方瑾枝，看樣子是打算等她出來了。

「瑾枝，妳過來了。」靜思走出庵裡。

「靜思師太，您怎麼出來啦？」方瑾枝急忙提起裙角，三步併兩步跑上去。

「我和妹妹等妳好久，便來看看。」靜思目光溫柔地望著方瑾枝。

方瑾枝隨靜思跨入靜寧庵，完全沒注意到方宗恪的異常。

見到靜思時，方宗恪立即站直了身子，目光死死盯著她的臉，陷入極大的仇恨和震驚。

方瑾枝為何與她相識?!

第三十五章

每次來靜寧庵時，聞著淡淡檀香，方瑾枝心裡都會變得寧靜下來。她親自幫靜憶、靜思點茶，又吃了靜憶做的小食。她喜歡和靜憶、靜思在一起，她們對方瑾枝來說，是極親近的長輩。

靜思與靜憶聽說了方瑾枝最近的事，又道賀一番。

「妳大婚時，我們不方便過去，只好提前恭喜妳。」

「如今妳要出嫁了，哥哥又歸來，算是喜上加喜。」

「是呀……」方瑾枝表面上甜甜應著，心裡卻犯愁，擔心陸無硯和方宗恪之間的僵局。

雖然她生方宗恪的氣，可也不想讓他等太久，與兩位師太說一會兒話，便告辭了。

但等到她下山，卻尋不到方宗恪的身影。他的馬拴在旁邊的樹上，左右無人。

方瑾枝給鹽寶兒使眼色，鹽寶兒急忙去問車夫。車夫不肯說，方瑾枝觀察到他目光猶疑，不經意間瞟過遠處的小樹林。

方瑾枝猶豫一瞬，隨即帶著鹽寶兒往小樹林走去。又悄悄看車夫，發現他並沒有阻止的意思。

方宗恪的確在小樹林裡，正與陸無硯交手。刀劍無情，兩人出的狠招，皆是要取對方性命的架勢。

「哥哥！」方瑾枝驚呼一聲。

方宗恪眸光微凝，動作慢了半瞬，陸無硯的劍劃過他的袖子，在小臂上留下一道血痕。

兩人停下來，轉身看向方瑾枝。

這一刻，方瑾枝才明白陸無硯與方宗恪之間豈止是互相看不順眼，她看見了他們眼中的殺意，分明是要取對方的性命！

「走，回家了。」方宗恪朝方瑾枝大步走來，扣住她的手腕，拉著她離開。

方瑾枝不發一語，任由他拉回馬車。直到馬車走上官路，還是沈默不語。

方宗恪騎在馬上，走近馬車，掀開車簾，有些詫異地看著方瑾枝。她太平靜了，好似一點都不生氣，甚至連追問都沒有。

他並不知，方瑾枝看似平靜，心裡有多大的掙扎。

方宗恪嘆氣，剛放下車簾，就聽見方瑾枝大喊一聲：「停車！」隨即跳下車，轉身飛快往回跑。

「枝枝！」方宗恪騎馬追上，攔在她面前。「別回去找他。這麼久了，他也走了，而且我不會讓妳嫁給他！」

方瑾枝靜靜地望著方宗恪，道：「三哥哥曾經問過我，如果你和他之間只能選一個，我會怎麼選。」

方宗恪眉心緊皺。

「別逼我了，如果一定要選，我會選他！」方瑾枝拍拍自己的胸口。「我自小就是個自私的人，我沒那麼偉大，管不了你們之間的恩怨。我喜歡他，滿心都是他，我可以對不起別人，可以對不起哥哥，但我不會對不起自己的心！」親口說出自己的自私，也需要勇氣。

方瑾枝紅著眼睛繞過方宗恪，往小樹林跑去。

「枝枝，妳不要哥哥了嗎？」方宗恪的手緊緊攥著馬韁。

方瑾枝吸吸鼻子，沒有回頭，只是輕聲道：「過去的十年裡，哥哥不也沒要我嗎？」

「我……」

「從來不會拋下我不管的是三哥哥，不是你。」

方瑾枝再不耽擱，攥著裙角，飛快往小樹林跑去，怕去得太遲，就找不到陸無硯了。

所幸，陸無硯還立在那裡，未曾走遠。

他正低著頭，用手中的劍在地上寫字，聽見腳步聲，抬起頭看著氣喘吁吁的方瑾枝，似乎對她重新跑回來的舉動一點都不意外。

方瑾枝長長舒了一口氣，等氣息平順，才負著手，一步步朝陸無硯走去。

「三哥哥，你怎麼還在這裡？」她彎起一對月牙眼，眼中是釋然的笑意。

「當然是等妳回來。」陸無硯用劍尖指指地上的字。「我已經寫了妳的名字三十七遍。怎麼回來得這麼遲？」

方瑾枝咧著嘴笑出來。「才三十七遍而已，我可把你的名字寫滿了一本小冊子！」

說著，她又垂下眼睛，雙手環過陸無硯的腰，臉貼在他的胸口上，輕聲說：「三哥哥，我想念那兩條又肥又笨的紅鯉魚了……」

「好，三哥哥帶妳回家。」陸無硯小心地收劍，在她面前蹲下。

方瑾枝笑著爬上他的背，下巴抵在他的肩窩，微涼臉頰靠著他的脖子。

方府早就不是她的家了，有陸無硯的地方，才是她的家。

陸無硯揹起她，望著遠處山巒的疊影，輕聲道：「瑾枝，我不會辜負妳的選擇。」

方瑾枝使勁蹭了蹭他的脖子，笑著點頭。

遠處，方宗恪靜靜看著陸無硯揹方瑾枝離開的背影，幾次想追上去，將方瑾枝從懸崖邊拉回來。但他知道方瑾枝不會聽他的，不由陷入無盡的深思……

方瑾枝回到溫國公府，日子還算悠然自得。

這天，她去垂鞘院的小廚房燉粥後，便去閣樓餵魚。

陸無硯在寫信，她則偏著身子坐在高腳凳上，輕柔的流彩暗花雲紗罩裙垂曳於地，暖暖春風從半開的小軒窗吹進來，吹得裙襬宛若流水浮動，露出雲煙緞攢珠繡鞋的一角。

「動一動呀，不然我會以為你們已經死了。」她手中握著一支雀翎，輕輕拂過青瓷魚缸的水面，兩條紅鯉魚才極為勉強地甩了甩尾巴，漣漪泛起，旋即恢復平靜。

陸無硯把信上的最後一個字寫完，才回頭看她一眼，笑道：「別折騰它們了，讓它們安享晚年吧。」

「三哥哥，我發現一件很重要的事！」方瑾枝放下雀翎，轉頭望向陸無硯。「這麼多年了，它們居然沒生出小魚來。」有些懊惱地搖搖頭。「會不會……根本就不是一公一母呀？」

「去睡一覺，等妳醒來，就有小魚了。」陸無硯把字跡乾了的信摺好，收到一旁。

「騙人！」方瑾枝打個哈欠。

不過，聽陸無硯這麼說，她也覺得有些睏。大抵是春天到了，每日午後吹著暖暖的風，人就想瞇一會兒，便從高腳凳上跳下來，也不回房，只隨意側躺在窗下的長榻上。

「三哥哥，半個時辰以後喊我，鍋裡煮著粥呢……」她嘟囔一聲，脫掉繡鞋，尋個舒服的姿勢，沒多久就進入了夢鄉。

「嗯。」陸無硯應了聲，繼續寫另一封信，又時不時抬頭看看酣睡的方瑾枝。方瑾枝睡著時，梨渦微現，嘴角總帶著笑，傳來的暖意比三、四月的春風還要溫暖。

陸無硯起身走過去，將半開的小軒窗關好，抱了條薄毯，輕輕蓋在方瑾枝身上。輕柔的薄毯覆上時，方瑾枝迷迷糊糊地睜開眼睛，見是陸無硯，又笑著合眼繼續睡。

她睡得很淺，不到半個時辰便醒了。

「三哥哥？三哥哥？」她一連喊了幾聲，都沒人應，這才揉揉眼睛坐起來。

她踩著繡鞋起身，目光隨意一瞟，發現青瓷魚缸的水面動了動。走過去看，不由詫異，七、八條手指長的小鯉魚繞著兩條肥魚游來游去，好不歡快。

陸無硯跨進來，笑道：「怎麼樣，是不是生出小魚了？」

方瑾枝笑彎了一雙月牙眼。「三哥哥，你還把我當成小孩子哄！」

陸無硯上上下下打量了她三遍，慢悠悠地說：「小孩子。」

「我不要和你說話了，要去看看我的粥……」

「瑾枝，」陸無硯喊住她。「等會兒我要出去一趟，晚上可能不回來。」

「不成！」方瑾枝抓著陸無硯的手腕。「我幫你煮了粥，得吃完再走！」

陸無硯自然答應下來，不僅吃了，還把她的廚藝誇上幾遍，方瑾枝才放他離開。

陸無硯剛走沒多久，方宗恪便來了。

「我不跟你走。」方瑾枝防備地望著他。

她目光中的防備，讓方宗恪無奈地嘆氣。「當真是長大了，滿心都是喜歡的人，連哥哥都成了仇敵。」

方瑾枝聞言，心稍軟了些。「我沒把哥哥當敵人，只是希望哥哥不要拿『長兄為父』的理由逼迫我，我不會跟你回去。」

「我不逼妳了。」

「真的？」方瑾枝歡喜地迎上去。「哥哥真的不阻止我嫁給三哥哥了嗎？」

「嗯。」方宗恪深深凝視她，記下她眼中的歡喜。

方瑾枝彎著眼睛笑起來，拉住方宗恪的手，甜甜地說：「謝謝哥哥。」

「只是，迎娶妳的花轎要到方家接妳。以前哥哥不在便罷，既然回來，怎能讓妳從榮國公府出嫁？」

方瑾枝聽了，心裡猶豫，想了想才說：「三哥哥不在，現在我不能跟你回家。」

方宗恪看著她眼中那一絲提防，苦笑一聲。「隨妳吧。初七時，我會來接妳回去，讓妳從方府出嫁。」

「好！」方瑾枝復又歡喜起來。

直到第二天下午，陸無硯才回來，立刻洗了個澡，昏天暗地地睡過去。第三天中午，陸無硯才睡足，起身走下樓，在繡房找到方瑾枝。

方瑾枝正認真地繡荷包，連他走近了都沒發現。

「怎麼開始繡荷包？嫁衣改完了？」陸無硯彎下腰，瞧著她手中的荷包。

方瑾枝一驚，笑著轉身。「三哥哥，你醒啦？」

「嗯。」陸無硯拉過椅子，懶散坐下，從方瑾枝手中拿過荷包，仔細翻看。

「好不好看？」方瑾枝湊過去。「嫁衣昨天就改完啦，這是給你做的。」

「給我做的？粉白色？繡雙蓮？」陸無硯又重新翻看一遍，覺得新奇。

方瑾枝聞言，立刻睜大眼睛瞪著他。

瞧她不高興了，陸無硯急忙道：「好看、好看，就算妳送我一雙繡花鞋都好看。」

「還給我！」方瑾枝從他手裡把荷包搶回來，又小聲嘟囔：「粉白的怎麼啦？蓮花怎麼啦？你又不是沒穿過粉色衣裳，上面還繡著紅梅暗紋呢！」

「是是是，瑾枝說得對。等會兒我就讓人多做幾套粉白描百蓮圖的衣服，搭配這荷包。」陸無硯用指尖點點她鼓起的兩腮。「成了吧？」

「……要主色為白，輔粉色才成。百蓮圖不能一大片一大片，得繡得淺淡雅緻一點。」

方瑾枝說完，偷偷看了陸無硯的臉色，瞧他心情不錯，便放下手中繡了一半的荷包，撒嬌似的坐到他腿上。「三哥哥，我有事跟你說……」

陸無硯睥她一眼。「關於妳哥哥的？」

方瑾枝輕咳一聲。「那個……前天哥哥來過，希望我從方府出嫁。我、我也想……」

陸無硯細細瞧著她，方瑾枝被他盯得不自在，不由抓住他的衣襟，湊得近一點，低頭道：「好不好嘛？」

「妳已經答應他了？」

方瑾枝點點頭。

「那還問我做什麼？」陸無硯的臉色慢慢沈下去。

「不成，你不能生氣！」方瑾枝伸出食指指尖，點在他的嘴角上，輕輕往兩邊劃去。

但陸無硯毫無笑意的神色，加上上揚的嘴角，實在不怎麼好看。

最終，方瑾枝只好垂頭喪氣地收手，小聲嘟囔：「我初七回去，初八就回來了，只在方家住一晚。而且，我想平平和安安了嘛……」

「好了，知道了。」陸無硯實在受不了方瑾枝這副委屈的樣子，好像他犯了天大的錯一樣，無奈答應。又探手將方瑾枝滑到一側、微微露出肩頭的衣襟拉好，敲敲她的頭，笑道：

「衣冠不整。」

方瑾枝甜甜地笑了。

直到初七傍晚，陸無硯才肯放人。

方瑾枝離開時，那只粉白荷包還沒有繡完，她仔細叮囑陸無硯不要亂動，回來以後，她要接著繡完的。

方瑾枝出嫁的東西，早已準備得差不多，又因嫁的人是十分熟悉的陸無硯，她並無尋常女子出嫁前的忐忑，唯一放心不下的是一雙妹妹。不管廚藝如何，她還是堅持親手做了晚膳，陪她們一起吃。

方瑾平與方瑾安甜甜笑著，一個勁兒誇方瑾枝的廚藝好。

「這些年，哥哥不在妳身邊，如今剛回來沒多久，妳便要出嫁了，願妳以後一切都好。」方宗恪幫她斟滿一杯杏花酒，頓了下，問道：「妳可能喝酒？」

「能，我練過的，可以喝三杯！」方瑾枝伸出三根手指頭，滿臉自豪。

「那就好。」方宗恪笑笑，看向方瑾平和方瑾安。「妳們還小，不許碰酒。」

方瑾平和方瑾安點點頭，咬著手裡的糕點。近一個月的相處，她們已經不再畏懼方宗恪，偶爾還能主動和他說說話。

見哥哥和兩個妹妹相處融洽，方瑾枝也是歡喜的，將杏花酒一飲而盡，酒香在她口中緩緩擴散開來，帶著一點滿足的幸福感。

兩個妹妹終於不用再躲在小隔間裡，以後哥哥可以保護她們，多好呀！

哥哥終於肯同意她嫁給陸無硯，多好呀！

明天就可以嫁給陸無硯了，嫁給自小便喜歡的人，多好呀！

方瑾枝瞇著眼睛，忽然趴倒在桌上，手中的酒樽跌落，哐啷滾到一角。

她揉揉眼睛。明明讓陸無硯陪她練過酒量，可以喝三杯，今天怎麼才喝了一杯就醉？還是最不易醉人的杏花酒……

方瑾枝疑惑地抬頭，望著對面的方宗恪，迷糊中看見方宗恪眼中複雜的思緒。

「哥哥……」

下一瞬，她閉上雙眼，隨即昏迷過去……

第三十六章

四月初八，是陸無硯和方瑾枝的大喜之日。

朝堂上的人幾乎都來了，文武百官、世家名儒無不到場，楚懷川攜煦貴妃親臨，連駐守在邊疆的陸申機都趕回來。

陸家在溫國公府前擺了整條街的流水宴，招待尋常百姓，只要道聲喜，便可入座享用山珍海味。

一早，陸無硯便率領迎親隊伍去方家接新娘子，可是歡迎他們的，卻是緊閉的大門。方家已經人去樓空。

眾人噤聲，忍不住偷偷去看馬背上的陸無硯。

媒人硬著頭皮，小跑到陸無硯馬前，小聲詢問該怎麼辦？

然而，陸無硯彷彿沒聽見般，臉色沈靜如水，目光凝在眼前的方府。

陸無硯的壞脾氣是出了名的，媒人不敢再問第二遍，滿臉愁容地立在馬前，好不尷尬。但尷尬的豈止她一個？整個迎親隊伍，以及在兩旁看熱鬧的百姓，誰不是呆愣無語？

跟在後面的入茶匆匆趕來，有些擔憂地連喊陸無硯三聲。

陸無硯這才回過神來。

「還請三少爺指示，接下來該怎麼辦……」入茶小心翼翼地問。

「繼續。」陸無硯調轉馬頭，帶著迎親隊伍與空無一人的花轎，轉身回溫國公府。

溫國公府的婚宴依然熱鬧，即使沒有新娘子。

前院的流水宴繼續擺著，一道道佳餚被送上府中筵席，道喜聲連連不斷。

但新娘子不見了，那些道賀怎麼聽都不對勁。大家偷偷望著陸無硯，眼中全是好奇，然這場婚宴非同一般，誰也沒敢出聲，只能用眼神暗暗交流。

「無硯？」楚映司和陸申機離開人群，攔住打算離開的陸無硯。

陸無硯停下腳步，轉過身，有些疲憊地說：「讓這場婚宴繼續。」

陸申機皺著眉，問道：「怎麼回事？是瑾枝跑掉，還是被人拐了？你別急，老子幫你把人抓回來！」說完，風風火火地往外走，喊身邊的副將調動兵馬。

楚映司沈思片刻，拍拍陸無硯的肩，寬慰他。「好，母親知道你的意思了。」

陸無硯點點頭，邁步離去。

楚映司回到死寂的大廳，立在楚懷川身側，威嚴目光掃過眾人，嚴肅道：「本宮的兒媳不巧染了風寒，正在後宅歇息。婚宴繼續，諸位請盡興。」端起侍女遞過的酒，一飲而盡。

楚懷川也從侍女手中端過一盞酒，笑道：「那讓瑾枝好好歇著才是。」又指著陸家人。「大夫可得請最好的。」

陸家人連聲應著，臉上堆起笑，只是那笑瞧著並不真切。

不過，皇帝和長公主都這麼說了，誰敢有異議？大家端起酒杯，繼續歡飲。

楚懷川偏著頭，湊近楚映司，低聲道：「皇姊，瑾枝怎麼了？」

「不見了。」楚映司臉上仍舊掛著端莊的笑，但語氣裡卻添了幾分煩擾。

「這……」楚懷川微微蹙起眉。「無硯呢？」

「讓他回去歇著。他的意思是讓婚宴繼續，其他事情，以後再說吧。」

楚懷川沈思片刻，憂心道：「皇姊，朕擔心無硯。」

「本宮明白你的意思。」楚映司又飲了杯酒。「這麼多年，無硯一直沒走出來。雖然他事事挑剔，可是身為母親，本宮知道他其實對什麼都不感興趣，也沒有執念，連性命於他來說，都可有可無……」

「除了方瑾枝。」楚懷川把話接過來。「無硯喜歡方瑾枝，就像入了魔，從她還是小孩子時，就整日把她帶在身邊。」

「川兒，本宮擔心，如果找不回方瑾枝，無硯失去唯一牽念，又會變成以前那個樣子。」楚映司閉上眼睛，藏起眼中的疲憊和擔憂。有外人在時，她從不敢流露出半分的脆弱。

「皇姊別擔心，一定會找回來的。」楚懷川悄然嘆氣，心裡隱隱作痛。他欠陸無硯太多，一輩子都償還不完。

旁邊的陸佳蒲將楚映司和楚懷川的話聽進去，卻是更擔心下落不明的方瑾枝……

陸無硯獨自走進垂鞘院。

正廳的小軒窗開著，但窗下的長榻是空的，遠處高腳凳上也是空的。

恍惚間，他彷彿看見才六歲的方瑾枝踩在玫瑰小椅上，踮起腳，望向青瓷魚缸裡的兩條紅鯉魚。一眨眼，她的身影又變了，變成窈窕少女，垂著雙足坐在高腳凳上，手執雀翎逗弄已經老態龍鍾的紅鯉魚。

一陣暖暖的春風從半開的小軒窗吹進來，高腳凳上空無一人。

陸無硯走過去，垂眼看向青瓷魚缸。兩條紅鯉魚漂在水面上，翻著白肚皮，竟然死了。後來被抓來的幾條小魚兒正繞著它們的屍體，緩緩地游。

他抬手，將魚缸打落在地。

青瓷碎了一地，幾條小小魚兒在水漬裡翻滾，動作一點一點慢下來，動不了了。

陸無硯緩步進閣樓，走到二房的繡房。

繡臺上還放著繡了一半的荷包，粉白的，繡著雙蓮圖。

他彷彿看見方瑾枝坐在藤椅裡，仰頭對他彎起一雙眉眼，甜甜地說：「三哥哥，你可不許亂動，等我回來了要繼續繡的。我繡好了，你要穿粉白的衣袍來配它！」

陸無硯後悔了。

他不應該太顧慮方瑾枝的感受，不應該默默等她喜歡上他，等著她信任，等著她長大。

他應該把所有相關的人都殺了，不許任何人接觸她！

方瑾枝醒過來時，已經是三天後。

她渾身無力，且頭疼難忍，努力睜開眼，終於看清方瑾平和方瑾安擔心的臉。她費力地想讓自己保持清醒，可是做不到，很快又閉上眼睛。迷迷糊糊中，知道兩個妹妹餵她喝水，還有一些清粥，又在她耳邊說了好多話，雖然沒聽清楚，卻曉得她們一直在她耳邊一遍又一遍地喊姊姊，聲音裡是滿滿的擔憂，有時還帶著隱忍的哭腔。

除了妹妹們，方瑾枝沒再見到別人，但知道自己待在馬車上，逐漸遠離陸無硯。

後來，馬車終於停下來，她們搭上一艘船。方瑾枝疲憊地睜開眼睛，努力抬頭，透過船艙的窗戶望向汪洋大海。大海一望無際，與天相交，瞧著就讓人絕望。

乘船後的第二日，她終於見到方宗恪。或許他來看過她，但她陷入昏迷，並不知曉。

方瑾枝努力張開嘴，說出被擄走後的第一句話。「方宗恪，我恨你。」

方宗恪苦笑，眼中是說不出的悲涼。

經過半個月，方瑾枝與兩個妹妹被帶到一座海島，四面環繞看不見盡頭的大海。海島深處有座別院，她們被安頓在這裡。又過去七、八日，方宗恪把卓嬤嬤和米寶兒送來伺候她們。

之後，每隔十日，方宗恪都會乘船過來，送些日常用物與米糧。他知道方瑾枝並不想見到他，每次都將東西交給下人，然後和方瑾平、方瑾安說話。

雖然避開方瑾枝，可他都會帶一包紅豆糖，放在她房間的窗外。

紅豆糖並沒有被動過。時間久了，窗外擺滿一包又一包的紅豆糖，堆積成山。

後來，方宗恪發現窗外的紅豆糖都不見了，心裡剛有幾分歡喜，卻在離開的路上看見被扔在海邊的紅豆糖。海浪一波一波打過，沖散鮮紅的紅豆糖，流落海裡。

他立在海邊，望著最後一顆紅豆糖被捲進海水裡，才乘船離開。下次再來時，依然帶了紅豆糖，放在方瑾枝的窗外。

一年後，他再來時，方瑾枝站在窗下等著他。

這段日子，方宗恪總是每隔十天乘船過來一趟，而這次竟遲了七、八日。

他立在簷下，遙遙望著記掛在心上、一年不敢見的妹妹，心情頗為複雜，望著消瘦的方瑾枝，黯然嘆氣。

「我知道妳要問我什麼，可是我什麼都不能說，也不能放妳走。」

「所以要一輩子藏著我嗎？」方瑾枝靜靜看著方宗恪，語氣冷得像是對待一個陌生人。

方宗恪覺得方瑾枝比一年前瘦得更多，身量雖然高䠷些，卻顯得更憔悴，原本只在淺笑時若隱若現的梨渦越發深了。別開眼，默然道：「等到事情都解決，自然會放妳離開。到時候，我再也不會過問妳的生活。」

「事情解決？」方瑾枝瞇起眼睛盯著方宗恪。「你要做什麼？殺了陸無硯嗎？」

方宗恪沒有承認，也沒有反駁，把準備好的紅豆糖放在窗臺，轉身往外走。

方瑾枝忽然拔出匕首，朝方宗恪的後心刺去。可她只是個養在深閨的柔弱姑娘，使出全力的一刺，在方宗恪眼中，連花拳繡腿都算不上，輕易地躲過。

方瑾枝不氣餒，繼續揮舞手中的匕首。

方宗恪皺著眉，連連後退躲避。

「哥哥！姊姊！」方瑾平和方瑾安從海灘跑回，看見兩人爭執，大驚失色，捧著的漂亮貝殼散落一地。

方瑾枝咬唇，恨恨收了匕首。這些日子以來，兩個妹妹和方宗恪的感情越來越好，無論如何，她都不想在兩個妹妹面前和方宗恪鬧得太難看，讓她們難過。

方瑾平與方瑾安跑來，為難地擋在兩人面前。她們還是偏心方瑾枝，擔憂地望著她。

方瑾平先開口。「哥哥，你讓姊姊離開好不好？姊姊不想留在這裡……」

方瑾安也小聲附和。「讓姊姊離開吧，姊姊很難過……」

「照顧好姊姊，下次可能要一個多月，甚至更久以後，我才能再來看望妳們。」方宗恪深深看方瑾枝一眼，轉身離開。

「方宗恪！」

方宗恪停下腳步。

方瑾枝紅著眼睛。「小時候，平平、安安的奶娘表面上對她們很好，暗地裡卻想害死她們。那一日，娘親教我，除了自己，這輩子不可以輕信任何人！我是太笨，才因為你是我哥哥這樣荒唐的理由而相信你！」

方宗恪未曾回頭，閉上眼，靜默半天，才睜開眼睛，語氣疲憊。「是，是妳太笨，我根本不值得妳信任，因為我本來就不是妳哥哥。」話落，大步往前走，毅然決然。

「你說什麼？」方瑾枝追上去，張開雙臂擋在他身前。「再說一遍！」

「不用左右為難，也不用因為我是妳哥哥卻騙妳而難過。我本來就是十惡不赦的壞人，因為見不得妳好，才費盡心思囚禁妳，看著妳痛苦。這個回答，妳滿意了嗎？」

方宗恪說完，推開方瑾枝擋在身前的手臂，大步走向海灘，踏上停泊在那裡的船隻。

「方宗恪！」方瑾枝追到海邊，只看見船隻逐漸遠離。

方宗恪冷著臉坐在船頭，目光蕭索。

方瑾枝蹲下，抓了把石子使勁朝他扔去，像小時候他故意欺負她時，她也假意抓起花生扔他一樣。但無論小時候還是現在，她扔出去的花生或石子都沒能砸到他身上。

「姊姊！」方瑾平和方瑾安氣喘吁吁地追來。她們的身子相連，跑不快，臉上紅成一片。好不容易奔到跌坐在海灘邊的方瑾枝身旁，對視一眼，想要勸，卻不知怎麼開口？

「姊姊，妳看，很好看的……」方瑾安將攥在手心裡的小小鵝卵石遞到方瑾枝面前。

方瑾平也將先前挑了好久的漂亮貝殼遞給方瑾枝。

方瑾枝望著她們擔心的眼神，勉強笑笑，接過鵝卵石和貝殼，認真道：「很好看……」

「姊姊喜歡就好。」兩個小姑娘開心地坐在方瑾枝身邊，陪她望向深藍色的大海。

這一年，與方瑾枝不同，反而是方瑾平和方瑾安自出生以來最快活的時光。每日踩著沙灘玩耍，又養了幾隻小貓，性格開朗不少，時常能聽見她們歡愉的笑聲，連身子也長開了。

當初她們隨方瑾枝過來時，雖然身量瘦弱，但經過一年的新生活，如今和同齡小姑娘相比，並不顯得過分矮小，也只比方瑾枝矮半個頭。

兩個妹妹的變化，成了方瑾枝這一年裡唯一欣慰的事情。

方瑾枝靜靜坐在海邊，望著海天相交的地方，默默發呆，心裡等著、盼著那裡出現一艘船，一艘不是載著方宗恪的船。

「看呀，只有半邊翅膀的怪鳥！」方瑾平忽然指向遠處的天空道。

方瑾安瞇著眼睛笑。「怎麼可能會有半邊翅膀的鳥。」

「真的有！姊姊快看，安安不相信我！」方瑾平偏過身子，去拉方瑾枝的袖子。

方瑾枝回過神，疑惑地順著方瑾平指的方向望去，只有半邊翅膀的鴿子映入眼簾，勾起記憶……

「這些都是三哥哥養的嗎？好漂亮！」

「牠最漂亮。放飛後，牠花了八個月才回到家。路上不知遭遇什麼事，竟斷了一邊翅膀，就這樣飛回來。」

方瑾枝的眼睛霎時明亮，猛地站起身，朝那隻鴿子追去，沿著海岸狂奔，高聲喊道：

「我在這裡！我在這裡！」

她追著鴿子跑進海中，但冰涼海水打在身上，像強而有力的手掌往後推，阻止她前行。

她顧不得快沒過胸前的海水，目光死死盯著盤旋在空中、只有半邊翅膀的鴿子，不小心摔倒，嗆了一大口海水，又急忙爬起來，向鴿子跑去。

「我在這裡！三哥哥，我在這裡……」

鴿子在半空盤旋許久，忽地停住，猛地朝方瑾枝俯衝下來。

方瑾枝站在海水裡，雙手捧著鴿子，哭著吻牠的半邊翅膀，心緒比海濤更為澎湃。

咕咕咕……鴿子用小小的頭在方瑾枝的掌心蹭了蹭，又揚起僅剩的半邊翅膀拍拍她的手心，隨即以不同於尋常鴿子的姿勢騰飛而起，在方瑾枝的頭頂盤旋一會兒，又咕咕叫兩聲，才帶著方瑾枝的希望朝遠處飛走。

方瑾枝站在洶湧的海水裡，望著鴿子越飛越遠，直到消失在目光裡。臉上淚痕已被海風吹乾，不需要再擦，反身一步步艱難地走回海岸。

「姊姊，是三表哥的鴿子嗎？是他來找妳了嗎？」

方瑾枝重重點頭，來不及換下濕衣，拉著兩個妹妹小跑穿過小島，停在另一側岸邊。她蹲下努力拉扯地上的藤蔓，方瑾平和方瑾安也幫忙扯，露出做了一半的小船。

方瑾枝輕輕摩挲小船，眼中升起一陣憧憬。

「我們幫姊姊！」方瑾平和方瑾安轉身往叢林裡跑，費力將昨日砍下的木頭抬過來。

方瑾枝走到旁邊，在藤蔓下找出藏起來的刀，握著寬刀走進林裡，選了一棵樹，一下又一下地砍去，反震力道讓她的手心一陣酥麻，但留在樹幹上的痕跡不過是道不深的口子。

她並不氣餒，也不停下來，揉揉發麻的掌心，緊接著砍下一刀。

起初，她不僅砍不動樹，還弄傷手，直到嬌嫩掌心逐漸磨出薄繭，才堪堪能砍斷。

方瑾安看看方瑾枝的臉色，小聲地問：「姊姊，真的不找卓嬤嬤和米寶兒幫忙嗎？」

「不。」方瑾枝抬起胳膊，又一次全力砍下。「我再也不會輕易相信別人！」

第三十七章

方瑾枝在小島上計畫如何逃走時，陸無硯和楚映司正設計擒殺衛王。此值盛夏時節，楚映司走在城郊的樹林裡，燥熱的風吹過繁複宮裝的正紅色裙角，恍若一團跳動的火焰。

利箭在暗中瞄準她，緊接著射出。鬱鬱蔥蔥的草木後，是早已埋伏好的人手。

楚映司的嘴角帶起一抹似有似無的笑意，還沒走到盡頭，便不得不停下腳步，勾了勾唇，望向對面的人，帶著點傲慢道：「七堂兄，別來無恙。」

她口中的七堂兄名叫楚行仄，曾封衛王，如今是舉國追捕的謀反逆賊。

「堂兄在這裡等妳很久了。」楚行仄將手負於身後，一步步踱到楚映司身前。「映司，做了這麼多年的掌權者，可還舒服？」

楚映司淡淡道：「還成吧。不過，如果你死了，本宮的日子就更舒坦了。」

楚行仄哈哈大笑兩聲。「映司，咱們聯手如何？以妳我之能，吞併宿國、蕭國和燕國，造個更大的遼國！」說著邊抬手，深不見底的黑眸裡浮現一絲憧憬。

楚映司用眼角餘光涼涼瞟他一眼，嘲諷道：「聯手？七堂兄對本宮屠你滿門之仇既往不咎了？」

「捨小家顧大家而已。」楚行仄笑得像極慈祥老者，好像被殺的並非他的妻兒家眷。

但在他的笑容裡，楚映司只看見虛偽。她收起眼底那抹笑，聲音更冷。「可是本宮忘不了你逼殺父皇、擄我無硯的死仇！」

「沒得商量？」楚行仄仍舊在笑，友好溫潤。

「如果你自刎在本宮面前，本宮可以在他日吞併宿國、蕭國和燕國時，讓你的白骨看上一眼。」楚映司輕抬下巴，帶著天生的傲慢，縱使比楚行仄矮一頭，仍高高在上。

「既然如此……」楚行仄也收了笑。「他日本王登基，亦會讓映司的白骨望一望。」隨即抬手，一聲令下。

楚映司不動，笑著看他。

沒有人，沒有聲音，亦沒有箭矢。

馬蹄聲達達響起，陸無硯騎馬而來，滿身肅殺之氣，眸中冷若寒冰。

楚行仄瞇眼盯著楚映司，忽然哈的笑了。「是本王大意，怎麼忘了妳是楚映司！」又朝陸無硯招招手，恍若老朋友一樣，笑著問：「無硯，鼠蟲之肉孰香？」

「人肉，比如你的肉。」陸無硯拔劍，劍尖指著他，身後無數持弓的黑衣人逐漸靠近，手中不乏從楚行仄屬下手中奪來的羽箭。

楚行仄搖頭。「是本王大意了！」忽然寒光一閃，軟劍從他腰間劃出，刺向楚映司。

楚映司急忙閃躲，陸無硯生生偏過馬頭，免得她撞上馬身。

匆忙中，不知哪裡響起兩聲口哨，然後馬蹄嘶鳴，一匹匹無人乘駕的駿馬衝向樹林。

「放箭！」陸無硯一聲令下，無數淬毒利箭直射奔湧而來的駿馬。

楚行仄躲避箭雨，飛快翻身上馬，調轉馬頭而去。

陸無硯見狀，急忙收劍，搭弓射向楚行仄的馬腿，駿馬痛苦地嘶吼一聲，應聲倒下。

楚行仄在駿馬倒下的剎那，拽住另一匹馬的馬韁，翻身上馬。

「駕！」方宗恪帶著十幾個人殺進來，舉弓射向陸無硯的人馬，掩護楚行仄。

陸無硯盯著方宗恪，目光寒意森森，握住彎弓，搭上箭矢，卻在方宗恪以為陸無硯要射向他時，忽然一偏，箭頭對準逃逸的楚行仄——

「王爺！」方宗恪高喊，飛身越上楚行仄的馬背，擋下這一箭。

「宗恪！」楚行仄大驚。

「王爺先走！」方宗恪躍下馬，立在狂奔的駿馬中間，握住弓，連搭三支毒箭，射向陸無硯的人手，掩護楚行仄逃離，全然不顧刺進胸膛的利箭。

楚行仄看他一眼，快馬加鞭，一口氣衝出樹林。馬車已等在那裡接應，車邊立著兩個侍衛與蘇坎，蘇坎正是當初陪方宗恪回方家的管家。

「王爺快上車！」蘇坎迎來，把楚行仄扶進馬車。

楚行仄這才發現，他的胳膊不知何時受傷了，剛剛只顧著逃命，竟沒察覺，所幸只是劃了道口子，並不深。

蘇坎隨即發令：「快走！」

「慢著！」楚行仄按住流血的傷口。「宗恪陪本王出生入死十五年，豈能棄他不顧？」

蘇坎面露難色，但終究不敢忤逆楚行仄的意思，所幸救兵及時趕來，便兵分兩路，一路護送楚行仄逃離，一路去救方宗恪。

樹林裡，黑衣人越來越多，快制住方宗恪了。

方宗恪的胸口不停流出黑色的血，頭也越來越沈，甚至連目光都有些模糊，知道陸無硯射中他胸膛的箭塗有劇毒。雖然救兵已經趕來，但和陸無硯帶來的黑衣人相比，力量懸殊得不止一星半點。

這群黑衣人，個個武藝高超、狠辣無情，又只效忠陸無硯。據說他們出自一個名叫「出樓」的地方，不知陸無硯是何時養出這些人的？

陸無硯射出手中的利箭，忽覺頭頂一片陰影，抬起頭，看見那隻半邊翅膀的鴿子。

鴿子飛落在他的掌心，微弱地咕咕低叫兩聲，撲騰翅膀，動作越來越無力，完好的翅膀無力垂著，另一邊斷翅的地方有新傷口，不知飛回來的途中又遭遇了什麼事？

陸無硯立刻喊：「水！」

立刻有人遞上水囊。陸無硯焦灼地把水倒在掌心，年邁的鴿子喝了幾口，又用小小的頭蹭蹭他的掌心。接連餵了三次水，鴿子才恢復精神，奮力撲騰完好的翅膀，但斷翅的傷口又冒出血。不知是不是因為疼，身子抖動了一下。

鴿子想飛起來，可是斷翅的地方使不出力氣，又跌回陸無硯的掌中。

「慢慢來，不急。」陸無硯寬大的手掌輕拍牠的頭，明明焦灼不堪，卻只能這樣說。他明白，這隻年邁的鴿子能飛回來有多麼不容易，更明白牠的生命就快走到了盡頭。

鴿子小小的眼睛望了陸無硯一下，再次奮力撲騰翅膀，這次終於飛起來，在陸無硯的頭頂盤旋片刻，立刻朝某個方向飛去。

「收兵！」

陸無硯當即下令，追上鴿子，不再管楚行仄的救兵和方宗恪。

原本追擊楚行仄手下的出樓人馬立刻乾脆俐落地收兵，瞬間遠離樹林，去追陸無硯。

楚映司望著陸無硯的背影，愣了一會兒，才喊出聲：「無硯！這時不能放過他們！」

然而陸無硯全然聽不見她的話，目光死死盯著那隻飛在前方的鴿子，越行越遠。

「無硯！」楚映司恨恨地拍了下馬背。不該只讓陸無硯帶著出樓的人，而沒帶她的手下，這些人完全只聽陸無硯的，連她這個長公主的話都不聽！她只得憤憤離去。

前來搭救方宗恪的人本以為要命喪於此，沒想到會發生這樣的變故。短暫的呆愣後，急忙扶著重傷昏厥的方宗恪離開。一路追趕，好不容易才追上前方隱蔽小徑中的馬車。

騎馬終究比馬車快，何況楚行仄有意慢行，等方宗恪追上，他才長長舒了口氣。

第一場秋雨落下時，方瑾枝的小船終於做好了，而方宗恪也如他上次離開之前說的，一個半月都沒再來小島。

方瑾枝選了個風和日麗的日子，把小船推進海中。

「姊姊，妳真的會划船嗎？」方瑾平一臉擔憂。

方瑾安急得都快哭出來了。「姊姊，船這麼小，四周都是海，海浪那麼大呀！」

「放心吧，姊姊可以的。」方瑾枝安慰兩個妹妹。「這次姊姊不能帶妳們走，但不要擔心、不要害怕，過不了多久，哥哥就會回來看望妳們。」

這幾天，方瑾枝考慮過了，海島上的日子的確適合方瑾平和方瑾安；另外，她不知這次乘船離開會不會遇上風浪，倘若碰到危險，豈不是連累了妹妹們？

兩個小姑娘還是不放心。「姊姊，妳不是說那隻鴿子會帶著三表哥找來嗎？在這裡等著不好嗎？出海真的太危險了，姊姊不要貿然離開，再等等好不好？」

方瑾枝搖搖頭，她不敢再等了。那隻鴿子已經離開一個多月，牠本來就有殘缺，說不定已經死在路上。而且，這次方宗恪離開這麼久沒回來，肯定是有事要忙，更是天賜良機。如果這次不把握機會，下次想離開，就不知道是什麼時候了。

「我們還是擔心姊姊……」方瑾平與方瑾安低著頭，小聲地說，聲音裡已經有了一絲隱隱的哭腔，還有一絲懼意。

她們十分喜歡這座小島，每日都去海邊玩，對一望無際的大海有種難以言說的喜愛之情。但她們也知道大海的洶湧，擔心方瑾枝獨自划船離開會有危險。

「姊姊已經下定決心，這次一定要離開。所以，平平和安安不要再勸姊姊了好嗎？」

方瑾平和方瑾安還是擔心，但這些年都是方瑾枝照顧她們，早已養成極為聽話的性子，如今方瑾枝說得這般堅決，她們只能點頭。

「姊姊一定要小心！都是我們沒用，這些年總給姊姊扯後腿，一點忙都幫不上……」

方瑾枝聽了，急忙安慰兩個妹妹。「在姊姊眼中，妳們很棒！這一年多，因為有妳們，姊姊才能這麼快將小船造好，而且，這次姊姊離開，還需要妳們幫忙呢。」

「幫什麼忙？」兩個小姑娘抬頭望著方瑾枝，被她的話轉移了注意。

「如今卓嬤嬤跟其他下人都是聽哥哥的話，所以姊姊離開時，需要妳們纏住她們。」

「好！」方瑾平與方瑾安重重點頭。「我們都聽姊姊的。」

三人說定後，方瑾枝並沒有貿然乘船離開，她清楚自己以前沒有划過船，如此出海風險太大，所以要先學會划船。

一連幾日，她讓方瑾平跟方瑾安纏住卓嬤嬤等人，自己躲在海邊練習。剛開始，她無法掌握技巧，大概過了十來日，才讓簡陋的小木船穩穩地行在海面。

有時，她望著汪洋大海，心中不由生出幾分懼意，但她更不想永遠被囚禁在小島上！

很快就到了方瑾枝計畫要離開的日子。

這日，她故意點了很多菜讓卓嬤嬤準備，又讓方瑾平和方瑾安拖住米寶兒，才偷偷溜到小島的另一側，將藏著的小船推進大海。

她看了孤零零的小島一眼，跳上船，朝大海深處而去。

不過，她低估了大海的力量，在第二日傍晚就迷失了方向。

之前她用心記下方宗恪每次離開的路線，以為朝那個方向就能到達彼岸。可是身後的小島越來越遠，小船孤單地飄在大海上時，簡直無法辨別方向，尤其是夜晚，更加可怕。

飄在海上的第一晚，方瑾枝只做了一件事——哭。

她不敢前行，更不敢睡覺，縮在角落，恐懼讓她忍不住哭泣，浪聲和魚尾拍擊的聲音傳來，簡直讓人絕望。

原本她帶足一個月的糧食，但她發現，真正恐懼時，是什麼東西都吃不下的。勉強咬幾口冷硬的山藥餅，又開始划船。

第四日傍晚，看著西沈的落日，方瑾枝不能再前行，只得停下。

海浪拍過來，濺了她滿身海水，她終於忍不住放聲大哭，沒辦法再堅持下去。

方宗恪找到她時，她正蜷縮在船頭不停地哭，船槳已飄走一支。

方宗恪跳上她的小船，讓船身晃動一陣。

「哥哥……」方瑾枝抬起頭，茫然地望著他。

方宗恪心疼地拉起她，帶她躍上他的大船，從艙裡拿了毯子裹在她微微發抖的身子上，又取棉帕幫她擦濕漉漉的頭髮，重重嘆了口氣。「當真就那麼想回去找他？」

方瑾枝用力點頭，哭到紅腫的眼睛執拗地看著方宗恪。

「就算陸無硯以後騙妳、傷妳、利用妳，甚至殺了妳，都不會為今日的決定後悔？」方宗恪憂心地看著她，心裡掙扎。

方瑾枝再次用力點頭。

方宗恪還想問，可是瞧著這樣可憐的方瑾枝，又把話嚥回去，沈聲說：「這幾天有巨浪，我們先回小島，過後，我帶妳回去找他。」

「哥哥，你說的是真的嗎？」方瑾枝想相信方宗恪，又不敢完全相信。她已經被方宗恪騙過一次，不知這次能不能信任他？

方宗恪不願看見她眼中的半信半疑，別開眼，丟下一句「把眼淚擦了」，旋即轉身走到船頭，望著前方不見盡頭的深藍。

方瑾枝用手背胡亂將眼淚擦了，追到方宗恪身邊。

「哥哥，你那天說的都是氣話對不對？」她睜大眼睛凝視方宗恪，想要答案。

「別多想，我永遠都是妳哥哥。」方宗恪不由放柔聲音。「去艙裡小睡一會兒，到了小島，我再喊妳。」緊抿著唇，顯然不想再說下去。

方瑾枝猶豫一會兒，沒敢繼續追問。

暮色逐漸四合，傍晚的海風很冷，方瑾枝身上的衣服已被海水打濕，逐漸從腳心開始發冷，忍不住一連打了兩個噴嚏。

「回船艙去！再不聽話，把妳扔到海裡餵魚！」方宗恪轉身瞪方瑾枝，語氣帶著怒意。

「哥哥也別凍著了。」方瑾枝又看他一眼，才走進船艙裡。

但她等了又等，方宗恪始終都沒有進來。

是夜，過了子時，兄妹倆就回到小島上。方瑾枝原以為自己已經離開小島很遠，其實不過在原地打轉而已。

「枝枝、枝枝！」方宗恪立在船艙外，一連喊了幾聲，才把酣睡的方瑾枝叫醒。

方瑾枝揉揉眼睛坐起來，仍十分睏倦，茫然四顧，目光落在艙口的方宗恪身上，才一點一點清醒過來，下床出去。
船還沒靠岸，但方宗恪和方瑾枝都看見小島邊停了七、八艘船。
方宗恪皺眉，在帶著方瑾枝離開和回到小島之間猶豫一會兒，最後還是決定帶她回去。過幾日會有巨浪，現在離開太危險。會來到小島的人不過那幾個，無論是誰，他都有把握保方瑾枝無恙。當然，在陸無硯和楚行仄之間選擇，他還是希望來這裡的是陸無硯。
方宗恪帶方瑾枝走進小島深處，原本居住的別院已是燈火通明。
方瑾枝見狀，眼睛逐漸明亮起來，拽緊裹在身上的毯子，大步朝院門跑去。
「枝枝！」方宗恪怕她莽撞，遇到危險，忙追上去，拉住她的手腕。
一陣腳步聲響起，很多人從院中出來，為首的正是陸無硯。
四目相對時，方瑾枝和陸無硯怔了片刻。太久沒見，兩人在彼此身上看到一抹陌生，但這種淺淺的陌生隨即消失，又變成最熟悉、朝思暮想的那個人。
陸無硯的目光艱難地從方瑾枝身上移開，又順著方宗恪握著她的手，轉到方宗恪身上，目光停了半瞬，才又望向方瑾枝。
「瑾枝，到我這裡來。」陸無硯努力想讓聲音和暖些，可還是沒能藏住語氣裡的寒意。但因重逢的喜悅，方瑾枝竟毫無所覺。
「三哥哥！」方瑾枝甩開方宗恪的手，跑向陸無硯，撲進他的懷裡，雙手環過他的腰身，把臉埋進他的胸口，留戀地汲取他身上的溫暖。
一會兒後，方瑾枝突然伸出小拳頭，用力去打陸無硯。

「十六個月！」她的拳頭砸在陸無硯的胸膛上，一下又一下，發洩全部的委屈和想念。「你怎麼現在才來呀！」

「是我來晚了……」

陸無硯任由她打著，恨不得她的力氣更大一些，去拉她的手，才發現她的手有些粗糙，不似舊時柔軟，遂將她的小手攤開，凝視掌心上那層薄薄的繭。

方瑾枝想抽回去，陸無硯不准。

「為什麼不能在這裡等，非要去造船？」陸無硯又氣又疼，把她擁在懷裡。「怎麼就不能安心等我來找妳呢？」

方宗恪將方瑾枝帶回來前，陸無硯已從方瑾平和方瑾安口中得知她這一年的點點滴滴。

「我怕你找不著我呀！」

陸無硯閉上眼，更用力地擁住方瑾枝，不敢相信養在深閨的她怎會有勇氣獨自出海，更不敢想像這幾個晚上，她是如何在恐懼裡度過。

隨即，方瑾枝身上的潮濕讓他皺了眉，垂眸將手探進裹著她的毯子裡摸了摸，發現她的衣服濕漉漉的，便要她先去烤火、換衣服。

方宗恪見狀，剛想抬腳離去，就被陸無硯喊住。

「方宗恪，我們談一談如何？」

「我和你沒什麼好談的。」方宗恪緊抿著唇，臉色實在不算好看。

「我拿解藥跟你換兩刻鐘。」

方瑾枝疑惑地從陸無硯懷裡抬起頭。「什麼解藥？」

陸無硯自袖裡取出一只小瓶子，塞到她手裡。「把解藥給妳哥哥送去。」

方瑾枝看看手中的小瓶子，有些疑惑地走向方宗恪，把東西交給他。

方宗恪卻抬手將小瓶子打落在地。「不稀罕！」

「哥哥，你怎麼能這樣！」方瑾枝剛想發火，眼角餘光卻掃見小瓶子掉在石頭上，砸個粉碎，瓶子裡竟是空的，根本就什麼都沒有。

「方宗恪，你以為還有選擇嗎？」陸無硯的嘴角慢慢勾起危險弧度，神情冷得發寒。

出樓的人聽到動靜，立即一擁而上，抓住了方宗恪。

第三十八章

陸無硯走到關押著方宗恪的房間裡。

方宗恪冷冷看著出現在門口的陸無硯。「你到底知道多少？」

「不多不少，恰巧是你不想讓我知道的。」

陸無硯走進去，坐在方宗恪對面，將倒扣在桌上的茶杯一杯杯拿起來，又逐一倒滿水。

方宗恪看著他，直到陸無硯倒滿最後一只茶杯，才問：「你不會用別人碰過的杯子，所以根本不是要喝水。你究竟在做什麼？」

「玩。」陸無硯又將杯中的水一杯杯倒回茶壺裡。「和你這種討厭的人共處一室，總要找點事情做，不然簡直難以忍受。」

「陸無硯！」方宗恪前傾身子。「我不管你為什麼知道，但既然知道，又為什麼要娶她？你有什麼目的？」

「目的？」陸無硯輕笑一聲。「難道你不覺得我很深情嗎？」

方宗恪聞言，看著陸無硯的目光像見了鬼似的。

陸無硯收起懶散的神情，嚴肅道：「只此一次，不要再癡想把她帶走。若你再……」

「楚映司知道嗎？」方宗恪打斷他的話，目光又變得凌厲。

陸無硯頓了頓，道：「不知。她不會知道，誰都不會知道。」語氣堅定。

「如果……」

方宗恪還沒說完，陸無硯忽然抬手阻止他，回頭望緊閉的房門。「瑾枝，進來吧。」

方宗恪驚訝地跟著望過去，但門沒有動，一點聲音都沒有。

陸無硯道：「別藏了，我曉得妳在外頭。」

門被推開，方瑾枝有些洩氣地小聲嘟囔：「我夠小心了，怎麼就被發現呢……」

陸無硯忍住笑，輕斥她。「又偷聽。」

「是偷聽了，可我什麼都沒聽懂。」方瑾枝無奈地看著屋裡的兩個人。

「渴了，拿妳的杯子幫我倒杯水來。」陸無硯笑道。

方瑾枝知道陸無硯打算支開她，深深看了兩人一眼，有些不情願地離開。

直到她走遠，陸無硯嘴角那抹笑才淡去，轉過頭，冷冷地望著方宗恪。「這次我放過你，下次再見面，我不會顧念瑾枝的情分了。」

方宗恪擰眉許久，無奈道：「別讓她知道，永遠不要。」

許久，陸無硯才緩緩點頭。

方瑾枝知道陸無硯不是真要喝水，是為支開她，所以不高興地回寢屋，蒙著被子睡覺。

這一覺，她睡得很香，隔天中午才迷迷糊糊地睜開眼睛，眼前是一片雪白，呆了一會兒才反應過來，那白色是陸無硯身上的寢衣。

「醒了？」

頭頂傳來陸無硯的聲音，不知何時過來的，還把她擁在懷裡。

方瑾枝伸出雙手，抵在他的胸口前，身子往後挪了挪，抬頭凝視他。

陸無硯吻她的眼睛。「餓不餓？」

眼皮上濕柔的暖意將方瑾枝所剩無幾的迷糊盡數趕走，臉頰不由緋紅幾許，發燙起來。

陸無硯感受到掌心裡的熱，笑著放開手，深情地凝視她。

方瑾枝低著頭，不自在地坐起來，推他兩下，小聲說：「我要起來了……」

陸無硯也跟著起身，但沒有下床，而是幫方瑾枝拉了拉衣襟。

方瑾枝這才發現她的袍子衣帶鬆開了，露出小片柔軟春光，更是羞澀。

「你怎麼不早點幫我把衣服穿好！」方瑾枝埋怨地瞪陸無硯一眼。

陸無硯低笑。

方瑾枝眸光一轉，瞇著眼湊近他，甜甜地說：「三哥哥，咱們說點別的事情？」

陸無硯臉上的笑意頓時凝結，沈下臉，悶聲道：「又是妳哥哥？」

方瑾枝沒回答，可臉上的表情已經說明了一切。

陸無硯重新躺回床上，沒好氣地說：「別跟我提他，煩。」

方瑾枝垂眼，隨即又笑嘻嘻地湊過去。「不提他就不提他。但當初你答應過，等咱們成親，就會告訴我……一些事情。」本來想說「就會告訴我，你和我哥哥不和的原因」，可陸無硯不希望她在他面前提起方宗恪，只好換個問法，反正他能聽懂。

其實，即便方瑾枝什麼都不說，陸無硯也能知曉她心裡到底想知道些什麼，沈默片刻，才緩緩道：「因為妳哥哥是衛王的屬下。」

方瑾枝霎時驚得睜大眼睛。她從未見過楚行仄，也不知他是什麼樣的人，卻曉得當初正是楚行仄擄走陸無硯，把年幼的他送去敵國。在她的想像裡，楚行仄就是面目可憎的惡人。

「真是的，哥哥怎能為那個心思歹毒的人做事呢！」方瑾枝恨恨地握起小拳頭，使勁捶了下圍在身上的被子。

陸無硯看她一眼，有些遲疑地說：「所以，我和妳哥哥只是立場不同罷了。這次我已與他明說，要他離開皇城，以後他不會再把妳帶走。」

方瑾枝還是很生氣。她從小便討厭害了陸無硯的楚行仄，自家哥哥怎能替那種人做事？生氣地說：「不成，我得去勸勸哥哥，讓他棄暗投明！」

陸無硯沒接話，心裡明白，方宗恪不可能背叛楚行仄。

方瑾枝獨自生了半天的氣，忽又想起昨天晚上的事，疑惑地看著陸無硯，質問道：「所以，我哥哥因此中毒了？你下的毒？還用空瓶子騙人？」

「開個玩笑而已。那種毒，隨便抓個大夫都能解，故意拿射他一箭的事氣他罷了。」

方瑾枝瞪大眼睛。「你射了哥哥一箭？」

陸無硯輕咳一聲，解釋道：「射別人的，他非要替別人擋。」

「那個十惡不赦的衛王？」方瑾枝繼續追問。

陸無硯點頭。

「不行，我不能讓哥哥再替衛王做事，現在就去跟他說！」方瑾枝掀開被子要下床。

「不急於一時。」陸無硯拉住她。「現在應該做點更有意義的事。」

「更有意義的事？」方瑾枝迷茫地望著他。

陸無硯特別喜歡方瑾枝的眼睛，尤其喜歡這雙瀲灩明眸裡露出些許迷茫時的樣子。

「是。」陸無硯握著方瑾枝的手腕，微微用力，就讓她的身子趴在他身上。

方瑾枝望著陸無硯，黑玉般的瞳中映出她的樣子，明眸裡的迷茫一點點散去，復又變得澄澈，好像懂了他剛才說的事究竟是什麼，又開始緊張起來。

陸無硯柔情密意地望著方瑾枝，這種失而復得、又把她抱個滿懷的幸福感太過美好，忍不住翻身將她壓在身下，吻上她的唇。

方瑾枝柔軟的長髮如絲綢般披散在雪白床榻上，身上的寬鬆棉袍被陸無硯輕易解開，露出藏在裡面、似凝脂軟玉的曼妙身軀，手掌在上面肆意遊走。

方瑾枝不由攥緊他的衣襟，有些顫抖地喊了聲。「三哥哥……」

「嗯？」陸無硯停下來，抬眼凝視她。「別怕。」再次溫柔地吻上她有些慌亂的眼，卻感覺身下嬌軀顫抖著，畏懼地縮在他懷裡。

他暗暗嘆氣，緊繃的身體無力地伏在方瑾枝身上。她太小了，根本承受不了。

方瑾枝側過臉，努力地對陸無硯淺笑一下，表情帶著點緊張和羞澀。

陸無硯溫柔地吻吻她嘴角的梨渦，溫聲說：「再等等，等妳長大一點。」

然後，他感覺到，身下的小姑娘大大地鬆了口氣。

陸無硯笑著起身，從雙開門的衣櫥裡翻出乾淨衣服，一件一件幫方瑾枝穿好。方瑾枝幾次抗議要自己穿，卻被陸無硯拍開手。

方瑾枝悶悶不樂地嘟囔：「也太獨斷了點，連衣服都不讓我自己穿……」

「以後還有更多的事不許妳自己做。」陸無硯語氣悠悠。

「憑什麼呀？」方瑾枝抱著膝，抬眼看他。

「憑妳已經嫁給我了啊。」

「沒有吧……」方瑾枝有些猶疑。

陸無硯蹲在床下，幫她穿上乾淨小巧的繡花鞋。「那日，婚禮沒有取消，整個皇城的人都知道我陸無硯的夫人病了不能拜堂，然後舉行了只有新郎官的婚禮。」

方瑾枝眨眼，才想明白是怎麼回事，一時竟說不出心裡是什麼滋味……

這時，卓嬤嬤與米寶兒把午飯端進來，方瑾枝與陸無硯一起用。匆忙吃過後，方瑾枝便急急去找方瑾平和方瑾安，留下他慢慢吃。

看著方瑾枝疾步走遠的背影，陸無硯放下手中筷子，淺淺地嘆息一聲。

方瑾枝到了兩個妹妹的房間時，她們正坐在屋裡看方宗恪紮風箏。

「姊姊！」方瑾平與方瑾安從椅上跳下來迎接她，噓寒問暖，又問這幾日出海的事。

方瑾枝怕她們擔心，只三言兩語帶過，說在海上遇到方宗恪，完全沒提遇到風浪和心裡的害怕。

兩個小姑娘這才放心，畢竟沒親自划過船，渾然不知那些危險，完全被方瑾枝唬住了。

方宗恪只在方瑾枝剛進來時看她一眼，便低著頭，紮手裡的風箏。

方瑾枝和妹妹們說完話，才把目光移到方宗恪手中的風箏上，是個很漂亮的蝴蝶風箏。

方瑾平歡喜地道：「哥哥說，等到天氣暖和時，要帶我們去放風箏！」

方瑾安也在一旁連連點頭。

在方瑾枝小時候，方宗恪經常做風箏給她，其中最漂亮的就是蝴蝶風箏。風箏做好時，正值皚皚白雪的時節，他便答應她等到春暖花開時，陪她放風箏。可是，還沒等到春天降臨，他就帶著方家的商隊離開，一去十年，而那個風箏在她搬去溫國公府時，弄壞了。

見方瑾枝沒吱聲，方瑾安拉拉她的袖子，問道：「姊姊，哥哥做的風箏好不好看？」

「好看。」方瑾枝點點頭。

風箏終於做好了，方宗恪放下剪子，這才抬頭看方瑾枝，沈吟片刻，對方瑾平及方瑾安道：「哥哥有話要跟姊姊說，妳們先去海邊玩吧。」

兩人瞧瞧方宗恪和方瑾枝的臉色，見他們沒有生氣或憤怒的樣子，才安心離開，往外走時還回頭望。畢竟之前方瑾枝生方宗恪的氣，又動了刀，很擔心他們再爭執起來。

她們走出屋，順手關上門。方瑾平剛想往前走，方瑾安卻對她搖搖頭，兩雙一模一樣的眼睛互看一瞬，隨即心照不宣地放輕步子，躲在窗戶下偷聽……

屋裡，方宗恪的目光在蝴蝶風箏上凝了半晌，才開口：「小時候答應過妳，等到天氣暖和，就帶妳去放風箏，可是沒有做到。如今幫平平與安安做好風箏，恐怕也不能等到春暖花開時，陪她們去放了。」

方瑾枝一直氣著方宗恪，可是聽了這兩句話，心裡又有些不是滋味。

「你要去哪兒？不回來了？平平和安安好不容易才接受你，你要丟下她們不管了？」方瑾枝壓抑著情緒看方宗恪。雖然把兩個妹妹抬出來，但她也不希望方宗恪就這麼離開。

「不然呢？」方宗恪反問：「妳想看見我殺死陸無硯，還是想看他殺了我？」

方瑾枝急忙道：「哥哥，你為什麼非要效忠十惡不赦的衛王？不能不在他身邊做事嗎？當官也行呀，或者像以前一樣行商……」

「我從來就不是一個商人。」

方瑾枝怔住。小時候的事，她已記不清楚，如今恍然大悟，低下頭，不知該說什麼？

「如果平平和安安喜歡，可以一直住在小島上，不過妳馬上要跟陸無硯離開，沒有妳，她們未必想留下。」方宗恪嘆氣。「溫國公府不適合她們，若留在這兒，我會派人照顧。」

「至於妳……」方宗恪深深看方瑾枝一眼。「我管不了了。妳安心在陸無硯身邊待著吧，就當我死了，從沒有回來過。」

方瑾枝生氣地瞪著他。「那你回來做什麼？就為了故意折騰我一年?!」

方宗恪苦笑。「妳說得對，我的確不應該回來。」

「你……」方瑾枝軟下語氣。「我不是那個意思。哥哥，你一定要留在衛王身邊嗎？」

方宗恪不想再多解釋，站起來道：「我去看看平平與安安。」

躲在窗外偷聽的方瑾平和方瑾安一驚，急忙起身，踮著腳尖往外走。

「哥哥！」方瑾枝喊住方宗恪。「就不能一家人團聚嗎？」語氣高昂，可是說到最後，聲音漸低，帶著點乞求。

「哥哥……」方瑾枝走到他身邊，去拽他的袖子。「衛王不是好人，你不要再幫他做事好不好？長公主才是真正了不起的人，你來這邊好不好？」

方宗恪終於忍不住，說道：「好人？什麼是好人，什麼是壞人？楚映司和陸無硯的手上難道沒有沾滿鮮血？從來都是成王敗寇，各為其主罷了。」

「可是……」方瑾枝慌忙找藉口。「如今衛王勢弱，哥哥在他身邊，注定不會成功。」

「如果有一天楚映司失勢，陸無硯跟著她成為舉國通緝的欽犯，妳會離開他嗎？」方宗恪反問。

方瑾枝想了想，緩緩搖頭，好像隱約明白什麼，卻又不真切。

方宗恪不想對方瑾枝多說，畢竟她已是楚映司的兒媳，嘆口氣，正色道：「妳可以和陸無硯無話不談，但要記得，他母親是個整日玩弄陰謀權術、利用身邊人的女人。」

方瑾枝忙道：「長公主她……」

方宗恪打斷她的話。「哥哥並不是貶低她，相反地，很欽佩她。能站在那個位置，必是披荊斬棘、滿手鮮血、狠辣無情的人。

「哥哥只是想告訴妳，不要盡信她。若有一日她介意妳是我的妹妹，因此試探妳，又或者逼迫妳時，定要乾淨俐落地和我撇清關係。無論何時，都要先保護自己。」

「怎麼非得如此……」方瑾枝攥著方宗恪袖子的手慢慢鬆開，頭也低下來，萬分失落。

望著方瑾枝為難又失落的樣子，方宗恪眸中多了幾分無奈。

「枝枝，不要擔心。如今朝中漸穩，楚映司手裡的權勢越來越大，已不可能被衛王趕出朝堂。這場爭鬥，衛王必敗，楚映司注定是最後的勝利者，所以不會有陸無硯遇險的一天。妳開開心心地過日子就好，其他的不須多想。」

方瑾枝難過地抬眼看他。「哥哥明知衛王會敗，也要追隨他嗎？」

「無論衛王是潛逃欽犯還是階下囚，或者流民草莽，我也不會叛主。」方宗恪右手握拳，敲敲自己的胸膛。「我有我的忠義！」

方瑾枝聞言，憂慮垂眸。「將來衛王被長公主擒殺時，哥哥的結局又是什麼呢？」

方宗恪不答，只是笑著看她。

方瑾枝回到房間時，眼睛紅紅的，趴在桌上，從開著的窗戶望向大海，默默發呆。陸無硯看她一眼，一言不發地陪她發呆。

直到暮靄四合，方瑾枝才慢慢坐直身子，有些歉疚地望著陸無硯。「三哥哥，整個下午我不說話，你怎麼也不開口呢？」

「陪妳想兩全的法子。」

方瑾枝一怔，說不出是心酸還是無奈地搖搖頭。「沒用，哥哥不聽我的。」隨即暫時拋開心裡的沈重，笑著說：「好啦，我去找平平和安安，問問她們要不要留在這裡？」

「瑾枝。」陸無硯叫住她。「如果想將平平、安安帶回溫國公府也可以，有我在。」

方瑾枝莞爾。「我知道了，我去問問她們的想法。」

陸無硯點頭。

其實方瑾枝並不想把兩個妹妹帶回溫國公府，就算陸無硯出面作主，別人還是會暗地對她們指指點點。與其如此，不如還是住在僻靜的地方。

若她們想留在海島，以後她便多來看望。可這裡離皇城遙遠，還是希望可以按原本計畫住進花莊。當然，這一年多來，兩個妹妹的笑臉越來越多，她也看在眼裡，所以還是要問問她倆的想法，讓她們選擇。

方瑾枝尋到海邊時，看見方瑾平與方瑾安坐在沙灘上彈琴，曲子是方宗恪教的，她們練了很久，如今已是彈得像模像樣，悠悠琴聲和海浪聲交織在一起，別有一番情調。

方宗恪立在遠處，合眼聽著，時而蹙眉，時而點頭。

方瑾枝見狀，嘴角漾出暖暖笑意。不管未來如何，如今她的親人都在這裡，遂踩著沙灘，緩步走過去，不由隨曲子跳起舞來。她身上穿的並非水袖舞衣，便把垂在臂彎的軟紗披帛當成水袖甩出去，旋轉身子，艾青色襦裙一層一層飛起，彷彿一朵蓮在眼前徐徐綻放。

其實方瑾枝並沒有學過跳舞，不過是隨著樂曲旋轉罷了。可是她身姿靈巧，隨意的旋轉和舞動，自帶渾然天成的流暢之美。

此時，方宗恪忽然睜開眼，死死盯著方瑾枝旋轉的身影，臉色大變，似在她身上看見另一個人的影子。

「別跳了！」他的聲音發冷，甚至帶著一絲顫抖。

「哥哥？」方瑾枝停住旋轉的動作，因為腳步收得太急，踉蹌兩下，差點摔倒。

方瑾平和方瑾安也驚得停手，宛轉悠揚的曲子破了音，猶如裂帛。

方宗恪深吸一口氣，轉身大步離開，幾乎是落荒而逃，留下三個面面相覷的妹妹。

過了好一會兒，方瑾枝才想起要問方瑾平與方瑾安的事，她們幾乎是沒有猶豫地選擇跟方瑾枝離開，住進當初安排的花莊裡，因為捨不得離她太遠。

方瑾枝自然歡喜。只是，這份欣喜又因為方宗恪，而變成一聲嘆息。

過了兩日，海上風浪逐漸大起來，夜裡甚至可以聽見海浪的咆哮。

陸無硯在房裡陪著，但方瑾枝依然輾轉反側不能眠。

「睡不著？」陸無硯把她攬進懷中。

方瑾枝點頭，往他懷裡鑽，小聲地說：「總覺得自己還在船上……」

陸無硯心疼地吻她的眼睛，輕聲安慰：「別怕，已經不在船上了，海浪離我們很遠。」

「嗯……」方瑾枝在陸無硯的胸口上蹭了蹭，尋找依靠，甚至安慰起自己。「反正三哥哥在我身邊呢，就算在海上也不怕。」

「對。」陸無硯幫她掖好被子。「瑾枝，回去後，妳要當整個陸家的女主人，這麼多人，可能管好？」知道方瑾枝一時之間恐怕睡不著，便拉著她說些別的話，轉移她的注意。

「當然能，三哥哥得相信我。唔，不然你跟我說說府裡這一年多發生的事？」

陸無硯仔細回憶一番，道：「也沒發生什麼大事。入烹生了兒子；陸佳茵出嫁後過得不大好，三天兩頭往娘家跑；陸佳萱在議親，很可能嫁給妳二哥林今歌。」

「什麼?!五表姊要嫁給我二哥?!」方瑾枝震驚，實在無法把這兩人聯繫在一起。

「只是有意，但還沒定下來。」其實陸無硯不大清楚，也不大關心陸家後宅的事。

「哦……」方瑾枝沈默了。

陸無硯忽又想起一事。「佳蒲有了身孕，剛三個月。」

「真的嗎？」方瑾枝驚喜。「那她和陛下一定很高興！」

話落，她沒聽見陸無硯的聲音，遂疑惑地抬頭看他，發現他眉心緊蹙，帶著鬱色，便小心翼翼地問：「陛下的身體還好吧？」

「不大好。」陸無硯嘆氣。「昏迷的時日越來越多，也越來越長，有時一睡三、五天，已經不能早朝。」

方瑾枝呀了聲，跟著憂慮起來。

陸無硯立刻又轉過話題，說些陸家後宅的小事，直到把方瑾枝哄睡。但就算如此，她也沒有睡沈，外面風雨雷電聲不斷，便在睡夢中蹙起眉心。

陸無硯見狀，輕輕摀著她的耳朵，隔開那些聲音。

直到下半夜，雷雨停下，陸無硯才鬆開手，擁著懷裡的方瑾枝睡去。

幾天後，風平浪靜，眾人啟程離開海島。

船隻行在海上時，方瑾枝有些暈船，白日幾乎都躲在船艙裡，到了晚上又總是睡不好。陸無硯伴著她，白日唸書給她聽、與她下棋；晚上陪她說話，把她哄睡才肯歇息。

每當這時，陸無硯便不由悔恨自己來遲，若早到幾日，方瑾枝就不必獨自乘船逃離，也不會遇到那些可怕的事。

說起來，那隻鴿子飛回他身邊時，已經十分虛弱，加上只有半邊翅膀，帶著他來海島時，因體力不夠，只能飛飛停停，所以才拖延那麼久。

方宗恪與他們同行，但船隻到岸後，便悄無聲息地離開了。

方瑾枝本想著趁分開前問問下次相見的日子，可是方宗恪偷偷走掉，沒跟她道別，只託方瑾平和方瑾安帶一包紅豆糖給她。

方瑾枝望著手裡的紅豆糖，不由想起小時候纏著方宗恪要糖吃的情景，又憶及這一年多來，方宗恪放在她窗外的紅豆糖，嘆了口氣。

「吃糖對牙不好。」陸無硯直接奪走她手裡的紅豆糖，扔進大海。「餵魚吧。」

方瑾枝睜大眼睛瞪他，憤憤地說：「小器鬼！」

陸無硯只是笑了一聲，並不反駁。

接下來，兩人按照計畫，先陪方瑾枝送方瑾平與方瑾安去花莊，陪她們住了三日，才回溫國公府。

第三十九章

兩人回府時，已是傍晚，方瑾枝換了衣服，急忙去給陸家長輩敬茶——以長房嫡長媳的身分。

孫氏喝著遲了這麼久的新婦茶，心中頗為感慨，讓身邊的大丫鬟扶起方瑾枝，拉到身邊，說了好些話。話裡話外的意思，是讓她多照顧陸無硯，畢竟以後溫國公府要倚靠陸無硯，但他那性子實在不像能管家的，若方瑾枝能彌補這一點，簡直大喜。

之前孫氏不大希望方瑾枝嫁給陸無硯，是因為她的身分太低，有些配不上，擔心委屈她的長房嫡長孫。可是後來方瑾枝的身分一變再變，配陸無硯也算合宜。拋開原本的身分不說，方瑾枝本就聰明，能擔起管理後宅的擔子。如今她的身分夠高了，又是陸無硯心裡喜歡的人，孫氏又怎能不滿意？

若說唯一可惜之處，就是方瑾枝年紀小了點。如今大少爺陸無破的嫡長子已經十歲，連與陸無硯同齡的四少爺陸無砌的嫡長子也有五歲，她心裡哪能不急？

方瑾枝敬新婦茶，陸無硯自然得陪著，而且是硬著頭皮陪。無論方瑾枝在他耳邊怎麼嘰嘰喳喳說個不停，他都喜歡聽，但別的女人講個不休，他只覺得煩躁。

方瑾枝注意到陸無硯的臉越來越臭，悄悄對他使眼色，陸無硯才勉強點頭，繼續忍著。

孫氏也瞧出來，笑笑地推託自己乏了，讓眾人散去。

出了孫氏的堂廳，陸無硯才重重舒了口氣，牽著方瑾枝回去。

回到垂鞘院後，方瑾枝窩在長榻上看入茶點茶，忽然想起一事，望向窗前的高腳桌，問道：「我的魚呢？」原本擺在桌上的青瓷魚缸不見了，取而代之的是一瓶雪白的花。

陸無硯語塞，半晌才說：「妳走以後，這些鯉魚不愛吃魚食，我又懶得照顧，就放回鯉池了。」

方瑾枝皺著眉問入茶。「妳也沒幫我照顧著？」

入茶正在點茶的手一頓，垂首恭敬道：「是奴婢疏忽……」

「算了，放回去也罷，那兒還有它們的家人呢。」方瑾枝望向高腳桌上的插花。「窗口擺花也好看，風吹過還能帶來香氣，比熏香的味道好。」

陸無硯這才悄悄鬆了口氣。

與此同時，方宗恪趕回了楚行仄身邊。

楚行仄正在逗鳥，見到他，似隨意地問：「宗恪，聽說你妹妹是楚映司的兒媳？」

方宗恪皺眉。「是。」

楚行仄看他一眼。「本王挺羨慕你，尚有親人在世。不像本王，父母妻兒全部枉死。」

「王爺……」

楚行仄抬手打斷方宗恪想說的話。「當日本王親眼看著楚映司的人屠我滿門，又將屍體焚燒殆盡。本王目睹一切而無能為力，最是明白想要護住親人的心情。」

蘇坎聞言，和另外幾個屬下齊聲勸道：「王爺節哀……」

楚行仄笑了笑。「宗恪，你忠心耿耿跟在本王身邊多年，你我之間豈能因這樣小事而心存芥蒂？聽聞那姑娘自小養在深閨，想必心思單純，你得小心，別讓她被楚映司利用。」

「多謝王爺關心，屬下不會再和她見面，不會連累您。」方宗恪垂首，眼中一片沈色。

楚行仄擺擺手。「你身上的傷想必還沒養好，回去歇著吧。」

「是，屬下告退。」

等到方宗恪離開以後，蘇坎眸中閃現異色，湊近楚行仄，小聲道：「王爺，屬下以為，宗恪對妹妹的關心太重，若是他日連累王爺，後果不堪設想，不如……」

楚行仄睨他一眼。「蘇坎，本王知道你與宗恪不和。平日小事上有爭執便罷了，可挑撥離間之事，萬萬不能做！」

挑撥離間可是大罪！蘇坎急忙跪下。「屬下沒有這個意思……是屬下慌不擇言。」

「如今世上已無本王的親人，只有你們與宗恪忠心耿耿地跟隨。」楚行仄指指立在一旁的幾個屬下。

被指到的人立刻齊聲道：「王爺栽培之心，屬下們沒齒難忘！」

楚行仄聽了，打開籠門，放走鳥籠裡的金絲雀，沈思道：「宗恪於本王而言，相當於半子，若再非議他半句，就如這鳥兒一樣，各尋去處吧！」

蘇坎的背後泌出冷汗，連忙應是，不再多說了。

另一邊，垂鞘院的寢屋裡，方瑾枝正呆呆想著心事。

她明白，就名分上，她算是嫁給陸無硯了，可不知是不是因為沒有穿上嫁衣、沒有拜堂、沒有喝交杯酒的緣故，心裡總覺得怪異，這種感覺讓她在面對陸無硯時，有點茫然無措。

他們之間的關係……已經變成夫妻了嗎？

「想什麼呢？」

陸無硯進來，把手伸到她眼前晃了晃，方瑾枝這才回過神。

「沒、沒什麼。」方瑾枝忙低下頭，什麼都不肯說，可臉上還是帶著點慌亂。

陸無硯扳過她的身子，讓她面對自己，道：「瑾枝，妳有心事，要直接說出來，我未必能次次猜中。小事便罷了，要是大事，我又猜不出來，不能自己胡思亂想。」

「誰胡思亂想了？我才沒有！」方瑾枝不高興地瞪他一眼。

「好好好，我的瑾枝通透大方，才不會胡思亂想。」陸無硯抬手拔下她髮間的玉簪。

「咱們是不是該休息了？」

方瑾枝聞言，回頭望向床榻。這裡是陸無硯原本的寢屋，但只有黑白兩色的被枕已經換成大紅色，大紅的床幔、大紅的被褥，連枕頭也是大紅色。

方瑾枝有點猶疑。「按規矩，不是應該分開睡嗎？」

大戶人家的夫妻的確各有房間，妻子的住處靠後，方便管理後宅，也為了將來照顧子女；而丈夫的住處則在前面，還要臨著書房，以免耽誤前程。

「別人是別人，我們是我們。」陸無硯將方瑾枝打橫抱起，輕輕放在床上。

「可是……」方瑾枝擰眉。「以後每天都要在一起了嗎？」

陸無硯吹熄屋裡的燈。「不然呢？還是妳不喜歡？」

方瑾枝動作熟稔地鑽進陸無硯懷中。「沒有不喜歡，就是覺得有點不習慣。」

「慢慢會習慣的。」陸無硯凝視方瑾枝的臉，眼底全是笑意。

方瑾枝不去想這些了，岔開話。「睡吧，明天還要早起去見長公主呢。你再不睡，明天又起不來。」

「嗯。」陸無硯應了，擁著她睡去。

第二日早上，陸無硯果真不肯起床。

「三哥哥，起來啦！」方瑾枝使勁推他兩把。

陸無硯翻身。「不急，下午去也成。」

新婦給婆婆敬茶哪有下午敬的？但方瑾枝擰不過陸無硯，瞧他睡得香，只好幫他蓋好被子，悄悄出屋。

恰好，她也有別的事情要忙。之前鬧出方瑾平和方瑾安的事情後，陸無硯就把二房和三房的管家權收回來。可是方瑾枝隨即離開一年多，她不在時，二房和三房沒少動小心思，但都被孫氏擋回去。

這一年，陸無硯把事情全扔給入茶，每日各院的婆子都跑來垂鞘院回事。入茶聰慧得體，管帳難不倒她，可她畢竟是個下人，有大事做不了主時，便問問陸無硯，可陸無硯根本懶得管，是以表現只算堪堪過得去。

「都在這兒了。」入茶將厚厚一箱帳本交給方瑾枝，鬆了口氣。

「這麼多呀。」方瑾枝坐在玫瑰小椅裡，隨手拿出一本翻看，裡面記的都是府裡各種大大小小的進出帳目，十分繁瑣。

方瑾枝一邊抓著旁邊小碟裡的松子吃，一邊看帳。因自小就打理方家茶莊，如今看起帳本，毫不吃力。

入茶見狀，萬分慶幸。終於能甩掉這包袱，安心當個下人了。

方瑾枝快吃光一小碟松子時，陸無硯才打著哈欠進來。

「三哥哥，你總算起床了！」方瑾枝摸起小碟裡最後一粒松子，要往嘴裡塞。

陸無硯彎腰，張嘴搶了她手裡的松子，順便吮了下她的指尖，含情脈脈地望她一眼。

方瑾枝瞟了入茶一眼，頓時臉紅。

入茶眉眼不變，恭敬地低著頭，假裝什麼都沒看見。

陸無硯見狀，直起身子，笑道：「我先去洗澡，等會兒去母親那裡。」

「去去去。」方瑾枝作勢推他一下。

陸無硯走向淨室，方瑾枝也無心再看帳，索性把帳本丟到一旁，出去走走，讓入茶在陸無硯出來時告訴他去鯉池旁找她，再把入熏喊來陪她過去。

方瑾枝吩咐完，心想，垂鞘院的確缺使喚的丫鬟，而她身邊的卓嬤嬤、衛嬤嬤和鹽寶兒、米寶兒都被她留在花莊照顧兩個妹妹，看來要和陸無硯說一說，再添人才好。

到了鯉池旁，方瑾枝從入熏手裡拿過葵口碗，將魚食撒進池裡。一條又一條紅鯉魚從各個角落游來，爭相搶食。

方瑾枝睜大眼睛，望著游過來的鯉魚，仔細尋找當初養在青瓷魚缸裡的那兩條。

「怎麼沒找到呢……」

入熏忙說：「奴婢瞧著，它們都長得一樣呢。」

「不一樣，我能認出來的。」方瑾枝的大眼睛一眨不眨，掃過游來的魚。

入熏偷看她一眼，不敢吭聲。昨兒入茶指點過，那幾條鯉魚死掉的事，切不可說漏嘴。

沒過多久，方瑾枝就被一個人吸引了目光——猛地看見陸無磯，讓她愣了下。

陸無磯的臉色不大好，遇到她，也愣了一下。

方瑾枝的目光落在他的臉上，或者說，落在他臉上的疤。那道疤痕從他左邊劍眉一路向下，直到嘴角。幸好方瑾枝是個沒什麼力氣的小姑娘，個子又比陸無磯矮很多，所以當初那一劃，只在他臉上落下疤痕，力道若再重上一分，左眼必傷。

方瑾枝不願提起陸無磯，也不願意見，可猛地瞧見他臉上的疤時，心裡竟有一絲複雜。

「十一哥！你別跟母親嘔氣！」陸子坤從後面追上來。

看見方瑾枝也在這裡，陸子坤愣住，悄悄瞅了她與陸無磯的臉色，然後笑嘻嘻地對方瑾枝說：「三嫂，妳這是在餵魚？」

方瑾枝聞言，目光從陸無磯臉上移開，對陸子坤淺笑。「是。因為要等你三哥一起出門，有工夫就過來餵餵魚。」

陸無磯回過神，緩聲道：「不知三嫂在這裡，是十一莽撞了。」說完，微微頷首，大步往前院走去。

方瑾枝聽了，不由看陸無磯的背影一眼。印象裡的他不是這樣說話的，眉宇間的神色也完全變了一個人。

陸子坤忙道：「三嫂別介意，剛剛十一哥在母親那裡……有點不愉快。」

方瑾枝想說，她自小認識的陸無磯可比如今的他無禮莽撞得多，哪會介意？可還是忍不住小心翼翼地問：「怎麼了？十一哥又惹五舅母生氣嗎？」

陸子坤頓了下。「是說親的事。」

「十一哥還沒有訂親嗎？」話一出口，方瑾枝隨即明白，想必是被臉上疤痕影響了。見方瑾枝神色變化，陸子坤知她已然理解，不再多說，告辭去了前院。

陸無硯來時，看見方瑾枝站在鯉池邊發呆。

她低頭，一手端著裝魚食的葵口碗，一手探入碗中，輕輕放在魚食上。池裡的紅鯉魚們正眼巴巴瞅著她呢，她卻渾然不覺。

陸無硯從她手中拿過葵口碗，手腕一轉，將碗中剩餘的魚食全倒入鯉池，然後把空碗交給立在一旁的入熏，接了入熏遞來的帕子擦手，才說：「想什麼呢？這麼入神。」

「沒事。」方瑾枝抿唇，逕自往前院走，一邊走，一邊說：「三哥哥，再不去長公主別院，要天黑啦！」

陸無硯幾步追上她，牽住她的手。

方瑾枝望望在花圃裡剪花枝的丫鬟，忽然想起自己已經嫁給陸無硯，便任由他牽著了。

方瑾枝跟著陸無硯到別院時，楚映司正在書房與幾位大臣議事，偶爾還能聽見爭執聲。

方瑾枝有些茫然地側過頭看陸無硯。

「不要緊。他們因意見不合起爭執，是常有的事。」陸無硯解釋道，便拉著她去住過的屋中暫且休息。

一會兒後，兩人才進了楚映司的書房。

楚映司有些疲憊地坐在藤椅裡，揉著眉心。「你們過來了。」

其實，方宗恪告訴方瑾枝的話，還是對方瑾枝產生一絲影響，不大確定楚映司會不會因她的哥哥為楚行仄做事而發怒，有些擔心。

她在楚映司面前跪下，接過丫鬟遞來的茶，敬到頭頂，恭敬地說：「瑾枝給長公主殿下敬茶。」

楚映司沒接。

方瑾枝察覺了，不敢動，也不敢抬頭看楚映司的臉色，只能跪在那裡。

「咳。」陸無硯輕咳一聲。

楚映司看陸無硯一下，哭笑不得。不過是讓方瑾枝跪一會兒，兒子居然就不高興了，果然是有了媳婦忘了娘。

幫方瑾枝遞茶的丫鬟低聲提點。「三少奶奶，稱呼錯了。」

方瑾枝愣住，偷偷抬頭望向楚映司，對上她笑眼中的等待，才反應過來，急忙改口。

「瑾枝給母親大人敬茶！」

楚映司這才接過方瑾枝奉上的茶，喝了一口。「起……」

她還沒說完，陸無硯已經把方瑾枝扶起來。

方瑾枝卻急忙推開他的手，然後規規矩矩地立在一旁。

楚映司托腮，饒有趣味地看著他們。

被楚映司審視的感覺可不怎麼好，方瑾枝不由緊張起來。

陸無硯見狀，開口問道：「餓死了，飯呢？」

楚映司朝方瑾枝招招手。「來，陪本宮出去走走。」目光掃向陸無硯，不許他跟著。

陸無硯倒是沒想跟出去，隨意坐在楚映司剛剛坐著的藤椅裡，翻看案上的信。

「是。」方瑾枝急忙上前，扶著楚映司，陪她出去。

楚映司帶著方瑾枝走在迴廊裡，悠悠道：「妳逃婚以後，無硯過得不大好。」

方瑾枝一時不知怎麼接話。「逃婚」這個詞有點重，可結果確是如此，此時她也不想尋別的藉口解釋。而「無硯過得不大好」又是指什麼？不禁為陸無硯擔憂。

楚映司停下來，看迴廊旁的野花，微微出神後，才道：「但妳回來以後並沒有發現。」

「我……」方瑾枝茫然。她的確沒發現陸無硯有不對勁的地方。

「這一年多，無硯的脾氣越來越暴躁，經常會做一些破壞之舉，嚴重時甚至要靠藥物克制。」楚映司轉過身望著方瑾枝。「今日他又起晚了，是不是？」

方瑾枝訥訥點頭，忽然想起，這次重逢以來，陸無硯時常起得很晚，但他並不是像以前那樣晚睡，心裡生出不祥的預感。

「他應該是怕嚇著妳，臨睡前偷偷服了藥。」

「什、什麼藥？」方瑾枝越來越不安。

「小時候，他剛從荊國回來，每夜睡不著，總在噩夢中驚醒、摔東西，甚至打人、殺人，我們實在沒辦法，才讓他服藥，幫助入睡。可是那些藥會傷身，後來花了三、四年，才徹底戒掉。」楚映司直視方瑾枝。「妳逃婚那天，他幾乎砸毀垂鞘院，入茶差點死在他手上。」

「我、我沒有發現……」方瑾枝惶恐不安。

楚映司拍拍她的手。「咱們說點別的？」

方瑾枝勉強鎮定下來，點點頭。

楚映司開口，眉宇之間的鬱色更濃。「陛下的身體，已熬不過三個月。」

「什麼?!」方瑾枝大驚。

「陛下的第二個孩子流掉了，如今宮中只有雅和公主，和妳表姊腹中的胎兒。若妳表姊誕下皇子，自然是下一位帝王。」

楚映司說著，神情染上幾分肅然。「如果她懷的是公主，帝位……早晚會是無硯的。」

不等方瑾枝反應，楚映司抓住她的手，無聲收緊。

「本宮相信無硯的能力，然而他卻不講是非。本宮為了生存、為了權勢，殺死很多人，做過很多不善之事，但心裡清楚是非對錯。無硯不一樣，他是真的不在意，他日大遼交予他手中，若惹怒了他，又或者刺激他，他並不能顧慮子民的平安。」

方瑾枝急忙替陸無硯辯解。「三哥哥不會這樣的……」

楚映司苦笑搖頭。「如果有一天，他在意的人受難，他會毫不猶豫拋棄大遼的利益。」

「他在意的人……」方瑾枝喃喃自語。

「他日無硯登基後，未必能聽得進朝臣的勸諫。」楚映司的神情越發嚴肅。「如果有一天，無硯做錯事，妳能拿妳的善來勸他嗎？」

「我？」方瑾枝不敢直接答應。她早已習慣聽從陸無硯的安排，他為她安排的一切，並沒有哪件事是讓她不滿意的，甚至覺得陸無硯幫她安排的，就是世上最好的選擇。

如今，楚映司卻讓她勸諫陸無硯。

楚映司聲音漸柔。「孩子，妳的年紀的確還小，但已經不是他的表妹了。本宮知道妳剛來溫國公府時的不容易，不管妳當初接近無硯的目的是什麼，如今都是他的妻子。為妻者，不僅享有妻子的福氣，同樣要有妻子的責任與擔當。」

方瑾枝紅著眼睛，低下頭，小聲地說：「我不知道這些……」

「無妨。妳的母親早早就不在了，自然沒人教妳這些。」

楚映司拉著方瑾枝往前走一段路，在迴廊裡的長凳坐下。「說實話，本宮起初並不喜歡妳。妳的心機太重，又太會討無硯歡心，容易讓他迷了心竅。身為帝王，哪能癡迷於男女之情？但是……」楚映司無奈嘆氣。「偏偏本宮這兒子性子古怪，天上地下，就挑中了妳。」

方瑾枝低著頭，有點窘迫地攥著裙角，心裡一點一點溢出幾分酸澀。她強壓下這份酸澀，小聲道：「我記下了，以後會好好照顧無硯。」

楚映司搖頭。「這不是最重要的。只討男人歡喜的是妾，照顧衣食住行的那是奴。

「為妻者，夫君做錯事，妳要指責他；他遇到困難，妳要幫助他，甚至在某些時候替他拿主意，這些是為妻的責任；若他遭遇不幸，陪他同甘共苦，是為妻的擔當。」

方瑾枝怔怔望著楚映司，好半天才緩緩點頭。

楚映司觀察方瑾枝，見她迷茫的目光逐漸澄澈，暗暗鬆口氣。「至於妳哥哥……」

楚映司伸手，在方瑾枝的手背上輕拍兩下。「當年妳還小時，本宮發現無硯似乎特別喜歡妳，甚至在妳五、六歲時就說過要娶，所以，本宮已暗中查了妳的身世。」

方瑾枝猛地睜大眼睛，心又忽然揪緊了。

「據本宮所知，妳哥哥很喜歡衛王的女兒。當年無硯被衛王擄走，本宮派兵馬四處搜尋，一年後才找到被衛王藏起的家眷。本宮按照謀逆之罪，斬殺那近百人，又放了把火，將所有屍體連同府邸燒個乾乾淨淨。」

楚映司說著，冷笑起來。「妳哥哥替衛王做事，心上人又死在本宮手中，自然記恨。」

方瑾枝震驚，這才發現，當初勸方宗恪叛離楚行仄改投楚映司，是多麼天真的想法。

然而楚映司還沒有說完，蹙眉想了片刻，繼續道：「若本宮沒記錯，在妳三歲時，他假意帶方家商隊離開，其實是來刺殺本宮，但沒成功，反而遭遇埋伏，被本宮廢了兩條腿。」

方瑾枝倏地站起身。

「再見到他時，本宮也很意外，天下竟有醫術如此高超的人，竟能醫好那雙腿。」楚映司坦蕩地看著方瑾枝。「按照本宮的作風，應該殺了妳，斬草除根。」

方瑾枝眸光變幻，心中萬分糾結。

楚映司的思緒也有點複雜。若非因為陸無硯小時候受到的傷害，讓她對他心中有愧，她根本不會留方瑾枝的性命，更別說細心教導她為妻之道。

看著方瑾枝的表情，楚映司明白，今天一下子說了太多事，她很難立即接受；至於方宗恪的事，與其日後讓方瑾枝自己發現，還不如現在直接告訴她。

其實，楚映司並沒有完全說實話。她是不喜歡方瑾枝從小就心機頗深地討好陸無硯，可方瑾枝身上也有她喜歡的地方，比如她的聰明。

方瑾枝逐漸平靜下來，垂著眼，恭敬地說：「多謝母親大人的教誨，兒媳都記下了。」

楚映司怔住，沒想到方瑾枝會是這種反應，竟讓她一時摸不透。

她想了想，點頭道：「妳先回去吧，無硯在等妳。」

方瑾枝回頭，果然看見陸無硯立在簷下朝這邊望。

「是，兒媳告退。」方瑾枝對楚映司彎了彎膝，步出迴廊，朝陸無硯走去。走近陸無硯時，她平靜中略帶蒼白的臉色逐漸漾出暖暖笑意，挽起他的手。「無硯，我們進屋吧。」

「嗯。」陸無硯將她的小手握在掌心，陪她往屋裡走。

陸無硯走了兩步，忽然覺得不對勁，偏過頭凝視方瑾枝。「剛剛妳喊我什麼？」

「無硯啊，你不喜歡嗎？」方瑾枝仰起頭，靜靜望著他。

這次，陸無硯看著她喊他名字時雙唇微微開合的樣子。好看，真好看。

「喜歡。」陸無硯抬手捧住她的臉，在她睜大眼的震驚裡，使勁親了她的唇，一觸即分。

方瑾枝慌忙轉身，楚映司已經不在迴廊裡，可誰知這裡的侍衛剛剛有沒有目不斜視？

陸無硯已經春風滿面地走進屋中。

晚膳時，陸無硯難得地心情好。他向來飯量小，今天卻是胃口大開。方瑾枝幾次偏過頭看他，想勸他別撐著了，話到嘴邊又嚥回去。

這時，丫鬟端上芋圓紅豆湯，經過陸無硯時，不小心絆了下，手中的湯灑出來，正巧滴在陸無硯的衣襬上。

丫鬟見狀，撲通跪地，臉色嚇得煞白，連連求饒。如果這湯灑在楚映司身上，大不了挨一頓板子，但灑在潔癖頗重的陸無硯身上，可是要出人命的罪！

陸無硯皺眉，厭惡地看著衣襬上的污漬。

方瑾枝在陸無硯發火之前起身，對楚映司道：「我陪無硯回去換衣服。」

陸無硯看看方瑾枝放下的筷子，把她按回椅子裡。「吃妳的吧，我自己回去。」

楚映司見狀，對丫鬟道：「以後別進屋了，退下吧。」

「奴婢遵命！」丫鬟連忙爬起來，顫著腿出去。

楚映司拿起筷子幫方瑾枝挾鹿肉，又讓別的丫鬟替她添小半碗龍眼棗仁羹，再無他話。

「謝謝母親。」方瑾枝垂著眼，恭敬溫順。

楚映司望著她，不由多了幾分思量。她猜不透方瑾枝此時的心思，但不後悔親口說出那些事。隱瞞從來不是解決問題的方法，真相永遠明明白白地擺在那裡。

這時，方瑾枝放下手中的銀箸，正視楚映司，澄澈雙眸中是一片真誠與堅定。

「您是無硯的母親，所以也是我的母親。那些事，如果沒有無硯，我會生氣，會心生介懷。可是，在無硯和哥哥之間，我早就選了無硯。」

楚映司怔住。

「我的確不懂得如何做個妻子，可是在很久之前，無硯已經是兒媳心中最重要的人，因他歡喜、陪他苦惱，生不能同時，死必同期。」

已經換好衣服的陸無硯站在屏風外，全都聽見了，眸中漸暖，絲絲生春。

楚映司喟然長嘆，承諾道：「孩子，若有一日妳哥哥落在本宮手中，本宮留他性命。」

第四十章

晚上，方瑾枝一直跟在陸無硯身邊，陪他洗澡、陪他讀書，甚至在他去茅房時，也差點跟進去。

「跟我這麼緊做什麼？」陸無硯好笑地捏捏她的臉。

方瑾枝彎起一雙月牙眼，甜甜地說：「喜歡你，一刻都不想分開嘛！」奪走陸無硯的書。「咱們歇著吧。」

陸無硯有瞬間的猶豫，但方瑾枝已經把他拉上了床。

陸無硯偏過頭，凝視整理被子的方瑾枝，思索暫時離開的藉口。

「瑾枝，我突然想起來，還有件事要去找母親商議。」

方瑾枝的手一頓，終究還是嘆氣，側頭看陸無硯。「議事可以，但不許再服藥了。」

陸無硯呆愣片刻，立刻黑了臉。

「她是我娘，還是妳娘啊？為何什麼都跟妳說啊！」他氣沖沖地翻身下床，作勢要去找楚映司理論。

「無硯……」

溫婉甜糯的聲音入耳，讓陸無硯的腳步一頓，不由轉身望向盤腿坐在床上的方瑾枝。

方瑾枝眯著眼睛，朝他張開雙臂。

陸無硯有些洩氣地走回去，彎下腰抱抱她。

「無硯，你不覺得我比藥更有用嗎？我哄你睡覺好不好？我可以講故事，還能唱小曲……」方瑾枝仰起頭，在他的唇角輕輕親了下，低低地說：「我也比藥更好吃。」

陸無硯看著她。「不是小孩子了，說話要注意，知不知道妳剛剛說的話是什麼意思？」

「我知道。」方瑾枝重重點頭。

陸無硯凝望她許久，才輕輕吻她的眼睛。「好，以後我不服藥了。」無奈地笑了笑，吹熄屋裡的燈，爬上床，把方瑾枝擁在懷裡。

方瑾枝睜大了眼睛，疑惑地望著他，等待著。

陸無硯嘆口氣，無奈道：「睡覺了。」

方瑾枝還是望著他，不肯閉眼。

陸無硯知道得給她一個解釋，免得她思來想去，遂道：「瑾枝，妳還太小。我在這時娶妳，是為了好好保護，不能做傷害妳的事。」

陸無硯將方瑾枝拉著他衣襟的手握在掌心，放在唇邊吻了吻。「妳想做母親嗎？」

方瑾枝愣住。她還沒想過這件事。

陸無硯將手探進方瑾枝的寢衣，在她的腰與臀上捏了捏，溫柔地說：「妳的身子還沒長開，生產對妳來說，太危險了。」

「知道了……」方瑾枝把臉藏進陸無硯的胸口，忽然被一陣窘迫淹沒。這人不就是比她大九歲嗎？知道的東西比她多一點，也沒啥了不起，睡吧睡吧。

陸無硯臨睡前沒有服藥，第二天果然醒得很早。他睜開眼睛時，天不過濛濛亮，方瑾枝還在他的懷中酣睡。

她枕在他的臂彎裡，一隻手搭在他的腰上，另一隻手則攥著他的衣襟。

陸無硯扯了扯衣襟，沒扯回來，便輕輕彈了下她抓著他衣襟的手背。

孰料，白嫩小手越發攥緊，握成小拳頭，把他的衣襟捲在手心裡。

陸無硯望著那張白皙臉頰，不由伸出手指，輕輕刮了下。

方瑾枝皺眉，往前湊了湊，整張臉埋進陸無硯的胸口，只露出一隻白皙的小耳朵。

陸無硯再用指尖去撥她軟軟的耳垂。

方瑾枝哼唧兩聲，念叨了兩句。

「什麼？」陸無硯湊過去聽。「再說一遍。」

「你好煩吶！」方瑾枝嘟囔，搭在他腰上的手使勁拍了下，繼續睡。

陸無硯笑著抱抱她，又稍微拉開一點距離，免得悶著她。不再逗弄，只是靜靜凝視她的睡顏，等著她醒來。

大概過了小半個時辰，方瑾枝才迷迷糊糊地睡醒，睜開眼，第一眼看見的就是陸無硯如黑曜石般的明眸。

她眨眨眼，伸長脖子，湊過去親陸無硯的眼睛，然後又閉上眼，睡著了。

「裝睡。」陸無硯抓起自己的髮梢，劃劃她的臉。

方瑾枝格格笑出聲，無奈地坐起來，眉眼堆笑，偏又裝出生氣的樣子，瞪他一眼。「無硯，你再這樣，我要和你分床睡了！」

「想都別想。」陸無硯握住她的手，重新把人拉到懷裡。

陸無硯還沒動呢，方瑾枝怕他又要鬧，急忙說：「起來了，咱們還得進宮呢。」按規矩，奉旨成親後，是要進宮謝恩的。

提到進宮，陸無硯臉色稍鬱。

方瑾枝抬眸望他一眼，無聲地握住他的手。

用過早膳，方瑾枝便和陸無硯進宮。

如今，楚懷川幾乎日日臥病在床，把朝政完全交給楚映司。

這天，楚懷川難得沒歇在床榻上，而是坐在御花園裡賞菊。

方瑾枝瞧著楚懷川的臉色，心裡陪著陸無硯一起煩擾。楚懷川的臉色實在太差，簡直蒼白如紙，而且瘦弱得不像話，每說幾句話，就要忍不住咳嗽。

陸無硯皺著眉道：「風大，你多穿點。」

楚懷川笑著抬手指指陸無硯。「這話的口氣怎麼像朕的長輩呀。」許是因為身體太過羸弱，連笑起來都有些吃力，而且話說得很慢，像一口氣說不完似的。

「父皇！花花！」

陸佳蒲抱著楚雅和走來，楚雅和伸長胳膊，急得不行，恨不得從陸佳蒲的懷裡跳出去，把手裡摘的小金菊遞給楚懷川。
可她拿了一路，小雛菊已經有些枯萎，還掉了兩片花瓣。
看著那朵皺巴巴的小花，楚懷川有點嫌棄。
「慢點、慢點。」陸佳蒲一邊安撫楚雅和、一邊又對楚懷川使眼色。
楚懷川這才接下小雛菊，猶豫一瞬，從陸佳蒲懷裡接過女兒，讓她站在自己的腿上，隨即斥責似的看陸佳蒲一眼。「自己也是懷了身子的人，以後別抱著她了，記住沒有？」
陸佳蒲溫柔地道：「臣妾記下了。」
楚懷川很少抱女兒，楚雅和睜大眼睛，有些稀奇地望著他，小心翼翼地伸手去抓楚懷川的臉。
楚懷川瞪她一眼，楚雅和又急忙把手縮回去，雙手負在身後，可憐兮兮地望著他。
望著女兒怯生生的大眼睛，楚懷川不大習慣地揉揉她的頭。「雅和長大了，也變重了，以後不許再讓妳母妃抱著了，知道嗎？」
楚雅和連連點頭，目光一刻不離向來不怎麼親近她的父皇。
「好了，雅和才多大，不沈的，還是讓臣妾抱吧。」陸佳蒲擔心楚雅和累著楚懷川，眸光裡充滿擔憂。
楚雅和想了想，從楚懷川的膝上爬下去。「我自己走路。」說著，邁起小短腿，往一旁涼亭的空椅子走去，然後轉過身朝陸佳蒲招手。「母妃坐！」
「好。」陸佳蒲微笑，朝她走去。

方瑾枝見狀，也走過去，由衷地說：「四表姊放心，妳和孩子一定會平平安安的。」
「嗯。」陸佳蒲溫柔地伸手搭在自己的小腹上，泛起一層暖意。
方瑾枝有些好奇地問：「孩子會動嗎？」
陸佳蒲笑著搖搖頭。「現在還小呢，哪裡會動？不過可以感覺到他的存在。」
方瑾枝點點頭，仔細想像陸佳蒲話中的意思。
「不急，以後妳也會經歷的。」陸佳蒲拍拍她的手。
方瑾枝聞言，又想起昨夜陸無硯說過的話，一時之間有些出神。
陸佳蒲望著她，輕聲說：「雖然我不知妳為何會離開一年多，但三哥對妳那麼好，莫要再惹他傷心。」
「聽妳這話說的，難道朕對妳不好？」楚懷川和陸無硯從外面走進來。
「陛下。」陸佳蒲想行禮，卻被楚懷川阻止。
「瑾枝，我們該回去了。」陸無硯朝方瑾枝招手。
方瑾枝點頭，兩人向楚懷川和陸佳蒲告辭，便出宮了。

是夜，楚懷川待在寢宮，屏退宮人，沈默地坐在床邊。
「陛下？」陸佳蒲抬起眼，偷偷瞧著楚懷川的臉色。抬起手，卻又放下。
「陸佳蒲，妳想摸朕的臉，朕會不讓妳摸嗎？」楚懷川偏過頭，好笑地望著她。
陸佳蒲垂下眼，小聲說：「臣妾只是覺得陛下的臉色不大好……」

「那妳還不幫朕揉揉？」

「又不是揉揉就能揉好的……」陸佳蒲小聲抱怨，卻還是抬手，用手背摸了摸楚懷川的臉頰。他的臉是涼的，彷彿冰一樣，讓她立刻紅了眼圈。

「妳可別哭，朕受不了。」楚懷川嘆氣。「朕只是覺得有點冷。」

陸佳蒲慌忙扯開身上的被子，作勢要蓋在楚懷川的腿上。

楚懷川按住她的手，褪下明黃靴子，躺在床側，與她同寢。

「還是妳身上暖和啊……」

楚懷川這話點醒了陸佳蒲，急忙解開自己的衣服，把楚懷川冰涼的手貼在身上，但冰涼的感覺卻讓她縮了下。

楚懷川立刻抽回手，皺眉使勁敲敲陸佳蒲的頭，罵了句。「蠢死了！」

陸佳蒲低下頭，不想讓楚懷川看見她的眼淚。

「唉，朕怎麼又忘了，答應過不再罵妳蠢的……」楚懷川無奈地搖搖頭，將陸佳蒲的衣帶繫好，抱著她躺在不能帶來溫暖的被子裡。只有陸佳蒲的身子，能讓他覺得暖和一點。

「朕一直覺得活著挺沒意思的，早死晚死沒什麼區別，甚至早死早解脫。」楚懷川越發用力地抱緊陸佳蒲。「可是現在後悔了，朕開始貪生怕死，想活著，想萬歲萬歲萬萬歲。」

楚懷川探手，把手掌搭在陸佳蒲的小腹上，又緩緩上移，撫過她的身子，摸著她被淚水打濕的臉，帶著無限眷戀。

「朕捨不得妳……」清淚從他眼角流出。「哪怕永遠這樣病殃殃的也無所謂。癱了也好，殘了也罷，朕不想死，死了就再也看不見妳，甚至看不到咱們孩子出生！」

「陛下會長命百歲……」陸佳蒲已然泣不成聲。

楚懷川笑了，抬手壓住自己的胸口，極力忍受胸腹中強烈的腥味翻涌。如今他活著的每一刻都是痛苦，時時有隻手在他的胸腹間肆意撕抓，鮮血淋漓。

可即便這般痛苦，因為有了眷戀，他也開始貪生，想活下去……

另一邊，回長公主別院的路上，方瑾枝和陸無硯緊緊握著對方的手，一路無言。

進宮時，他們問過了，太醫幾乎一日三診，可就算這樣，給出的結果仍是楚懷川活不過三個月。無論朝堂還是鄉野皆知此事，楚映司也因此變得比往常更加繁忙。

皇帝駕崩之日，朝中必亂。如今楚映司每走一步都要謹慎再謹慎，已不是爭權，更是保命，想要她性命的人實在太多了。

方瑾枝隨著陸無硯從馬車上下來時，發現別院的護衛又多了幾層。

兩人進去後，發現楚映司難得沒召臣子議事，正在和葉蕭下棋。

「回來了？」楚映司沒抬頭。「川兒的身體如何？」

陸無硯拉著方瑾枝在一旁坐下，將今日宮中的事細細說給楚映司聽。

方瑾枝想，等會兒陸無硯和楚映司說不定要議政，猶豫著是不是先避開？但陸無硯拍拍她的手，示意不用，這才安靜地坐在一旁。

聽陸無硯說完，楚映司沈思，葉蕭皺著眉，有些擔憂地說：「我有個疑問，壓在心裡很久了。」看看陸無硯，又看看楚映司，不知是不是該問出口？

楚映司點點頭，示意他說下去。

葉蕭沈吟片刻，道：「說句不該說的話，陛下的身體撐不了多久，他日駕崩，若晌貴妃誕下的不是皇子，而是公主，那麼長公主打算如何？」

楚映司嘆氣，有些疲憊地道：「本宮更希望川兒長命百歲。」話落，側首深深看了陸無硯一眼。

陸無硯與楚懷川，一個是她親兒子，一個是她一手養大的親弟弟。拋開其他考慮不說，單把這兩個人擺在一起，楚映司心裡明白楚懷川比陸無硯更適合做一國之君。陸無硯的性子太極端，楚懷川卻是能屈能伸，更能顧及大遼子民。

楚懷川吃喝玩樂又不學無術的昏君形象瞞過了天下人，卻並沒有瞞過一手把他養大的楚映司。

陸無硯見狀，無奈地跟著嘆氣。「母親目光裡的嫌棄也太重了吧？」

楚映司笑了一聲。「還知道本宮嫌棄你啊。」

緊接著，陸無硯和楚映司、葉蕭便開始商議朝中之事。

方瑾枝靜靜坐在一旁，細細聽著。關於朝事，她懂得不多，但聽了一下午，也略有心得，對於他們的布局，心裡有數。

直到暮靄四合，幾個人才停下來。

楚映司偏過頭，看向靜坐一下午的方瑾枝，笑著問：「一坐就是好幾個時辰，感覺無聊了吧？」

方瑾枝搖搖頭，神情是少有的嚴肅，還帶著一絲敬佩。

楚映司被她逗笑了，擺擺手。「行了，散了。晚上本宮要出去，你們自己用晚膳吧。」

楚映司向來雷厲風行，說著已經起身，讓入酒準備馬車。一刻鐘後，她乘坐的馬車便走遠了。

送走楚映司，陸無硯挽留葉蕭一起用膳，葉蕭卻推辭了。臨走前，目光落在方瑾枝身上，欲言又止。

「葉先生有事情要說嗎？」方瑾枝忍不住問出口。

葉蕭看看一旁的陸無硯，笑道：「以前妳跟在無硯身邊時，我竟不知妳是宗恪的妹妹，但妳哥哥總是談起妳。」

方瑾枝有些驚訝。「葉先生認識我哥哥？」

「嗯。」葉蕭點點頭。「妳哥哥啊……」話到嘴邊，卻頓住。「算了，本來想讓妳勸勸他，但仔細想想，妳勸他也沒用。他固執，這輩子就這樣，沒救了。」

方瑾枝急忙追問：「葉先生，不瞞您說，哥哥離開很多年，他的很多事，我都不知道，您知道嗎？可以……告訴我一些嗎？」

她這麼急切地追問是有原因的。方宗恪在她面前說的話，根本分不清哪句是真、哪句是假，無法判斷，如何相信？

而且，她也沒完全相信楚映司的話。縱使是她的哥哥方宗恪，她都沒有完全相信，更別說是擅於權術的楚映司。自小寄人籬下，她本就多疑，從不會輕易信人，即便是陸無硯，也是花了八年才能完全信任。

見陸無硯沒有阻止的意思，葉蕭沈吟片刻，才道：「妳哥哥活在過去，活在一個承諾裡。當年……」忽然又停住不說了。

「當年怎麼了？」方瑾枝不由緊張起來。她曉得葉蕭與楚映司的關係，有些話恐怕不方便說。倘若讓他以為楚映司已將當年的事告訴她了呢？

方瑾枝想了想，小心翼翼地開口。「是哥哥被長……母親廢掉一雙腿的事嗎？」

「妳知道這件事？」葉蕭有些驚訝。

方瑾枝點頭。「母親與我說過。」

「其實也沒什麼，都是陳年舊事了。只是沒想到世間如此小，妳居然就是宗恪一直掛在嘴邊，那個嚷著要吃紅豆糖的小姑娘。」

葉蕭說著，有些悵然。「印象裡，除了她，宗恪只有在提起妳時，眼睛裡能有點神采。他曾說過，妳是希望，但願妳能好好地活下去，免去悲苦。」

「她？」方瑾枝很快抓住他話裡的線索。「哥哥喜歡的那個人嗎？」

葉蕭點頭。「一個臉上天生有疤，卻善舞的小姑娘，也是衛王唯一的女兒。」

方瑾枝忽然想起一件事。當初在海島上，她跟著方瑾平和方瑾安彈的曲子隨意起舞，方宗恪看見了，幾乎是暴怒般，不准她再跳。

她的思緒隨即拉回很多年前，想起小時候嚷嚷著要學跳舞，可是方宗恪不准，還發了脾氣，那是幼時他唯一一次對她發火。

葉蕭離開以後，直到吃晚膳時，方瑾枝還在想著他說的話。

她心裡有太多疑惑，又因為幼時的溫暖回憶，讓她一直放不下方宗恪，非要把這些事弄清楚不可。

陸無硯自是明白她的想法，不好阻止，只能暗暗嘆氣了。

第四十一章

第二日，方瑾枝和陸無硯陪楚映司用過早膳，便登上馬車回溫國公府。

陸無硯牽著方瑾枝的手，剛剛走回垂鞘院，就發現入毒在門外徘徊。

看見陸無硯，入毒急忙迎上去。「雲先生回來了！」

陸無硯急忙問：「雲先生是自己回來的，還是帶著一個雙目失明的年輕公子？」

「雲先生獨自回來，而且……受了重傷。」入毒小心翼翼地回稟。

陸無硯微怔，瞬間變了臉色，思索片刻，對方瑾枝說：「有點事情，我先出去一趟。」說完，轉身就要走。

「無硯。」方瑾枝叫住他。「什麼時候回來？」

陸無硯略放下心中的焦灼，捏捏她的手，笑著說：「如果妳不怕累，可以跟我一起去。」

「真的？」方瑾枝的眸子瞬間明亮。「不會妨礙你做事嗎？」

「無妨，是與平平、安安有關的事。」

方瑾枝欣喜至極。她記得陸無硯曾對她說過，他一直在找分開兩個妹妹的法子，這段時日她不敢問他，可心裡還是有些期待。

陸無硯便不耽擱，吩咐入茶準備馬車，帶方瑾枝去了入樓。

兩人一到入樓，便直接進了雲希林的房間。

入毒已經快一步回來，正與另外幾個大夫幫雲希林包紮。雲希林的情況實在不大好，渾身上下都遭利器所傷，被包得像顆粽子。

陸無硯瞟了他臉上又細又深的傷口一眼，問道：「暗器所傷？雲先生，我不是讓您去請人？怎麼想擄人，反而失敗了？」

「輕點！輕點！」雲希林疼得齜牙咧嘴。「請人？那也得請得動！美人、金錢、權勢，連爵位都允了他，他完全不為所動！」說著又開始哼哼唧唧，讓上藥的大夫動作輕一些。

陸無硯無奈地嘆口氣。「他是戚國上一位皇帝的徒弟，又喊太后一聲姨母，連戚帝都尊稱他為『先生』，你拿這些東西請他，自然不為所動。」

雲希林忙道：「那拿什麼？誠意？我在他門外求了三個月！這死瞎子簡直軟硬不吃！」

方瑾枝隱約聽明白了，應該是陸無硯讓雲先生去請一位名醫，可是照這情形，人並沒有請來，不禁有些失望地垂眸。

陸無硯看她一眼，對雲希林說：「這件事的確難辦，辛苦雲先生了，您好好休息。」

雲希林聞言，忽地狡猾笑了，滿臉是傷，這一笑反倒略顯詭異。他伸手進袖裡摸摸，掏出一支髮簪。

「嘿嘿，老夫雖然沒有把人請來，可是要不了多久，他一定會找上門。」

「哦？」陸無硯有些意外地看向雲希林手中的髮簪。

別人的東西，陸無硯不會亂碰，方瑾枝見狀，急忙走上前接過那支髮簪。原來是一支白玉簪，只在頂端鑲了幾顆紅豆形的紅寶石。

陸無硯微愣。「雲先生，您這是搶了他夫人的首飾？」

「不不不……不是他妻子，是戚國小公主的。」雲希林輕咳一聲。「就是因為搶了這東西，才換了這身傷……」

雲希林的話音剛落，外面即響起一陣驚呼，讓他臉色大變。「他來了！無硯，你可得護著我！」

陸無硯握握方瑾枝的手，道：「在這裡等著，不要出去。」說罷，匆匆出門。

陸無硯走出房間，站在二樓迴廊前，只見劉明恕立在門口，身形不動，黑眸冰寒，純白衣袍裹在修長身體上，輕輕揮袖，無數暗器從手中射出，射中入樓女兒，而她們流出的血竟是黑紫之色。

入毒站在陸無硯身後，小聲道：「三少爺，他所用的暗器上，都塗了劇毒。」

此時，劉明恕忽地停住動作，微微偏頭，側耳去聽，聽出這裡的主人站在二樓，正打量著他，遂開口道：「玉簪。」聲音宛若溪水濺石，清冷無情，帶著拒人千里之外的疏離。

陸無硯微微彎腰，雙手搭在欄杆上，不由多打量他一下。劉明恕不是瞎子嗎？這身手可完全不像，便吩咐入毒進房，將玉簪拿回來還給劉明恕。

「是我的人不知禮數，擾了劉先生。」

劉明恕蹙眉，沒想到對方會這麼輕易將東西還給他。

入毒領命，轉身進屋取簪子，匆匆下樓。她擅長使毒，感覺得到劉明恕身上的危險，站在離他很遠的地方，探手把玉簪遞給他。怕他看不見，還不忘出聲。「在這裡。」

可是入毒完全多慮了，只覺手腕一痛，劉明恕白色的衣袖一晃，玉簪已到他掌中。

劉明恕用指腹輕輕撫過玉簪，確定是他要的那支。雖然看不見，但摸著玉簪時，清冷的黑眸中浮現一抹似有似無的溫柔。

他小心翼翼地用錦帕包好簪子，藏於袖中，再把黑玉小瓷瓶拋至入毒手中。「她們的解藥。」言罷轉身。

「劉先生。」陸無硯叫住他。「先生醫術驚豔諸國，可謂枯骨生肉、起死回生，但我這裡卻有先生無法醫治之人。」

劉明恕腳步一頓，淡淡道：「沒興趣。」

忽地，身後響起一陣凌亂的腳步聲，躲在外面偷聽許久的顧希和顧望跑進來，擋在劉明恕面前，堅定地說：「先生可以拿我們來試！」

劉明恕蹙眉。顧希和顧望對視一眼，小心翼翼地拉他的手，放在兩人相連的胳膊上。

「連體人？」劉明恕冷漠的眸中劃過一抹異色。

顧希大聲說：「我們不怕死！先生可以用我們來試，找出分開連體人的方子。」

顧望也重重點頭。「難道先生不想讓自己的醫術更高超，成為真正的神醫嗎？」

兄弟倆有些焦急，因為劉明恕的眼神已恢復平靜，似乎對他們說的話不為所動。

方瑾枝聽到動靜，從房中走出來，立在陸無硯身邊，有些震驚地望著顧希和顧望，發現他們的症狀完全和方瑾平、方瑾安一樣！

陸無硯牽過她的手，安慰她。「瑾枝，沒關係，我們會找到救平平與安安的方法。」

劉明恕聽見，忽然轉身，微微抬首，虛無目光落在二樓，問：「姑娘可姓方？」

方瑾枝愣住，不知道要不要回答？

陸無硯不動聲色地把她拉到身後。

陸無硯細微的動作沒有躲開劉明恕的耳朵，又問：「姑娘可認識方宗恪？」

「你認識我哥哥？」方瑾枝有些驚訝，又有些不安，不知方宗恪這十年有無跟人結仇？

劉明恕若有所思。「真是冤家路窄。」

方瑾枝聞言，猶豫一瞬，開口道：「如果哥哥做了傷害你的事，我替他賠禮道歉，你要什麼補償，我也可以給你。」

劉明恕忽然笑了，隨意道：「那倒沒有，只是欠了十萬兩黃金的藥錢。」

方瑾枝頓時鬆口氣。幸好不是不共戴天的死仇，雖然十萬兩黃金實在太多，還是咬牙道：「我會去問問哥哥，如果屬實，我替哥哥付給你。」

「哦？」劉明恕有些意外。「妳哥哥居然還活著？真是命大。」

方瑾枝不喜歡他這樣說方宗恪，但他是醫術高超的大夫，又是可能救治方瑾平和方瑾安的人，不好反駁，遂有些不高興地低下頭。

殊不知，劉明恕有一雙可以聽見表情和心情的耳朵，低頭動作也可入耳。

陸無硯已從劉明恕和方瑾枝的對話中聽出他並非和方宗恪有仇，甚至恰恰相反。雖然劉明恕醫術高超，但親手救人的次數著實不多，既肯出手相救，足以證明他與方宗恪有交情。

「劉先生。」陸無硯開口。「不瞞你說，這次想請你治的，正是方宗恪的雙胞妹妹。」

劉明恕聞言，眼中果真浮現一抹猶豫。

陸無硯的話點醒了方瑾枝，急忙道：「哥哥很疼兩個妹妹，很希望她們可以健健康康長大！劉先生，只要您肯出手，別說十萬兩黃金，就算百萬兩黃金也可！」

劉明恕沈默許久，才伸手去摸顧希和顧望相連的胳膊，點點頭。

方瑾枝大喜！

但她不知，打動劉明恕的不是百萬黃金，而是因為要治的兩個孩子是方宗恪的妹妹。

「劉先生，裡面請。」陸無硯邀劉明恕進屋。

劉明恕上樓，經過入毒身邊時，又拋出一只小瓶子。「那老頭子的解藥。」

入毒呆愣。她跟其他大夫幫雲希林診治過，他雖遍體鱗傷，卻沒有中毒啊！遂急忙把小瓶子的塞子扯開，輕輕晃了下瓶身，再聞氣味，臉上表情頓時變了又變，目光複雜地望著劉明恕的背影。

雲希林真的中了毒，可她卻沒有診治出來……

劉明恕進屋，聽幾位大遼名醫說了方瑾平與方瑾安的病症，卻是面無表情，毫無反應。站在一旁的方瑾枝不由擔心地看向陸無硯，陸無硯衝她點點頭，示意她放心。

其實，陸無硯不知劉明恕能不能成功分開方瑾平和方瑾安，但他知道，若劉明恕也沒辦法，世間恐怕沒人能做到了。

不過，陸無硯花心思找尋四處遊歷的劉明恕，並不僅僅為了方瑾平和方瑾安，還希望劉明恕可以醫治楚懷川的病。

但此時此刻，他不敢冒險帶劉明恕進宮。以劉明恕出神入化的醫術，想暗中給楚懷川下毒，豈不容易？雲希林身上的毒就是十分明顯的例子。

幾位大夫絮絮說完，然後停下來看著劉明恕。

劉明恕沈默片刻，終於開口。「我沒有把握，只能嘗試。」

「我相信劉先生的醫術。」陸無硯道。

站在門口的顧希和顧望也露出了幾分喜色。

劉明恕微微側首，有些好奇地問他倆。「你們為何願意冒險？我不能保你們活命。」

顧希和顧望收了笑，對視一眼，顧希道：「若我們的死可以換來分開連體人的方法，讓更多連體的雙生子得到救贖，也算死而無憾！」

劉明恕微微點頭，把兩人喊到身邊，抬手摸他們相連的肩頭，細細查看。

陸無硯見狀，吩咐入樓的人安頓劉明恕，若需要什麼儘管提，奉為座上賓。

劉明恕對這些並不在意，只在方瑾枝要和陸無硯離開之前，對方瑾枝說：「他日見到妳哥哥，讓他別忘了，送死前，來見一見老朋友。」

方瑾枝雖不明白劉明恕話中的送死是什麼意思，卻還是點了點頭。

回去的馬車裡，方瑾枝伏在陸無硯膝上，心事重重。
陸無硯伸出修長食指挑起一綹她的長髮，捲在指上，又用髮梢碰碰她的臉。
方瑾枝推開陸無硯的手，仰躺在他腿上，蹙著眉說：「無硯，我擔心。」
陸無硯安慰她。「別擔心，劉明恕醫術高超，定可以醫治好平平和安安。就算他不能成功，我們也不會放棄。三哥哥答應妳，還會去找醫術更高超的人。」
「若是找不到呢？」
「那……我親自去學醫。」
方瑾枝聽了，忍不住笑出來，環住陸無硯的腰，臉貼在他的腹部，輕聲說：「謝謝。」
她知道陸無硯為她做了很多事情，並非一句謝謝就能一筆勾銷。她也知道她與陸無硯之間並不需要客套道謝，可是此時此刻，她真的很想說聲謝謝。
陸無硯彎腰，輕輕吻她的頭頂，含笑不言。
「無硯，你可以再幫我做一件事嗎？」方瑾枝有些難以啓齒，但還是決定說出來。
「妳說。」
方瑾枝從陸無硯懷裡坐起身，略憂愁地說：「我有太多的事情不明白，你可以告訴我嗎？如果你不知道，可以幫我查嗎？」
陸無硯看著方瑾枝眼中那抹乞求，莫名地生出一絲動搖。
方瑾枝握住陸無硯的手，凝視他，生怕錯過他的任何表情。

「你和哥哥之間的過節，不完全是因為對立吧？哥哥不希望我嫁給你，不僅是因他為衛王做事，你和他有事情瞞著我，對不對？」

在方瑾枝的追問下，陸無硯一句話都說不出來。

方瑾枝見狀，執拗地望著陸無硯，苦惱地搖搖頭。「到底是什麼事不能讓我知道？」

陸無硯目光中的躲閃落入方瑾枝眸中，垂下眼，失落地說：「我相信哥哥不會害我，你也不會……可我就是想不通，到底有什麼事是我不能知道的？」

「別問了。」陸無硯別開眼，不願再直視方瑾枝。

方瑾枝心裡微涼，握著陸無硯的手慢慢鬆開，過了許久，才輕聲說：「好，我不問了。」

一會兒後，馬車在溫國公府門外停下來，可是裡面的人沒動。

兩個沈默許久，方瑾枝剛想起身，陸無硯卻握住她的手，輕輕一拉，把她拉到身前，面對著他。

「瑾枝，妳總是容易多想，事情沒有妳想的那麼複雜……」

方瑾枝直接打斷他。「三哥哥，你答應過我，若有事情暫時不想告訴我，就直接說不想讓我知道，而不是隨便找藉口欺騙。如今卻又這樣，讓我怎麼信任你！」眼中執拗越深，語氣帶了幾分怒意，連對陸無硯的稱呼也氣得變回從前。

陸無硯望著她，見她眼中逐漸有了濕意。

「別哭……」他重重地嘆口氣，又是心疼，又是愧疚，又是為難。

「我才不哭呢！」方瑾枝賭氣地轉過頭，使勁瞪陸無硯一眼。「算了，我自己去查！」

即使心裡生氣，下車後，方瑾枝也沒有氣沖沖地獨自往回走，而是立在一旁等陸無硯。從下車那一刻起，直到兩人回到垂鞘院，會有無數雙眼睛盯著他們。

方瑾枝暫時拋下車裡的不愉快，像往常一樣走在陸無硯身邊，和他說話。

陸無硯看她一眼，牽起她的手，說說笑笑地往回走，即便回到垂鞘院，依然有說有笑。

直到兩人一起用完晚膳，方瑾枝才反應過來，她不是應該還在生陸無硯的氣嗎？

「好啦，別氣了。」陸無硯溫柔地把方瑾枝擁進懷裡。「既然妳也說了，無論是我還是妳哥哥都不會害妳，所以不用胡思亂想。」

這一次，方瑾枝沒再和陸無硯爭執，知道他是鐵了心不打算告訴她，總不能拿一哭二鬧三上吊這些手段威脅他說出來。

可是她今日說的也並非氣話。葉蕭似乎知道一些事，劉明恕又是方宗恪的舊識，遂暗暗思索，該如何查出那些陸無硯和方宗恪刻意隱瞞的事……

第四十二章

夜裡，方瑾枝忽然想起一件事。

她偏過頭，看身邊的陸無硯已經睡熟，便輕手輕腳地爬下床，踮著腳尖走到梳妝檯前，小心翼翼地打開下面的小抽屜，將珍藏的錦盒取出來。

盒裡放著母親陸芷蓉留給她的信，那些已拆封的早讓她讀了又讀，如今還有兩封信未曾打開。

不知為何，方瑾枝突然想起這兩封還沒拆的信。其中一封，上面寫著「待及笄時再啟」，是唯一一封在信外留字的。

她摩挲著那行小字，小心翼翼地放下這封信，然後拆了另一封。

孰料，這封信竟是陸芷蓉留給她的所有信中，最簡短的一封。

瑾枝：

若有一日，妳哥哥回來，替娘親勸勸他。餘生很長，莫要活在過去裡，更不要被承諾困縛終生。

方瑾枝震驚地將信看了又看，怎麼也難以壓下心中的激動！

為什麼母親知道哥哥還活著？

方瑾枝緊緊攥著已經發黃、發脆的簪花信紙，手指微微發顫。為什麼好像所有人都知道真相，唯獨她什麼都不知道？

方瑾枝僵硬地轉頭，望著錦盒裡唯一一封沒有被拆開的信，目光落在信封上的那行小字，心裡生出巨大的掙扎和恐懼。

她覺得自己好像就快要知道真相了，卻開始懼怕。

她堅信，無論是陸無硯還是方宗恪都不會害她，都希望她過得好。

那麼，被他們千辛萬苦瞞住的真相，到底有多可怕？還是他們早已料到，若是她知道，會帶來更大的傷害？

方瑾枝顫抖地伸手，放在錦盒裡最後沒被拆開的信上。反正娘親說及笄時可以拆開，她離及笄也不過幾個月——

「瑾枝……」

方瑾枝打了個寒顫，猛地轉身。

陸無硯並沒有睡醒，只是一句囈語罷了。

方瑾枝靜靜望著他，慢慢冷靜下來。縱使真相不堪，她也不想糊塗地被他們隱瞞。

她匆匆拆了信封，迅速地取出信紙。

摺好的信紙上是密密麻麻的小字，方瑾枝深吸一口氣，打開來讀。

瑾枝：

娘親不是一個好母親。不，應該說，不是一個好的養母。

單單一句話，讓方瑾枝立時睜大眼睛，甚至不敢再看下去，定了定神，才繼續讀。

還記得小時候，妳拉著娘親問妳小腿上的疤痕是怎麼弄的嗎？不是摔的，是我，是妳喜愛的娘親親手劃的。娘親甚至遺棄妳兩次，也打過妳、餓過妳。

對不起，傷害妳那麼多次。

那時，娘親失去剛出生的女兒，宗恪把妳抱回來時，無論他怎麼哀求，我也不肯收留妳，因為只要看見妳，就會想起我夭折的女兒……甚至趁著宗恪不在時，讓奴僕丟棄妳。

幸好，宗恪把妳找回來，不然娘親就失去這麼好的女兒，一輩子活在痛苦和悔恨中。

其實，那次遺棄妳，娘親隔日就後悔了。宗恪抱妳回來時，我看著髒兮兮的妳對我笑，不由想著，或許妳就是我的女兒，是上天賞賜給我的禮物。

我想把妳當親生女兒一樣疼愛，可是不能。

那時，宗恪整日活在仇恨裡，一心求死，想和仇人同歸於盡……

他唯一惦記的就是妳，所以母親故意一次又一次地傷害妳、遺棄妳，只為讓宗恪以為，若他死了，沒有人會管妳。

對不起，為了宗恪，我故意讓妳著涼生病，看著他發怒地搶走妳，抱回他的院子，衣不解帶親自照顧妳，這樣，他就不會固執地去報仇。

妳一天天長大，牽動宗恪的喜怒，娘親看著他臉上一天天多起來的笑容，心裡是那般歡喜，那般慶幸妳的存在。娘親和妳爹爹以為宗恪已經放下仇恨，鬆了口氣，不再故意傷害妳，開始珍惜地把妳當成親女兒一樣疼愛。

可是，宗恪騙了我們。都是假的，他所有的笑容都是裝出來的，不過是為了讓我和妳爹爹誤以為他放下一切，為了讓妳不再受到傷害。

在妳終於成為方家女兒，成為我和妳爹爹的心頭肉後，他還是走了。

瑾枝，娘親為對妳的傷害而懺悔，不求原諒，但願妳此生安康。

對了，關於妳的身世，娘親並不知情，宗恪不肯說。

一會兒後，陸無硯是被方瑾枝的哭聲驚醒。

方瑾枝跌坐在地，凌亂信件散落在身旁，垂著頭，雙手搗臉，隱忍而壓抑地哭。

「瑾枝？」陸無硯一驚，急忙起身走到她身邊。

「這是怎麼了？」他的目光從地面掃過，最後落在放在方瑾枝膝頭、那封被淚水打濕的信上。

他拿起那封信，一目十行讀完，越看越心驚。縱使活了兩世，縱使他知道方瑾枝並不是方宗恪的親妹妹，卻完全不知方瑾枝小時候遭到的拋棄和虐待。

陸無硯的眉宇間漸漸染上心疼和憤怒，轉瞬又想起一件事。前世，方瑾枝是什麼時候拆開這些信的？那個時候，她也是這般獨自無助地落淚嗎？心頭猛地收緊，忽然發現，活了兩世，他仍舊有很多不清楚的事情。

方瑾枝小聲的啜泣入耳，陸無硯收起心頭思緒，把她攬在懷裡，寬大手掌在她的後背一下又一下地輕輕拍著。

「都是很多年以前的事情了。妳現在有我，別哭，別哭……」

方瑾枝倚靠在陸無硯懷裡，將淚涔涔的臉頰貼在他的胸口上，恨不得把整個人藏進他的擁抱中。

陸無硯無聲嘆了口氣，完全說不出安慰方瑾枝的話。這麼多年來，方瑾枝認為十分疼愛她的父母並非親生父母，甚至在她幼時利用她、傷害她，要她如何接受？

他換了個姿勢，靠著身後的梳妝檯坐下，長腿一伸，將方瑾枝哭軟的身子抱到腿上，擁在懷裡，無聲收緊臂彎。

方瑾枝仰起頭，用盈淚的眼睛望著他，哭著問：「所以我一次又一次被遺棄了對不對？親生父母、養父母，還有哥哥，他們都不要我了。不……我沒有哥哥了，原來他不是說氣話，他真的不是我哥哥……」

方瑾枝垂下頭，眨眨眼睛，眼眶裡含的淚珠滾落，目光凝在右手手腕繫著的金鈴鐺上。她晃晃手腕，金鈴鐺發出細小的聲響。

「假的……那些美好的回憶全部都是假的。爹娘的好，哥哥的笑，都是假的……」

陸無硯心疼地捧起方瑾枝的臉，用指腹擦去她臉上的淚水，難受地說：「別這樣想，也許，妳的親生父母是有苦衷……妳的養父母後來對妳也很好。至於妳哥哥……我想，即使沒有血緣關係，他也永遠是妳哥哥。」

方瑾枝哭到紅腫的眼睛裡忽然閃過一道光，握住他的手，懇切地說：「無硯，你可以幫我找到哥哥對不對？我要問問他，我到底是誰的女兒？為什麼要拋棄我？」

方瑾枝握著陸無硯的手在發抖，但陸無硯的心跟著她一起發顫。

「好，我幫妳找他。」陸無硯十分艱難地說出這句話。

「真的嗎？你會幫我去找我的親生父母嗎？」方瑾枝感覺自己像又重新回到大海上一樣，漂泊無依，而陸無硯恍若那道唯一可以看見的光，在天與海之間乍現。

陸無硯緊緊皺眉，陷入無限的掙扎，許久，才長長嘆口氣。

「嗯。」他低下頭，吻上方瑾枝的眼睛，將她的淚一點一滴地吻去。

長夜無聲，哭聲漸歇。黎明將近時，陸無硯才把哭得睡著的方瑾枝抱起來，小心翼翼放在床上。

一離開陸無硯的懷抱，方瑾枝隨即蹙眉，睜開眼睛。

陸無硯彎下腰，親她的額角，輕聲說：「我去入樓一趟，妳好好睡一覺。」

方瑾枝這才重新合上眼。

陸無硯替她蓋好被子，放下床幔，匆匆沐浴梳洗，換了乾淨衣服出門。

陸無硯離開沒多久，方瑾枝就睜開了眼睛，靜靜望著紅色帳幔，思索一會兒，茫然呆滯的眼神逐漸清明，起身梳洗，命人將吳嬤嬤和卓嬤嬤召入府中。

如果她沒記錯，衛嬤嬤是在她出生後才進方家，而吳嬤嬤和卓嬤嬤卻是在她出生之前就在方家做事。尤其卓嬤嬤，是在她娘親懷著她時，招入府中的奶娘。

可是她並非陸芷蓉的親生女兒，所以卓嬤嬤是在陸芷蓉懷著夭折的女兒時來的嗎？

方瑾枝曾經對卓嬤嬤的背叛而生氣，但因她是聽從方宗恪的話，而沒把她攆走。

如今想來，卓嬤嬤在她身邊多年，又是娘親留給她的可信之人，那為何在方宗恪回來後便聽他的吩咐，幾乎毫無抗拒？

方瑾枝只召吳嬤嬤和卓嬤嬤入府，可米寶兒偏要跟著。自從方瑾枝被擄到海島以後，便沒再和卓嬤嬤說過話，連米寶兒也一併冷落，讓她心裡十分不是滋味。

今天聽說方瑾枝召卓嬤嬤入府，米寶兒死活都要跟來，就算方瑾枝不肯原諒卓嬤嬤，她也要表表忠心，想辦法留在主子身邊！

吳嬤嬤、卓嬤嬤和米寶兒見到方瑾枝，就發覺她的情緒不大對，臉色有些蒼白，眼周紅腫，顯然是大哭一場的模樣。難道是和陸無硯吵架了？

但三個人卻低著頭，誰都沒敢開口問。

「召妳們來，是要問一件事。」方瑾枝的目光落在米寶兒身上，有一瞬間的猶豫，可這抹猶豫很快便散去。或許，她早就知道呢？更何況，沒什麼瞞下去的必要了。

「有什麼事，姑娘儘管吩咐！」吳嬤嬤先開口。

方瑾枝垂下眼，目光又不由落在手腕的金鈴鐺上。

她沒說話，幾個下人也不敢吭聲，只垂首靜靜候著。

入茶端著糕點、小食進來時，方瑾枝才回過神。

「三少奶奶，這些是三少爺臨出門前吩咐準備的，還有幾道甜粥，入熏正熬著，過一會兒才能好。」入茶輕聲道。

方瑾枝點點頭，吩咐入茶取些冰塊來敷眼。

入茶送來冰塊，用棉帕包著，幫方瑾枝壓在眼周，一絲絲涼意從眼周滲進皮膚裡，很快在四肢百骸中蔓延。

方瑾枝看向卓嬤嬤，道：「我記得，卓嬤嬤是在母親懷著身孕時挑進府裡的。」

「是。」卓嬤嬤忙應著。

方瑾枝揮手，讓入茶先下去，自己握著冰袋敷眼，緩緩道：「那卓嬤嬤應該知道方家大姑娘夭折的日子吧？」

卓嬤嬤聞言，臉色霎時一片慘白，連旁邊的吳嬤嬤也大驚，只有米寶兒茫然疑惑，看看方瑾枝，又看看自己的娘，搞不清楚狀況。

方瑾枝嘆氣。她們果然都知道。正因她們曉得她並非方家親生的女兒，所以在方宗恪回來後，卓嬤嬤才會毫不猶豫地站在他那邊吧？倘若事情擺在吳嬤嬤眼前，想必也會如此。

卓嬤嬤的臉色變了又變，有些緊張地道：「姑娘說的是什麼話呢？老奴聽不懂啊……」

方瑾枝的目光落在吳嬤嬤臉上。「難為嬤嬤跟著瞞了這麼多年。」以吳嬤嬤這樣莽撞的性子能瞞這麼久，實在不容易。

吳嬤嬤低著頭，沒有反駁，也沒有解釋。

「好了，日後妳們好好照顧平平、安安。我不是妳們的主子，她們卻是。」方瑾枝眸中暗了一瞬，隨即把眼中的情緒收起來。

「姑娘！」吳嬤嬤終於忍不住開口。「就算您不是老爺和夫人親生的孩子，但也是我們的主子啊！」

方瑾枝抬眼看她。「嬤嬤，當年是誰領了命令，將我遺棄的呢？」

在方瑾枝審視的目光裡，吳嬤嬤嘴唇一顫。「是、是我……」

「果然。」方瑾枝輕笑一聲。吳嬤嬤本就是陸芷蓉身邊最得力的嬤嬤。

「姑娘……」

吳嬤嬤想再說話，方瑾枝抬手阻止，靜靜看著吳嬤嬤和卓嬤嬤，

「娘親在去世之前，有格外吩咐一些事吧？比如誰才是妳們的主子，如果哥哥回來，一切聽哥哥的；比如一直在我耳邊嘮叨要保護妹妹……」

她的養母用那些不知真真假假的信件拴住她。

在她還不懂事時，養母利用她來要脅方宗恪；方宗恪離開後，她的養母對她越來越好，是為了什麼？為了讓她長大以後保護一雙妹妹嗎？

那些溫柔、那些親暱、那些關懷，究竟什麼是真，什麼是假？

方瑾枝心裡越來越亂，好像陷入偏執裡，怎麼樣都平靜不了。

她覺得不應該把她的養父母想得這麼陰沈，可又忍不住浮想聯翩。

「姑娘，您別哭……」吳嬤嬤有些心疼，畢竟是她一手帶大的孩子。

方瑾枝這才驚覺自己又落淚，忙用帕子擦，將那些溢滿眼眶的熱淚憋回去。深吸一口氣，讓自己冷靜些。

卓嬤嬤也紅了眼睛，忙道：「上回的事，是老奴做得不對，您別生氣了……您以為是老奴背叛了您，但是大少爺比誰都在意您，我們都親眼看著他怎麼護著您、怎麼照顧您。若說

大少爺會傷害您，打死咱們幾個也不信！所以……」

卓嬤嬤說不下去了。她也委屈，當年方家大姑娘夭折，身為奶娘，她本來沒了差事，應該走人，可方宗恪把方瑾枝抱回來，開口把她留下，當方瑾枝的奶娘。

那段日子，陸芷蓉痛失愛女，又哭又鬧，整個方府雞犬不寧，偏生方宗恪非要把方瑾枝留下來，陸芷蓉只差拿刀子捅死剛出生不久的方瑾枝。

身為兒子，方宗恪連奪刀都不行，只能抱著方瑾枝，用自己的身子去擋，一刀刀全劃在他的背上。即便如此，還是不小心在方瑾枝的小腿上留下一道傷口。幸好那時陸芷蓉還在坐月子，十分虛弱，力道極輕，只留下皮外傷。

陸芷蓉命下人遺棄方瑾枝，方宗恪連夜找回她，又親自照顧。十五歲的少年郎，哪裡會照顧剛出生不久的嬰兒？唯有日夜守在床邊，一刻都不敢離開。

所以，即便方宗恪將方瑾枝關在海島上一年，雖然不知為什麼，但卓嬤嬤始終堅信，方宗恪不會害了方瑾枝。

米寶兒見狀，走上前，接過方瑾枝手裡的帕子擰乾，重新裹冰塊，紅著眼說：「姑娘，奴婢不回花莊了，讓奴婢留下來照顧您吧。」

方瑾枝沒說話，合起雙眸，任由米寶兒幫她冰敷。

第四十三章

一會兒後，眼睛沒那麼疼了，方瑾枝才緩緩睜開眼。

「今天找妳們來，還有別的事要問。」

聞言，吳嬤嬤和卓嬤嬤抬起頭，望向方瑾枝。

「主要是想問問吳嬤嬤，妳可知道衛王小女兒的事？」方瑾枝看向吳嬤嬤。

吳嬤嬤在方家出生，是方家的老人，方瑾枝猜測，她或許知道那些事。

「這……」吳嬤嬤嘆口氣。「姑娘是想問大少爺和小郡主之間的事情吧？」

方瑾枝連忙點頭。

「姑娘知道的，咱們方家的生意做得大，涉獵也廣，衛王府沒少光顧，會買些貢茶、絲綢、玉石等等。畢竟是王府，貨物都經過千挑萬選，每次都是老爺親自送去，不容許出半點差錯。大少爺八歲開始，老爺去王府時會帶著他，讓他跟著學規矩、學做生意。

「大概就是那個時候，大少爺認識了小郡主。衛王只有這麼一個女兒，但臉上天生帶著一大片胎記。」吳嬤嬤摸摸自己的臉。「幾乎占據整張右臉，實在是不算好看的姑娘……」

吳嬤嬤嘆口氣，繼續道：「雖然小郡主受寵，卻因臉上胎記，性子孤僻，與皇城的皇家女、世家女有些格格不入。」

「後來呢？」方瑾枝急忙追問。

「後來，若說是青梅竹馬，倒顯得咱們方家高攀，但大少爺與小郡主感情好卻是真的。沒幾年，衛王宮變失敗，擄走三少爺，長公主大怒，要以謀逆之罪將衛王府滿門抄斬。可是衛王早有準備，已經提前把家人送走。

「但長公主並沒有就此罷休，搜尋一年，找到隱姓埋名的衛王家眷。小郡主和她的家人及所有奴僕全被處死，官兵甚至放了把火，把一切燒個乾乾淨淨，屍骨無存。」吳嬤嬤頓了頓。「小郡主臨死時，似乎……還受了辱。」

「哥哥呢？那時哥哥在哪兒？」方瑾枝最關心的還是方宗恪。

「大少爺躲在暗處，親眼看著呢……」吳嬤嬤不由紅了眼。「可是他沒辦法吶！那麼多官兵包圍著，他還受了傷，一瘸一拐的……」她做過方宗恪的奶娘，只要想起那些事，就覺得心疼。

方瑾枝靜靜坐在那裡，終於理解方宗恪為何一定要找楚映司報仇了，又繼續追問：「妳確定小郡主去世了嗎？」

「確定！」吳嬤嬤重重點頭。「謀逆是滿門抄斬的死罪，那些官兵都是長公主的手下，按照規矩，殺死前數一遍，死了以後，屍體還要再數一遍，才放火燒，絕對逃不了！」

她說完，屋裡忽然陷入一片死寂。那些事情，卓嬤嬤隱約聽過，卻是現在才知來龍去脈，而米寶兒則是第一次聽說，被唬住了。

吳嬤嬤擦擦眼角的淚，勉強扯出一抹笑，道：「後來，大少爺就把您抱了回來。他說，看見您被父母遺棄，怪可憐的，便帶回家了。」

方瑾枝心裡顫了下，急忙追問：「後來？後來是在小郡主出事後隔了多久？」

吳嬤嬤怔了下，回答：「就是隔天。小郡主出事那天，大少爺沒歸家，第二天中午才一瘸一拐地抱著您回府。」

這時，入茶在外面叩門。

方瑾枝心事重重，道：「不用送湯粥了，我現在不想吃。」

「不是……」入茶頓了下，道：「三房那邊出了點事。」

「進來。」方瑾枝揉揉眉心，勉強打起精神。她現在是陸無硯的妻子，有管好溫國公府後宅的責任。

「三少奶奶。」入茶走進房，上前回稟：「五爺的院子鬧起來，好像是十一少爺犯事，五爺甚至動了家法，拿鞭子打他。」

陸無磯？方瑾枝愣了一下。以她現在的身分，不能不去過問，遂讓入茶伺候著換衣裳，又在臉上塗胭脂遮掩蒼白的臉色，這才帶著入茶過去。

臨走前，她讓吳嬤嬤、卓嬤嬤和米寶兒先回花莊。米寶兒想留下來，她沒有答應。

方瑾枝帶著入茶剛走到陸申極的院子，迎面碰見陸無磯。

陸無磯大步往外走，身上的衣服被鞭子抽得裂開，沾了血跡，連臉上也帶著血痕。看見方瑾枝時，腳步頓了下，又快步從她身邊走過。

望著他走遠的背影，方瑾枝覺得似乎應該以三嫂的身分喊住他，問問發生什麼事？

可是她沒有。她在原地立了一會兒，才走進院子。

陸申極早已氣沖沖地離開了，屋裡只有大哭的陳氏和紅著眼圈的七姑娘陸佳藝。見方瑾枝過來，陳氏才擦擦眼淚，招呼她坐下。

在陳氏的絮絮叨叨裡，方瑾枝得知，陸無磯臉上的疤痕影響他的仕途，也影響了婚事。陸申極想讓他幫著管理家裡的生意，陳氏又催著給他說親。陸無磯向來不是個好脾氣的，又在溫國公府裡驕縱長大，不但不同意父母的安排，還發脾氣，才讓陸申極動用家法。

陸無磯臉上的那道疤痕是方瑾枝造成的，縱使陳氏顧及方瑾枝如今的身分，委婉地避開不提，但方瑾枝心裡卻如明鏡一般，垂下眼睛，思緒複雜。

離開五房的院子，方瑾枝直接讓入茶準備馬車，打算去入樓。

既然劉明恕與方宗恪是舊識，或許會知道一些過去的事；且陸無硯也在入樓，她去尋他，算是有了出門的藉口。

方瑾枝到了入樓，不巧陸無硯剛走，出去辦點事，傍晚才會回來。

她在後院找到劉明恕，劉明恕正微微彎著腰，挑揀晾曬了一整日的藥草。

「劉先生。」方瑾枝走過去，出聲招呼。

其實方瑾枝一直有些詫異，瞎子或許可以當大夫，但被譽為神醫，實在難以理解。

這般想著，方瑾枝的目光落在劉明恕的眼睛上。這個人是真的看不見嗎？是自小看不見，還是最近才患了眼疾？

「在下的眼睛天生看不見。」劉明恕挑揀藥草的手指一頓，開口道。

方瑾枝吃驚。這人雖然看不見，可竟完全不像個瞎子

「妳是想問妳哥哥的事情吧？」劉明恕把揀好的藥草放在架子上。「十年前，有人帶著被廢雙腿的他去戚國找我師父，恰巧我師父遊歷四海，尋無人蹤，他不嫌我尚且年少，又無醫名，隨便我醫治，因此結識。

「過了兩年多，待他雙腿痊癒，便離開戚國。原以為不會再見，可不到一年，我見到他時，他又只剩半條命。而後多年，他每次去尋我，都是要死不活的鬼樣子，是以，我聽到他還活著，分外詫異。」

方瑾枝蹙眉，心中憂慮，不由輕聲道：「沒想到，哥哥這些年過得這麼危險。」

「不，是他自己想送死。」劉明恕頓了下。「偏偏死不承認。」

方瑾枝詫異地抬頭望向劉明恕。

劉明恕沈默一下，道：「妳兄長十分重諾，他曾答應一個人會好好活下去，可心中又極為輕生，完全不顧生死。」

方瑾枝聞言，垂下眼思索，隱約猜測，方宗恪答應的人，應該就是楚行仄的小女兒。

「對了。」她忽又想起一件事。「請問劉先生，當初送哥哥去戚國的是何人？」不想錯過任何一絲線索。

「也是遼國人，名葉蕭。」

「葉蕭?!」方瑾枝頓時驚得睜大眼睛。怎麼又繞回來？看來還是要從葉蕭那裡打聽。

劉明恕聽出她的語氣，也有些意外。「這世間的確是小，竟又是妳相識之人。」

「瑾枝。」陸無硯站在後院小月門處喚人。他已在那裡許久，將兩人的對話聽個大概。

「無硯，你回來了。」方瑾枝向劉明恕道謝，才急忙提著裙角迎上陸無硯。

「嗯，立秋了，以後出門多穿一點。」陸無硯脫下外袍，披在方瑾枝身上，仔細幫她繫好帶子。

劉明恕略沈思片刻，道：「這幾日把那兩個小姑娘帶來。人與人之間總歸有差別，她們的症狀未必和顧希、顧望完全相同。」

陸無硯答應下來，方瑾枝跟著他離開，剛走兩步，忽又停住。

「怎麼了？」陸無硯側首看她。

「你在這裡等我一下。」

方瑾枝折回去，立在劉明恕不遠處，問道：「敢問劉先生這裡可有除去疤痕的良藥？唔，留疤日久，已超過一年……」

劉明恕聽了，翻開八角石桌上的黃梨木藥匣，摸出一只靛紫色的細口瓷瓶扔給她。

方瑾枝接住，欣喜道謝，卻有些疑惑地問：「劉先生，這瓶藥真能去除疤痕嗎？您別誤會，我沒有質疑您醫術的意思，只是您還沒摸過那人身上的傷疤……」

劉明恕打斷她。「妳覺得這世上最難除去的疤痕是什麼？」

沒等方瑾枝回答，他又道：「即使是嚴重的燒傷疤痕，亦可消除。」

方瑾枝心中滿是歡喜，再次向劉明恕道謝，這才轉身去找陸無硯，與他回溫國公府。

馬車裡，方瑾枝坐在靠近車窗的位置，掀開車簾一角，瞧著初秋的景色發呆。

陸無硯雖合著雙眼，又何嘗不是心事重重？甚至想，不然乾脆幫方瑾枝找一雙假父母算了，免得她整日魂不守舍。

「無硯。」方瑾枝靠過去，拉住他的手。「無硯，你早就知道我不是方家親生的女兒對不對？」晃晃手腕上小小的金鈴鐺。「也早知道我哥哥還活著。」

陸無硯的目光落在金鈴鐺上，終於不耐煩了。

他把方瑾枝的手扯過來，粗魯地解下金鈴鐺，想把這東西扔出去，但剛抬手又停下來，擔心方瑾枝會生氣。

「還我！」方瑾枝去抓他的手。

「方瑾枝，妳都知道方宗恪不是親哥哥了，還貼身戴著他送妳的東西！戴十幾年，還不夠嗎?!」

「那又怎樣！」方瑾枝睜大眼睛瞪著他。

陸無硯忍無可忍，忽然揚聲對馬車外的入茶喊。「入茶，把妳的髮簪拿來，爺要貼身戴個十年！」

坐在車門前的入茶抓著馬鞭的手一顫，急忙說：「我、我沒有髮簪……」

她一邊說著，一邊心疼地拔下頭上的玉簪，直接扔到地上。看著玉簪碎成兩段，心裡更疼。早知道今天別戴著了……

「你無理取鬧！」方瑾枝抬腳想踹陸無硯，可是看著他身上乾淨如雪的白衣衫，忽然脫了鞋子才去踹他。一腳不夠，又踹一腳。

陸無硯抓起她脫下的鞋子，直接從車窗扔出去。

「陸無硯！」

陸無硯別開眼，不去看方瑾枝氣嘟嘟的樣子。

這時，馬車停下來，入茶小心翼翼地說：「到了。」

「入茶，回去幫我拿雙新鞋子來！」

「不許去！」

入茶杵在馬車前，左右為難。

「陸無硯，你仗勢欺人！」方瑾枝氣得胸口起伏，抓住他的手，立刻使勁咬上去。

嚐到血腥味，方瑾枝才鬆開嘴，看著陸無硯右手虎口處的牙印，心裡的氣還沒消呢，就先心疼了。

陸無硯把手裡的金鈴鐺塞還給她，起身下車。

「下來！」他立在馬車邊，等著方瑾枝。

方瑾枝氣呼呼地看著他，沒吭聲，也沒動。

「下來。」陸無硯又說了一遍，語氣軟了許多。

方瑾枝堅持半天，忽然脫下另外一只鞋子，扔到陸無硯身上。

陸無硯往前一步。「背還是抱？」

「抱！」

陸無硯又往前走，張開雙臂。等方瑾枝從車裡鑽出來，打橫抱起她，回垂鞘院去。

方瑾枝摟著陸無硯的脖子，生氣地瞪了他一路。

陸無硯假裝沒看見，直到走進垂鞘院才把方瑾枝放下。已經入秋，院裡又鋪上綿軟的兔絨毯，也燒了炭爐，很是溫暖。

「無硯，你故意的。」方瑾枝低著頭，頰上染了幾分落寞。「你果然早就知道……」

陸無硯沈默許久才長嘆一聲，將方瑾枝擁在懷裡，下巴抵在她的肩窩上，有些疲憊地說：「瑾枝，我不想提。」

過了一會兒，方瑾枝才哦一聲，神色如常，好像沒和陸無硯吵架一樣，微微推開，笑著說：「我在劉先生那兒尋了除疤的藥，這就送去給五舅母。」

她怕陸無硯多想，又小聲解釋一句。「舉手之勞……」實在不是她心虛，而是陸無硯不喜歡她和別的男人靠太近。直到今日她才明白，陸無硯為何總看她手腕上的金鈴鐺不順眼，原來僅僅因為那是其他男人送給她的東西。

而且，今日和劉明恕說幾句話的工夫，她也在陸無硯眼裡看見一絲不高興。

「哎。」陸無硯嘆了口氣，目光落在虎口處的牙印上。「我都流血了，也沒人擔心會不會留疤……」

「你這個，用不著塗藥。」

方瑾枝無奈地看他一眼，捧起他的手，在牙印上輕輕親一下，又鼓起兩腮，幫他吹吹。

「好啦，等會兒就不疼啦！」

陸無硯眉間眼底的鬱色一掃而盡。

方瑾枝這才鬆開他的手，讓入茶找了新鞋子穿上，去了陳氏的院子。

她剛要出院門，卻遇見陳氏身邊的丫鬟趕來尋她，著急地稟報——

陸無磯留下一封信，離家出走了！

第四十四章

溫國公府幾乎派出所有下人去找陸無磯，可是尋了三日，仍舊沒有任何消息，最後不得不動用官兵去尋。可即便這般勞師動眾，月餘後，也沒把人找回來。

孫氏聽到消息，不由嘆氣。「無磯這孩子，從小錦衣玉食嬌慣著養大，又是府裡最小的嫡子，向來高傲慣了，如今一朝遇挫，心裡過不了這道關啊。」

她身邊的嬤嬤安慰道：「老祖宗，您別犯愁，前些日子不還說兒孫自有兒孫福嗎？您寬寬心，興許十一少爺在外面玩夠，就回來了。」

孫氏沒吭聲，依舊皺著眉頭。

嬤嬤心想，孫氏上了年紀，不能太過憂慮，遂把話岔開。「馬上要過重陽節了，今年可是頭一遭由大房張羅，不知三少奶奶能不能處理好？這麼一大家子人，她年紀又小，竟趕上這麼大的事呢。」

這話的確轉移孫氏的注意，讓嬤嬤把方瑾枝喊來，細細與她說了一下午，還提點了平日管家的訣竅。

待方瑾枝從孫氏屋裡出來時，天都快黑了，而且下起淅淅瀝瀝的雨。

方瑾枝立在屋外，不見入茶的身影，不由有些意外。

送出來的嬤嬤忙說：「三少奶奶，老奴送您回去，您等等，老奴進屋拿傘。」

方瑾枝對嬤嬤點點頭。「興許入茶是回去取東西了，我再等等她。」

「可是……」嬤嬤目光一轉。「入茶過來了！咦，三少爺怎麼也來了？」

陸無硯走向方瑾枝，懷裡捧著一件紅色短絨斗篷，入茶跟在身後，為他撐傘。

見方瑾枝已經立在簷下，陸無硯加快腳步，一到她身邊，便展開紅色斗篷，為她披好。

「等很久嗎？冷了，穿暖一點。」

「沒多久，剛出來呢。」方瑾枝低頭去綁斗篷的繫帶。

陸無硯拍開她的手，親自幫她繫好，又將入茶遞來的傘撐開，牽著方瑾枝走進雨裡。傘微微傾斜著，大半罩在方瑾枝頭上，細雨綿綿落在他的肩膀。

嬤嬤望著陸無硯被雨水打濕的肩頭，再看看他白色靴子上的淤泥，不由嘖了一聲。雨雪天，陸無硯向來不出門，嫌惡濕泥沾鞋，若非楚映司一訓再訓，逼著他改了，說不定現在還有出行坐輪椅的怪癖，沒想到如今竟能冒雨來接人。

直到兩人走遠，嬤嬤才收回目光，轉頭瞅見簷下幾個小丫鬟，也是滿臉驚奇和豔羨。

「做什麼呢？忙自己的差事去！」

她訓完，才挑簾進屋，發現孫氏站在窗邊往外瞧。

「雨大，還是把窗戶關上吧。」嬤嬤走過去，順著孫氏的目光望了一眼。

原來從這裡能看見院外小徑，還能看見陸無硯和方瑾枝的身影。兩人不知怎麼停下腳步，像是起了爭執。

沒幾句話工夫，陸無硯忽然把手裡的傘遞給方瑾枝，然後在她面前蹲下，揹起她，繼續往前走。

孫氏見狀，笑了聲，轉身回臥榻，吩咐嬷嬷。「明兒，妳去庫房，把我陪嫁的兩套首飾給瑾枝送去。」

嬷嬷應是，伺候孫氏歇下了。

另一邊，方瑾枝趴在陸無硯背上，指尖戳戳他濕漉漉的右肩，小聲嘟囔：「都濕了。」

「雨小。」

「那也不能淋著呀！」

陸無硯沈默片刻，才說：「下來吧，等會兒妳的後背也要濕了。」

「不。」方瑾枝摟住他的脖子。「我要跟你一起濕。」

陸無硯想想，便隨著她了，反正雨不大。

方瑾枝沈默一會兒，忽然有些不安。「讓別人瞧見會不會不好？我們這樣不合規矩、不成體統……」乾脆把臉埋在他的肩窩裡，又將傘往下遮。「這樣便沒人看見是我啦。」

陸無硯輕笑一聲。「除了妳，我會揹別人嗎？」

「這倒也是。」方瑾枝又抬起頭來。

這時，兩人聽見不遠處有耳熟的喧鬧聲。

「隱心，該回家了。」入烹小跑著，追上她的兒子陸隱心，把他抱起來。

陸隱心蹬著小短腿，又揮舞胳膊，想從她懷裡跳出去。「娘親，我要玩！」

「乖，隱心聽話，等會兒雨大了，會著涼。」入烹接過丫鬟遞來的短襖，披在他身上。

她再抬頭，就看見陸無硯揹著方瑾枝往這邊走來，怔了怔，微微後退一步，等他們走近，淺笑道：「三哥、三嫂。」

陸無硯頷首，目光便移開了。

方瑾枝探出手，摸摸陸隱心的頭，笑著說：「有空帶隱心去我那裡玩。」

「好。」入烹笑著答應。

寒暄兩句後，陸無硯不再停留，繼續揹著方瑾枝往前走。

入烹立在原地，目送陸無硯走遠……

雨依然下著，方瑾枝歪頭，望著陸無硯的側臉。

「無硯，生小孩會不會好痛呀？」

「不知道。」

「你怎麼能不知道呢？你就得什麼都知道才對！」

「我又沒生過。」

方瑾枝想了想，似對陸無硯說，又像是自言自語。「聽說可疼了，還有好多女人是難產去的。唔，大嫂就是，還有王家的四太太，多好看的小姑娘呀，也這樣走了，還沒到十六歲呢……」皺著眉，有些擔憂地問：「無硯，我可以不生嗎？」

「可以。」

走到垂鞘院，陸無硯把方瑾枝放下，脫掉她身上的紅斗篷。雖然雨不大，可畢竟淋了一路，斗篷果真濕了。

陸無硯急忙摸摸方瑾枝的背後。幸好斗篷夠厚，能擋住雨，裡面的衣服一點都沒濕。

陸無硯這才放心，換下自己身上有些淋濕的衣服，再脫了濕掉的靴子，有些嫌惡地看看上面沾到的泥漬，扔到一旁。

他抬頭，發現方瑾枝立在一旁發呆，便捏捏她的手，問：「又在胡思亂想什麼呢？」

「你說我可以不用生小孩，那你打算讓誰幫你生呢？」方瑾枝瞪著陸無硯，一雙漂亮的大眼裡染上了幾分怒意。

「什麼亂七八糟的？」陸無硯起身。「我去沐浴了。」

「等一等，把話說清楚才許走！」方瑾枝衝到他面前，雙臂大開地攔住他。

陸無硯長臂一攬，摟住方瑾枝纖細的腰身，把她拉到懷裡。「那跟我一起去。」

「你又想被咬了是不是！」方瑾枝跺腳。「怪不得你最近每天都出去，說不定是和誰私會呢！你說，是不是已經有人幫你生小孩了？幾個？男孩還是女孩？」

說話間，兩人到了淨室。

「你倒是說話呀！」方瑾枝又跑到陸無硯面前，仰頭瞪他。

陸無硯笑著說：「是啊，我在外面有十二個兒子、十六個女兒了。」

方瑾枝抬腳，狠狠踩在陸無硯的腳背上，復又仰頭，恨不得瞪死他。明知他說的不是真話，是故意氣她、逗她玩，心裡還是有點不高興。

她有心病。

陸無硯忍住笑，把方瑾枝抱起來，放在高腳桌上坐著。

「把我放在上面幹麼？抱我下去！」方瑾枝挪了挪身子。

「看妳總是仰頭瞪我，怪累的，坐在這兒可以和我平視。」陸無硯把雙手放在她身側的桌面上，慢慢靠近她。

方瑾枝張嘴，好半天才吐出一句。「陸無硯，你在說我矮！」

陸無硯沒說話，只是若有所思地上上下下打量方瑾枝兩遍，意思不言而喻——矮不矮，並不需要說出來，因為那是事實。

其實方瑾枝的身量雖然算嬌小，但放在姑娘堆裡，絕對稱不上小矮子，起碼和陸家這些姑娘相比，她還算高。可一站在陸無硯身邊，未及肩不說，若陸無硯不彎腰，就算她踮腳，也只能親在他的下巴上。

方瑾枝彎腰，脫下繡花鞋，才輕踹陸無硯兩腳。「你還沒跟我說清楚呢！」

在她還是小孩子時，陸無硯已經到議親的年紀，加之身分，他的子嗣格外重要。若非他潔癖太重，永遠一副生人勿擾的樣子，這些年府裡長輩不知會塞多少小妾、通房給他。

如今他們成親，可方瑾枝尚未及笄，連圓房都不曾。他等她這麼多年，有時她甚至覺得自己欠他一個孩子，但她有點恐懼，別說平民百姓，就算是身邊的富家夫人，也有不少人因為難產去世，還有生產時哭天喊地的叫聲，實在讓人驚懼。

陸無硯彎下腰，脫掉她的錦襪，把小腳丫捧在掌心。「有點涼，是不是冷著了？」

方瑾枝垂眼，真的不高興了。

「怎麼真生氣了？逗妳的啊。」陸無硯順手在她腳心上撓了下。

方瑾枝不由笑出來，抽回自己的腳，一本正經地說：「可是你還沒跟我解釋清楚！」

陸無硯想了想。「不想生就不生，照顧妳已經夠麻煩，實在不想多照顧一個孩子。」

方瑾枝聞言，屁股往後挪，盤起腿，十分認真地說：「我是你的夫人，不是孩子！」側首想了片刻，有些疑惑地問：「我很像小孩子嗎？」

「在別人面前不像，但在我面前時，偶爾像個沒長大的孩子。」陸無硯轉身往池子走，一邊走，一邊脫裡衣。

方瑾枝聽了，認真思索好一會兒，直到水聲把她的思緒拉回來，撐著桌面，從高腳桌上跳下，蹲在池邊。

「無硯……」

陸無硯在氤氳水氣裡睜開眼，扣住方瑾枝的手腕，拉她入池，水花濺了兩人一臉。

陸無硯把她抱在膝上，拿了一旁架上的乾淨錦帕擦去方瑾枝臉上的水漬，才道：「我是認真的。如果妳不喜歡小孩子，就不要生，沒人敢逼妳。」

「這怎麼可能。」

「沒什麼不可能的。」陸無硯一邊去解她的衣服，一邊解釋：「不要把生孩子當成責任。若妳喜歡，我們就要；若不喜歡，那兩個人過一輩子也挺好。」

方瑾枝眨眨眼睛。「可是……」

「瑾枝，我是誰？」陸無硯直接打消她的猶豫。「想做什麼就去做，不要管別人的議論和規矩。誰非議妳，讓妳不爽快，告訴三哥哥，幫妳擺平就是了。」

「那……」方瑾枝轉身望著陸無硯。「你喜不喜歡小孩子呢？」

陸無硯蹙眉想了很久，才道：「天上人間，我喜歡的，好像只有妳。」

方瑾枝聽了，趴在陸無硯懷裡笑個不停。

「瑾枝，妳就快及笄了。」陸無硯寬大的手掌撫過方瑾枝光潔的脊背，帶著無限的柔情密意。

方瑾枝止住笑，偎在陸無硯懷裡，有些羞怯地點點頭。

陸無硯垂眸，望著水面映照出偎在自己懷裡的軟玉溫香，無聲嘆氣。他越來越佩服自己的定力，甚至忍不住質疑，這定力也太好，會不會真出了什麼毛病……

陸無硯給了方瑾枝一枚定心丸，讓她心情大好，晚膳不由吃了許多，瞧得陸無硯直蹙眉，擔心她撐著，只得吩咐入熏去煮消食湯。

果然到夜裡，方瑾枝還是覺得撐，便在屋中走來走去，想消消食。

「不管妳，我先睡了。」陸無硯無奈地把書卷放在床頭的小矮桌上，躺下歇息。

自從方瑾枝幫陸無硯戒藥後，最近倒能睡著了，但今天他卻輾轉難眠，這才恍然。原來是抱著方瑾枝，聞著她身上好聞的香氣，才得以安睡。

他面朝外側躺著，凝視走來走去的方瑾枝，眼裡忍不住泛起一層暖暖柔意。
方瑾枝走累了，才打著哈欠上床。
「終於能睡了。」陸無硯熄燈，把她軟軟的身子抱進懷裡，睏倦之意頓時席捲而來。
不一會兒，陸無硯睡得正香，懷中忽地一空，感覺方瑾枝彷彿一下子跳了起來。
「怎麼了？」他睜開眼，看見方瑾枝坐到一旁，失魂落魄地用被子包住自己。
「作噩夢了？」陸無硯探手去拉她，沒拉動。
方瑾枝吞吞吐吐地說：「無硯，你能不能……先出去一會兒？」
陸無硯聽了，不由跟著坐起來，十分詫異地望向她。
方瑾枝緊緊抿唇，沒吭聲。
「難不成是喝太多消食湯，尿床了？」陸無硯作勢要去掀她的被子。
「我又不是三歲小孩子！」方瑾枝忙壓著被子，不讓陸無硯掀開。
雖然沒掀開被子，但陸無硯聞到了一絲血腥味。他對鮮血的味道總是特別敏感，拽住被子的手一頓，抬眼看她，才發現她的臉色紅得不大對勁。
他微微欠身，在方瑾枝的額上輕吻一下。「別亂動，在這裡等我。」說完，下床離開。
沒過多久，陸無硯再回來時，雙手端著小銅盆，盆裡是水氣蒸騰的熱水。
他把銅盆放下，轉身出屋，回來時，將懷裡捧著的乾淨衣物放在旁邊的小桌上。乳白色寢衣上是貼身衣物，再上面是一條繡著牡丹的淺粉色月事帶。
方瑾枝看了，雙頰上的紅暈不由又重幾分。

陸無硯沒答話，反而說：「別磨蹭。難不成，是想讓我幫妳洗？」

「不要……」方瑾枝這才下床。明明前兩個月無事，沒想到這個月的月事竟提前了。

雖然他們每日一起沐浴，可方瑾枝還是覺得尷尬，端起銅盆繞到屏風後面，再把陸無硯幫她拿來的衣物拿過去。

清洗時，方瑾枝望著屏風上映出陸無硯換被褥的身影，便儘量讓水聲小些。

等她洗完回去時，陸無硯已經換好被褥，正彎著腰整理被子。他身上的寢衣很薄，貼在身上，襯出挺拔的身軀。

方瑾枝從後面抱住他的腰，臉貼在他背上，撒嬌著說：「無硯，我五歲時，你就說要多挑兩個侍女來。現在我馬上要十五了，怎麼還沒挑好？」

陸無硯坐下，順勢把她抱到膝上，笑著說：「怎麼，我照顧妳不好嗎？」

「好呀，可是我怕你累著，免得你又說……」方瑾枝坐直身子，學著陸無硯的語氣，道：「照顧妳已經夠麻煩，實在不想多照顧一個孩子。」

陸無硯想了想，方瑾枝身邊的下人都被攆走，伺候的人的確太少。今日忽然下雨，入茶回來取傘，竟沒能留個人候著她。

「知道了，明天就幫妳好好挑幾個。」

方瑾枝笑著點頭，與陸無硯一起歇下了。

第四十五章

許是睡得太晚，第二天，方瑾枝和陸無硯都醒得比以往遲一些。

這時，入茶在外面連連叩門，感覺帶著焦急和不安。若非真有十分急迫的事，她不會吵醒睡著的陸無硯。

「何事？」陸無硯垂眸，見懷裡的方瑾枝也揉著眼睛醒來，聲音裡不由帶了一絲不耐。

入茶自然聽出他的不悅，也沒辦法，只好硬著頭皮稟報：「尋到方家大少爺了。」

方瑾枝瞬間清醒過來。「哥哥怎麼了？」即使尋到人，入茶也不至於急成這樣，定是方宗恪出了事。

「是入酒尋到方家大少爺的，他受了重傷，已經昏迷不醒。」

方瑾枝一驚，匆匆起床梳洗，連早膳也不肯吃，就拉著陸無硯趕去入樓。

到了入樓，方瑾枝隨著侍女的指引，急匆匆去安置方宗恪的房間。

方宗恪靜靜躺在床上，還沒醒過來，臉色煞白，還沾著點血跡。

方瑾平和方瑾安正十分擔憂地守在床邊，看見方瑾枝過來，急忙迎上去。

劉明恕站在一旁，在侍女舉起的盆裡清洗滿是鮮血的手。

方瑾枝著急地問：「劉先生，我哥哥怎麼樣了？」

「死不了。」

方瑾枝頓時鬆口氣，坐在床邊，仔細去瞧方宗恪，才發現他的心口似乎被利器剜了一刀，此時雖已包紮，但鮮血仍舊從白色紗布裡滲出來。

方瑾枝摸摸方宗恪垂在一側的手，冰涼冰涼的。

陸無硯走過去，直接把她的手拍開。

方瑾枝愣住，目光對上那雙不大高興的眼，這才想起，方宗恪不是她的親哥哥。

她有些無奈地瞪陸無硯一眼，終究還是沒再去拉方宗恪的手，而是微微彎著腰，一聲聲輕喚：「哥哥？哥哥？」

方宗恪毫無反應。

陸無硯這才問立在屋子一角的入酒：「在哪裡尋到他的？」

「他像個死人一樣躺在路邊，要不是踢他一腳，還不能發現是他咧。」入酒大咧咧地說。

方瑾枝猛地抬頭，不高興地看著入酒，眼裡的埋怨快要溢出來，又問劉明恕。「劉先生，我哥哥什麼時候才能醒過來？」

「妳哥哥命硬，這點傷死不了。讓他歇歇，要不了三、五日就能醒過來。」

方瑾枝與兩個妹妹這才徹底放心。

方宗恪需要靜養，眾人便不吵他了。方瑾枝把方瑾平和方瑾安拉到旁邊的角落，細細問了她們這段日子過得如何？

日前，她與陸無硯聽從劉明恕建議，把方瑾平跟方瑾安送去入樓，暫時住下，方便劉明恕隨時察看。

許是因為在海島上無憂無慮生活一年的緣故，兩個小姑娘的性子已經開朗很多，說話也不會像小時候那樣，只敢小聲囁嚅。如今住在入樓，入樓女兒都是經歷過苦難的姑娘，不會用異樣目光看待她們，讓兩人待得更習慣。

關心幾句，方瑾枝就讓她們去玩，她則和陸無硯去尋劉明恕，問問如何分開兩人的事。

劉明恕坐在後院的臺階上，手裡握著白玉簪，微微出神。

「劉先生？」方瑾枝和陸無硯走到他身邊。

「五天後，我會先幫顧希和顧望動刀。」劉明恕向來言簡意賅，知道方瑾枝想問什麼，還沒等她問出口，就先說了。

方瑾枝心裡一喜，急忙追問：「成功的機會有多大？」

「這本就是極為凶險之事，成之可能不過十之一二，若失敗，性命不保，還望你們考慮清楚。」劉明恕說著，用雪白錦帕將簪子包起來，小心翼翼地收進懷中。

方瑾枝低垂了眼，沈默下來。

好一會兒後，劉明恕才道：「我建議，妳把妳哥哥的衣服脫了，看一下。」

「什麼？」方瑾枝沒反應過來，想了想，才隱約猜測，方宗恪身上的傷或許很重。

她擔心著方宗恪，卻沒注意身旁的陸無硯在聽見劉明恕這般說後，立刻黑了臉。

方瑾枝點頭，向劉明恕道謝，才和陸無硯去前院，打算再去瞧瞧方宗恪。

經過通往前院的月門時，她有些驚訝地看見方瑾平與方瑾安坐在迴廊裡，顧希和顧望立在她們身邊，有說有笑。

一陣風吹來，吹起兩個妹妹的月色罩紗襦裙裙角，帶出幾分柔美。

方瑾枝恍然，方瑾平和方瑾安也不小了。

「怎麼不走了？」陸無硯有些詫異地看向方瑾枝。

方瑾枝淺淺地笑起來。「我們從花廊這邊走。」

陸無硯順著方瑾枝的目光，看看迴廊裡的人，頓時了然，便陪著她離去。

兩人回到方宗恪的房間，方瑾枝心裡記掛著劉明恕剛剛說的話，但也知道身邊站了一個黑著臉的人。

方瑾枝伸出手臂，環住陸無硯的脖子，讓他微微低下頭，然後踮著腳尖，在他唇上使勁親了兩下。

「劉先生那麼說，一定是有什麼大秘密，我就看一眼，好不好嘛……」

「就一眼。」陸無硯實在受不了方瑾枝這樣溫聲細語地跟他撒嬌。

方瑾枝獎賞似的在他嘴角親了下，才轉身去方宗恪的床邊。

方宗恪雖穿著衣服，可為了方便換藥，並沒有繫上衣帶。

方瑾枝小心翼翼地掀開方宗恪身上的衣服，只看一眼，便落下淚來，連立在床邊的陸無硯也不由蹙了眉。

方瑾枝吸吸鼻子，把眼裡的淚水忍回去，小心翼翼地幫他蓋好衣服。一個人究竟要受多少傷，才能落下這麼多猙獰可怖的疤痕？方宗恪的胸膛上已經沒有半分完好皮肉，久經沙場的士兵也不至於如此。

「月兮……」方宗恪忽然囈語，一下子抓住方瑾枝的手腕。

「哥哥，我不是月兮，我是枝枝呀！」方瑾枝望著昏迷中的方宗恪，心裡難受。當年方宗恪離家時，方瑾枝不過三歲多。關於幼時的事，她記得並不多，但在她的記憶裡，方宗恪的身影卻比養父母要多得多。

方宗恪像是聽懂方瑾枝的話一樣，頹然鬆手，只是一遍又一遍喚著那個姑娘的名字。

「月兮，月兮，月兮……」聲音漸低，漸無聲。

「哥哥……」方瑾枝垂著頭，知道方宗恪未必聽得見，卻還是輕聲地勸：「娘親讓我勸你，餘生很長，不要總是活在過去裡……」

她努力扯出一抹笑容。「哥哥，我已經知道我不是方家女兒，也不是你的親妹妹。剛知道那些事情時，我很難過，可是後來想，我有哥哥護著，後來娘親和爹爹對我也很好，若沒有你們，我根本活不了。

「哥哥，你快點好起來吧，我不再求你改投別人，只想要你忘記過去那些不開心的事，快意餘生。那個叫月兮的姑娘，一定也希望你好好的……」

「妳知道什麼了？」方宗恪聲音沙啞，十分費力地睜開眼睛。

「哥哥，你醒了！」方瑾枝驚喜，馬上站起來。

「妳知道什麼了？」方宗恪握住方瑾枝的手腕，人雖虛弱，可力道卻是不輕。

「哥哥，疼……」方瑾枝想抽回自己的手。

陸無硯走上前，警告似的看著方宗恪。

方宗恪有些遲鈍的目光凝在方瑾枝那雙哭過的眼睛上許久，才慢慢鬆開手。但方瑾枝的手腕已經紅了一塊，看得陸無硯皺眉。

方瑾枝渾然不覺手腕是不是疼，陷入巨大的欣喜。「哥哥醒來了！」急忙讓守在外面的侍女去請劉明恕來診治。

在劉明恕趕到之前，方宗恪又昏睡過去。

劉明恕幫方宗恪把完脈，取了顆藥丸，讓侍女放進方宗恪口中。

沒多久，方宗恪皺著眉醒來，一口將嘴裡的藥吐出去，看劉明恕一眼，有些無奈地說：「劉瞎子，怎麼又是你？」

劉明恕負手立在一旁。「我也詫異。你怎麼還沒死？」

「哥哥，先喝點水。」方瑾枝端來一杯溫水，遞到方宗恪嘴邊，想讓他潤潤喉。

方宗恪只抿一口就別開了臉，看著方瑾枝。「妳知道什麼了？」

方瑾枝原本有太多話想說，但瞧著方宗恪實在虛弱，便把話嚥下去，笑著說：「哥哥剛醒，多休息一會兒才好。」說著，扶方宗恪躺好。

方宗恪的目光越過方瑾枝，詢問地看向站在她身後的陸無硯。陸無硯感覺到，微不可見地搖搖頭，他才鬆了口氣。

縱使方瑾枝心裡有再多疑惑，也不好這時追問。眼看天快黑了，只好和陸無硯一同回溫國公府，明日再過來，臨走前，囑咐侍女好好伺候方宗恪。

方瑾平和方瑾安聽見，願意擔起照顧哥哥的活兒。

方瑾枝聞言，若有所思地望望方宗恪休息的房間，輕聲囑咐兩個妹妹。「照顧的活兒，自有侍女來做，但是，妳們要替姊姊看著哥哥，不能讓他亂跑。」擔心他又突然離開。

不過這次是她多慮，以方宗恪現在的情形，連清醒都困難，更別說下床了。

因為婆婆不在府裡，大夫人又住在靜寧庵，孫氏年紀已大，連平時的晨昏定省都讓晚輩免了，是以方瑾枝這媳婦做得倒也清閒。晚間用膳時，只有她和陸無硯一起用。

她想了想，讓入茶拿一對平安鎖送去給陸隱心。入烹曾伺候過他們，如今成了府裡的夫人，為了避嫌，方瑾枝不得不疏遠她，可是一直記得她的好。

用過晚膳，陸無硯喊方瑾枝陪他下棋，方瑾枝沒依，窩在藤椅裡，就著燭光繡荷包。

馬上就是重陽節了，她想做幾只茱萸荷包。陸無硯肯定是有的，還有兩個妹妹。之前她也打算做給方宗恪，正擔心找不到人，如今總算能送到他手裡了。

除此之外，她還幫靜憶和靜思做。她自小和靜憶投緣，又和靜思有母女名分，不想這般巧合，她們竟是姊妹，都無子女，年節時，方瑾枝總會替她們備小禮物，表表心意。

「哪個是我的？」陸無硯走過來，在桌上的幾個茱萸荷包裡挑來揀去。

「唔，我手裡這只做完，就做你的。」方瑾枝晃晃手裡繡著紅梅的荷包。

不用她說，陸無硯就知這堆荷包裡沒有他的，四只分別繡著兔子、小奶貓、風箏，還有牡丹，再來是她手裡這只繡紅梅的，一看便是給方瑾平、方瑾安、方宗恪、靜思和靜憶。

陸無硯立刻沈了臉。「上次妳要給我的荷包還沒繡完呢，這次又把我的放在最後。」

「上次？哪個？」方瑾枝一臉茫然。

陸無硯的臉色越發沈了。當初他們快成親時，方瑾枝忽地來了興趣，要給他繡只粉色荷包，還說繡好時，要他穿著粉白衣裳配。荷包還沒繡完，她倒是忘了。

他不想理她，生氣地走了。

「你喜歡什麼花紋的？」方瑾枝望著他的背影喊。

幫別人繡時，都知道人家喜歡什麼花樣，輪到他卻不知道？陸無硯沒搭理她。

方瑾枝剪了線頭，把茱萸塞進荷包裡，將這只要給靜憶的紅梅荷包放在桌上。

她不是故意拖到最後才繡陸無硯的，只是一直沒想好繡什麼花樣，難不成繡塊黑漆漆的硯臺？不好看呀。

方瑾枝趴在桌上，擺弄著繡好的荷包，忽然有了主意。

「鹽寶兒……」她轉身喊人，頓時才想起，她身邊的丫鬟都被她攆去花莊了。

入熏匆匆從外面進來。「三少奶奶，您有什麼吩咐？入茶去花圃擺瓶子，說是要接明早的朝露來泡茶。」

「沒事，妳去忙吧。」

方瑾枝想了想，自己去了庫房尋東西。入熏不認得那東西，未必找得到。

方瑾枝在繡房裡繡了小半夜，才輕手輕腳地回寢屋。屋裡替她留燈，陸無硯已歇下了。

「無硯、無硯？」方瑾枝悄悄在陸無硯耳邊輕喚兩聲。

見陸無硯沒反應，方瑾枝才踮起腳尖走到燭檯前吹熄燈，又踮著腳尖走回床榻，小心翼翼地脫下鞋襪，從床尾爬到床的裡側。

夜裡靜悄悄的，方瑾枝翻身面對陸無硯，小聲說：「無硯，你不抱著我，我睡不著……」

黑暗中，陸無硯的嘴角不由輕揚起細小弧度，轉過身，伸出胳膊，攬住她嬌軟的身子。

方瑾枝仰頭，在陸無硯的嘴角輕輕親了下，然後一手攥著他的衣襟，一手搭在他腰上，打個哈欠，不久就睡著了。

陸無硯寬大的手掌將軟玉般的小手握在掌心，低頭吻她的額，陪著她一起進入夢鄉。

第二日，方瑾枝起個大早，先對過後宅大小帳目的單子，才和陸無硯一起吃早膳。

她望著吃早膳的陸無硯，不由歡喜。如今陸無硯肯按時吃飯，也不再晚睡遲起了。

「無硯，重陽節時，我想請靜憶師太和靜思師太來府裡，她們待在靜寧庵裡，怪冷清的。」說著，她皺眉。「可是靜思師太以前的身分……」

陸無硯想了想，道：「錦熙王已經死了，別人知道她曾是錦熙王妃也無妨。可是她們倆冷清慣了，未必喜歡熱鬧。」

「這倒是，是我想得不周到了。」方瑾枝點點頭。

陸無硯看她一眼，知道她心裡記掛那兩位婦人，便說：「反正妳也惦念妳哥哥和兩個妹妹，不如把人請去入樓。」

「可是府裡……」方瑾枝搖搖頭。她曉得自己的身分，不能拋卻府裡的家宴不顧，就算陸無硯不喜歡，她也不能缺席。

「無妨，反正也不遠，家宴結束以後再去入樓吧。」陸無硯倒是沒當一回事。這些年，陸家的各種家宴，他缺席了太多次。

「我再想想……」

方瑾枝本來還猶豫不決，當她和陸無硯剛想出門去入樓看方宗恪時，靜寧庵裡的小尼姑就來了，送來靜憶新烹的重陽糕。

方瑾枝咬了甜甜的重陽糕，眼睛笑彎成月牙，讓小尼姑等等，寫信託她轉交，邀請靜憶和靜思於重陽日相聚，並解釋時辰訂得那麼晚的緣由，到時會讓入樓的人去庵裡接她們。

如此耽擱一會兒，等到方瑾枝和陸無硯趕到入樓時，已經下午。

陸無硯下了車，把方瑾枝扶下來。「今日我有點事情，晚點再來接妳。若到了戌時，我還未回來，妳就先回陸家吧。」

方瑾枝點頭答應，送他離開。

第四十六章

方瑾枝走進房間時，看見方宗恪倚靠在床頭，氣色好了許多，方瑾平和方瑾安坐在他身邊，陪他說話。

「姊姊！」見方瑾枝過來，方瑾平和方瑾安急忙迎上去。

方瑾枝把手裡的食盒交給方瑾平和方瑾安。「這是靜寧庵裡的重陽糕，拿去吃吧。」

「給劉先生送一點去。」

「也給顧希和顧望！」兩個小姑娘滿心歡喜地捧著食盒往外走。

支開了兩個妹妹，方瑾枝才坐在方宗恪的床邊。

「哥哥，你好些了嗎？」

想起方宗恪身上那些傷，方瑾枝忽地一陣難受，憶起劉明恕的話——他是在送死。

「既然已經知道我不是妳哥哥，不必再這麼喊。」方宗恪面色平靜。

其實方瑾枝很想問問方宗恪，她的親生父母究竟是什麼人？可是直接問好像不適合，似乎會顯得她只惦記親生父母，不顧養恩。

方瑾枝垂著眼，靜靜地坐在一旁。

方宗恪皺眉望她，不由嘆口氣。「當年妳被遺棄在路邊，我不過是看妳可憐，把妳抱回來罷了。別的，我什麼都不知道。」

「那……那是哪一條路呢？」方瑾枝急忙追問。她還是在意。
「就是咱們家前街。」方宗恪隨意搪塞。
「哦……」方瑾枝應了聲，有些失望。
方宗恪無奈地看她一眼，隨意道：「許是妳親生父母家貧，才遺棄了妳。窮苦人家遺棄子女的事情，本來就極多。」
方瑾枝點頭，沒說別的了。

陸無硯到戌時才來接方瑾枝，把方瑾枝安頓在馬車上，忽道：「在這裡等我，我去吩咐入毒一些事。」
但他並沒有去找入毒，而是找了方宗恪。
「告訴她吧，左右有我在，我會護著她。」陸無硯立在門口。
方宗恪抬眼睥他一眼，冷冷地說：「我不管你是怎麼知道她的身世，我只問你，你可知道她親生母親的事？」
陸無硯愣住。縱使活兩世，他對此也沒有半點印象，疑惑地問：「這很重要？」
方宗恪點頭。「陸無硯，我瞞著她的身世，並非只因她的父親。真相比你想的更不堪，就讓她以為自己是被貧苦人拋棄的孩子吧。」嘆口氣，輕聲道：「反正那女人已經死了。」
陸無硯答應，心事重重地離開。
回到馬車後，他將心事盡數藏起，柔聲和方瑾枝說話，一起回溫國公府。

接下來幾日，陸無硯越來越忙，甚至徹夜不歸。他忙著與楚映司布局，擒殺楚行仄。但陸無硯並沒有對方瑾枝多說，只說幫著楚映司處理政務，看著她什麼都不知道的樣子，心中有些複雜。

除了設計擒殺楚行仄外，陸無硯還著手徹查劉明恕的底細，又因聽說劉明恕與葉蕭相識，故向葉蕭打聽，想讓他醫治楚懷川。

最終，陸無硯和楚映司商量許久，才決定讓楚懷川褪下龍袍，換上普通世家公子的衣服，讓劉明恕診治。此時，楚懷川身體已非常不好，幾乎不下床，清醒的時候越來越少。因他早就不上早朝的緣故，倒是方便他出宮。

即便如此，楚映司仍十分小心，避開宮中耳目，偷偷把楚懷川送到她的別院。

陸佳蒲萬分擔憂，恨不得跟著出宮，但這次楚懷川是秘密出行，帶著她不方便，更何況她如今有孕在身，舟車勞苦更是危險。

陸無硯原以為，請動劉明恕去別院為楚懷川診治要費一番口舌，沒想到他聽到葉蕭也在，欣然前往，這才發覺劉明恕做事毫無規章，全憑喜好心情。

今日楚懷川難得精神好些，斜倚在床頭，和楚映司說話，語速很慢，似乎說得太快會累著。對於陸無硯替他請來神醫之事，並沒有多在意。他自小喝藥長大，更是三、五日就要針灸，見過太多大夫、太多神醫，早沒了企盼。

不過他還是來了，不想辜負陸無硯和楚映司的好意，也不想滅了陸佳蒲眼中那絲欣喜雀躍。又或許，他心裡的那絲企盼從未消散，只是被他壓在心底罷了。

但楚懷川看見劉明恕時，愣住了。

一個瞎子？

楚懷川有些猶疑地瞥向旁邊的陸無硯，陸無硯對他輕輕點頭。

劉明恕為楚懷川診脈許久，久到屋裡的人都緊張起來。待收手時，楚懷川率先打破沈默，不甚在意地說：「劉先生不必費心，反正我這條命不過是靠藥吊著，只能再活月餘罷了。」

「月餘？誰說的？」劉明恕語帶嘲諷。「庸醫。」

為醫楚懷川的病，楚映司幾乎尋遍大遼的大夫，如今劉明恕居然嘲諷他們是庸醫。若讓太醫院那些老傢伙聽到，說不定會氣得白鬍子都要飄起來。

楚懷川聞言，頓覺心臟跳得飛快，雙唇開合，竟是一時失聲，眼前隱隱浮現陸佳蒲欣喜的笑容。

「劉先生這話是什麼意思？」楚映司的話裡帶著顫音。縱使她連楚懷川死後之事都籌備好，還是希望他可以活命，畢竟是她的親弟弟，畢竟是她一手帶大的孩子！

陸無硯心裡又何嘗不震驚？表面上，他的確嫌棄幼時總是跟在他身後哭鬧的楚懷川。當年縱使是他心甘情願替楚懷川擋了一劫，可經歷那麼多折磨以後，在面對楚懷川時，難免心思複雜。但即使口中說著不在意，心裡仍無比在意楚懷川，因為他是他的親人。

葉蕭也在，心中亦是驚喜，感受到楚懷川、陸無硯和楚映司的半信半疑，忙道：「劉瞎……劉先生既然這麼說，就一定有希望！」

在眾人期盼的目光中，劉明恕吩咐侍女拿來紙筆，開始開藥方。

瞧著他這舉動，楚映司和楚懷川面面相覷。

之前在入樓時，陸無硯就見過劉明恕寫字，所以並未感到意外。

劉明恕寫字很快，動作如行雲流水般，完全不似個瞎子，看得楚映司、楚懷川與一群侍女連連稱奇。屋裡十分安靜，眾人的目光全落在他寫字的手上。

劉明恕寫了很久，別聽他說得那般輕巧，但在下藥方時，分外仔細。因為他眼盲的緣故，寫的字要稍微大些，所以藥方竟是洋洋灑灑寫了近十頁。

楚映司見狀，不動聲色地對身後的入醫使眼色。

入醫了然，上前兩步，悄悄去看劉明恕開的藥方。

即使有葉蕭保證，楚映司也無法完全相信劉明恕，藥方當然要經過她的人仔細查看。

寫完最後一個字，劉明恕擱下筆，道：「藥材、烹法、服用次數與用量都有寫，按照藥方所寫，服用三個月。三個月後，再換藥方與施針。」

劉明恕的確很少為人治病，可他一旦決定接手，必是萬分認真。他說得雲淡風輕，好像對面坐著的不過是個得了風寒的病人罷了。

楚映司斟酌語句，才道：「並非本宮不信劉先生，只是……他自小身體羸弱，這些年，本宮沒少請名醫為他診治，可是結果……」

回答楚映司的，是劉明恕的隨意一句。「愛信不信。」

「多謝劉先生。」楚懷川深吸一口氣，眼中爬滿了生機。
對楚懷川來說，他早沒了希望，但此刻有人告訴他，他還可以活下去，怎能不激動！
他從未像如今這般渴望活著，只要一想到陸佳蒲哭紅的眼睛，他就捨不得離開，就開始貪生，眷戀與她在一起的每一日，恨不得餘生更長……
楚懷川不由抓緊扶手，想立刻回宮，想立刻見到陸佳蒲，然後抱緊她。
楚映司本想把劉明恕留下來，但劉明恕不打算守著楚懷川，當日便和陸無硯回入樓，還拉走了葉蕭。
對於劉明恕開的藥方，楚映司心中仍是存疑，打算讓太醫再瞧瞧有無不對勁的地方？
楚懷川卻笑著制止她，吩咐下人按藥方去做即可。「皇姊，朕本來就只有月餘的性命，他還能害我？」
楚映司怔住，便不去請人了，拍拍楚懷川的肩頭。「也是，太醫院那群庸醫要是有用，本宮的川兒也不必吃這麼多苦。」說到「庸醫」兩字時，不由帶了幾分笑意。
敢說大遼所有大夫是庸醫，劉明恕倒是第一人。
當夜，陸無硯回府，將劉明恕為楚懷川診脈的事告訴方瑾枝，方瑾枝心裡也高興。
重陽節馬上就要到了，方瑾枝白日要忙著溫國公府後宅的事，又要去入樓看望方宗恪，只有晚上才能抽工夫繡給陸無硯的荷包。
陸無硯見狀，實在心疼，催她早點睡。「好啦，別總在晚上繡，傷眼睛。做完別人的荷包就成，我的不急。」

「快繡好啦，你先去睡！」方瑾枝把陸無硯推出繡房。

陸無硯離開後，她坐下繼續繡著手裡的荷包，吐了吐舌頭。她還不了解陸無硯？若是到了重陽日，她給別人的荷包都做好了，唯獨少他的，怎麼可能不發脾氣？

還說她在他面前時偶爾像個孩子。他呢？在她面前，又何嘗不是孩子心性啊？

葉蕭跟著劉明恕回入樓，自然是為了方宗恪。

當夜，三個人圍坐在一起喝酒。

「宗恪，你就別喝了，看著我和劉瞎子就成。」葉蕭晃了晃手裡的酒杯。

方宗恪不理他，逕自倒了一杯酒，默然喝下。

葉蕭見狀，無奈地搖搖頭。「真是奇了怪了，你一心找死，居然還能活到現在。」

「我哪兒找死了？」方宗恪皺眉，不愛聽他這麼說。

葉蕭笑笑，問起劉明恕。「沒想到居然能在這裡見到你，無硯是怎麼把你請來的？」

「騙的，偷了她的玉簪。」劉明恕垂眼，腦海中浮現那個總是一身紅衣、巧笑倩兮的小姑娘。那支玉簪是他要送給她的及笄禮，可惜他終究沒資格送出去，只能留在身邊。

葉蕭苦笑，悵然搖頭。「你們兩個啊……」

劉明恕笑了笑。「如今她過得很好，已經足夠了。」

「是啊。」葉蕭又倒了杯酒。他口中的「她」，自然不是劉明恕說的「她」。

「不知足。」方宗恪猛地喝下一大口酒。「若她還活著，怎麼都好。」

葉蕭和劉明恕聞言，沈默了。他們雖不能和喜歡的人廝守一生，但喜歡的人都還活著，且遇到心繫一生的人。她們過得幸福，他們又有何不滿？祝福，已是最好的選擇。

想到方宗恪心中那個人早就不在了，葉蕭和劉明恕不得不安慰他。

「宗恪，那個姑娘已經走了十五年。你……也該放下了。」劉明恕勸。

方宗恪笑笑，反問：「如果你心裡的那個姑娘死了，你能放下她？」

劉明恕啞然。方宗恪又問葉蕭。「你呢？如果楚映司哪天被我殺了，你能放下？」

葉蕭愣住。他不大喜歡方宗恪的說法，哪怕是假如，也不想拿楚映司的死做比喻。可是眼下要勸方宗恪，只得說：「放不放下，是由自己的心，我年輕時，還差點娶妻了呢。」

「差點？」劉明恕皺眉。

「嗯。」葉蕭應聲。「大概是我這人霉運太重，剛和沈家二姑娘訂親，她就遭遇不測。所以，我有自知之明，不再議親，免得連累別的姑娘。」

其實他沒有完全說實話。年輕時，家中的確為他和沈家二姑娘訂親，但他不同意，正要去退，不想沈家二姑娘就出了事，親事自然沒成。後來，他為躲避家中催促，四處遊歷，只在年節回去。過了這麼多年，葉家長輩拿他沒辦法，又因他並非嫡長子，才不再管他。

「沈家？哪個沈家？」方宗恪卻忽然皺了眉。

「沈御史的二女兒。」葉蕭想了下。「對了，說起來，沈家女兒個個德才兼備，卻是紅顏薄命。不僅二姑娘遇狼，連嫁給錦熙王的長女，也沒享多少福就去了。」

方宗恪聽了，握著酒杯的手忽然收緊，緊緊皺著眉。

葉蕭有些詫異地看方宗恪一眼。「你認識沈家人？」

「不認識。」方宗恪收起眸中異色，又喝杯酒，一時間，心中竟是有些複雜。

很快到了重陽節，今日有很多事要忙，所以方瑾枝早早醒來。

陸無硯沒睜開眼，但方瑾枝推他，這才不情願地鬆開手。方瑾枝一離開懷裡，陸無硯頓時睡意全無，只好趿拉著鞋，懶懶散散地去淨室。

陸無硯從淨室出來時，方瑾枝已經見過府裡的管事嬤嬤，正坐著對帳本、打算盤。他的目光落在方瑾枝手中的小金算盤上。「那是妳小時候做的，現在用著不嫌小？」

方瑾枝頭也沒抬，笑著說：「用習慣了呢。」

陸無硯走過去，納悶道：「明兒幫妳重新做一個。咦，怎麼是妳親自算帳？讓管事嬤嬤做不就成了？」

「這不是陸家的帳，而是方家的生意。每隔一段時日，我都會自己對帳。」方瑾枝將最後一筆帳記好，才抬起頭來。

陸無硯朝方瑾枝伸出手，方瑾枝起身，從花簍裡拿出繡好的茱萸荷包，笑著繫在他腰間。

陸無硯低頭，去看荷包上的圖案，是一條花枝，樣式莫名有些眼熟，他摩挲著，想起來了。方瑾枝剛來溫國公府時，他曾在新年時送給她一條玉石為枝、寶石為卉的花枝。

他還記得方瑾枝打開錦盒時，滿臉驚喜地說：「真、真好看！這肯定能換好多銀票……」

這些年，他送給方瑾枝的東西著實不少，但這個，卻是送給她的第一件東西。

過了這麼多年，陸無硯沒再見過寶石花枝，以為方瑾枝早在剛開始管理方家生意，或為兩個妹妹購買花莊時拿去賣了，沒想到方瑾枝居然繡了這花樣。

陸無硯又想起，前幾日方瑾枝跑去庫房翻東西。難不成還沒賣掉？便問：「花枝還在？」

「當然呀，被我藏在三層錦盒裡收著呢，就怕碰壞了，捨不得擺……」方瑾枝嘆口氣。「我原本是夜夜抱著的，可是有回夜裡被我磕著，弄髒邊角，就再也捨不得拿出來。」

聽了方瑾枝的話，陸無硯的嘴角不由上揚，將荷包握在掌心，輕輕摩挲上面的錦繡花枝圖案，忽覺背面幾乎還有繡紋，便把荷包翻過來，不由愣了一下。

荷包的背面竟繡著一個小姑娘。因為荷包極小，繡出來的不過是個輪廓，坐在高腳桌上的小姑娘穿的輕紗糯裙，是方瑾枝平日的款式，手裡拿著一根雀翎，正在逗魚缸裡的游魚。

方瑾枝給每人繡的荷包上都繡著各自喜歡的東西，送給陸無硯的這只卻繡著她自己。

方瑾枝伸出纖細的胳膊環住陸無硯的腰，仰頭望他，甜糯而撒嬌地說：「想來想去，我家無硯最喜歡的就是我呀！」

陸無硯大笑，連道兩聲。「極好、極好！」

他把荷包小心地繫在腰間，珍惜異常，連方瑾枝是最後才幫他繡的也忽略不提。

說話間，孫氏身邊的嬤嬤來問今日家宴的事。方瑾枝便鬆開陸無硯，匆匆去忙了。

第四十七章

如今溫國公府是五世同堂，子孫昌盛，家宴排場比起方瑾枝當初剛來時更大。不過方瑾枝準備得充分，又不蠢笨，再加上府中沒人敢給她使絆子，倒是辦得順順利利。

今年的家宴比起往年，氣氛更活躍自在，因為陸嘯和孫氏都推託身體不適沒過來。他們年紀大了，平日極少出院子。

望著空空的上首座位，方瑾枝忽然一陣感嘆。她剛來陸家沒多久時，就是除夕家宴，那時陸嘯和孫氏還是精神抖擻，與大家歡聚。

知道方瑾枝惦記入樓的聚會，陸無硯故意將今日的家宴提早一個時辰。待家宴結束，他便親自送方瑾枝去入樓。

到了入樓，方瑾枝剛被陸無硯扶下車，就瞧見入酒駕去靜寧庵接人的馬車，便立在原地等候。

「晚一點我來接妳。」陸無硯幫方瑾枝披上斗篷，才離開。

這樣的小聚，陸無硯不便在場，也毫無興趣，更何況，他還有事。他和楚映司商議擒殺楚行仄的計謀已經布置得差不多，只差確認最後細節。

待入酒趕的馬車停下來，方瑾枝忙笑著迎上去。

靜思先下車，方瑾枝張望著，發現車裡沒人，不由咦了聲。「靜憶師太不過來嗎？」

「妹妹不喜熱鬧，這麼多年，沒離開過靜寧庵半步，所以今天不來了。不過，她託我替妳帶了親手做的糕點。」

靜憶向來喜靜，別說離開靜寧庵，這麼多年了，恐怕連靜寧庵裡的地方都沒有逛遍，只守著她的三間平房和前後院的梅林。

靜思的性子則不似靜憶，當初因被丈夫謀殺，心中受挫，才在靜寧庵裡苦悶幾年。時日漸久，她也逐漸放下，人變得開朗了些。

「靜憶師太果然不肯來……」方瑾枝心裡不由生出一絲失落。

「看來，妳心裡只有我妹妹，不過是順道請我。那我還是回去了。」靜思作勢轉身。

「別呀，您和靜憶師太都是我誠心邀請的人！」方瑾枝急忙挽住靜思的胳膊，小聲地撒嬌喚她。「母妃……」

靜思本來就是故意逗她，聽她這般說，才笑著和她一起進入樓。

方瑾平和方瑾安乖巧地等在屋裡，見方瑾枝帶著靜思進來，有些侷促。她們時常聽方瑾枝提起靜寧庵裡的兩位師太，今日第一次見面，難免緊張，生怕她們的特殊不討喜。

方瑾枝有跟兩位師太提過兩個妹妹，靜思笑著將一對鐲子遞給方瑾平和方瑾安，又誇她們幾句，兩個小姑娘才放下心。

「我妹妹不能過來，卻惦記著妳們這群小貪嘴。」靜思打開帶來的五層食盒，把裡面的糕點擺出來，每一樣都精緻得不似人間物。

「謝謝師太！」方瑾平和方瑾安看方瑾枝一眼，見她點頭，才歡喜地拿起來吃。自打小時候，方瑾枝就會把得來的點心帶回房給兩個妹妹吃，對於靜憶做的糕點，方瑾平和方瑾安也是自小就喜歡的。

除了靜思帶過來的糕點，方瑾枝也備好瓜果點心，就著茱萸酒，拉著她說話。方瑾平和方瑾安坐在一旁，微笑著吃甜點，安靜聽兩人說話。

說了好一會兒，天色著實晚了，靜思起身告辭。「時辰不早，我得回去了。」

方瑾枝本想留靜思住一晚，可想到自己也不能徹夜不歸，只好把話嚥回去，將繡著牡丹的荷包送給靜思。「母妃知道，我的繡活做得不怎麼好，只能繡成這樣，您可不許嫌棄。」

靜思打開荷包，聞聞茱萸的清香，笑著說：「胡說，咱們瑾枝的繡活兒才不差呢。」

方瑾枝笑著送靜思出去，方瑾平和方瑾安急忙跟上。

走下樓，方瑾枝看見方宗恪立在院子裡，劉明恕站在他身側，兩個人正在說話。

「哥哥！」方瑾枝一驚，快步迎上去，「你身上的傷還沒好呢，怎麼就下樓了？」

「不礙事，有劉瞎子在。」方宗恪原本滿臉沈色，和方瑾枝說話時，卻放柔了聲音。

方宗恪知道方瑾枝今日邀客人過來，隨意道：「要送客人走了？」

「是。」方瑾枝急忙拉住方宗恪，轉身望向靜思，替他們介紹。「哥哥，這是靜思師太，對我很好；師太，這是我哥哥，方宗恪。」

「看到你們兄妹團聚真好。」靜思笑著道，抬頭打量方宗恪，卻呆怔片刻，覺得方宗恪有些眼熟，卻一時想不起來。
方宗恪也靜靜看著靜思，將她臉上的變化盡數收進眼中，緩緩開口。「多謝這些年師太對枝枝的照顧，宗恪感激不盡。」
靜思收起思緒，笑著說：「是瑾枝討喜，我喜歡著她呢。」
「哥哥，時辰不早了，我先送師太回去。你也別站在這兒了，雖然劉先生在，可是你傷得那麼重，如今天冷，還是早些休息吧。」
方宗恪還未來得及開口，劉明恕便笑道：「宗恪，有這樣的妹妹，好福氣。你們雖不是親兄妹，倒比一般兄妹感情還要好。」
方宗恪飛快地看靜思一眼，見她臉上無異色，才將手搭在劉明恕的肩上。「是累了，該回去了。」
劉明恕扶著他往回走。
方瑾枝見狀，便送靜思離開，笑著說：「這次相邀是晚上，下次白日請師太過來，帶您去瞧瞧花房裡的花。」
「嗯，好。」靜思隨意應了聲。
方瑾枝聞言，不由側首看靜思一眼。不知怎的，她覺得靜思有些心不在焉。
靜思想想，試探地問：「瑾枝，妳是不是快要及笄了？」
「是。」
走到樓梯上的方宗恪聽見了，腳步微頓，瞇著眼睛看了靜思一下。

「走了，回去給你施針。」劉明恕拍拍方宗恪的肩膀。

方宗恪又看靜思一眼，才轉身進屋。

方瑾枝與妹妹們把靜思送上馬車，又囑咐送她回去的入樓侍女小心一些。

靜思推開車門。「瑾枝……」

「怎麼了？師太還有什麼吩咐？」方瑾枝立在馬車旁，笑著問。

「沒事，天冷，早些回去吧。」靜思將車門關上。

方瑾枝立在原地目送靜思離開，待馬車走遠了，才轉過身，遠遠地瞧見陸無硯騎著一匹馬趕來，風將他的墨髮和寬大水色衣袖吹得翻飛。

方瑾枝忽然挪不動步子了，嘴角慢慢漾出甜蜜的笑容。

從她小時候開始，望著陸無硯時就會滿心歡喜，如今越發挪不開眼。

陸無硯在入樓前停下馬，把馬鞭扔給侍女，轉身走向方瑾枝，脫下外袍披在她身上。

「告訴妳要多穿一點，偏不聽。」他蹙眉拉起她的手，覺得有點涼，便放進袖中握著。

方瑾平和方瑾安對視一眼，悄悄去了後院。

方瑾枝仰著臉望陸無硯，淺笑著說：「我來送師太回去，一時忘了穿小斗篷嘛，下次會記得的。」

陸無硯聽了，這才牽著她進去，吩咐侍女點熱茶，讓方瑾枝吃了，才拿小斗篷仔細幫她穿好，又囑咐：「天氣轉寒，還會飄雨，以後但凡出門，不許穿那麼少，可記下了？」

方瑾枝聞言，扮個鬼臉，雙手摀住耳朵，笑著說：「太囉嗦啦，不要聽！」一邊說，一邊往外跑。

陸無硯笑笑，跟著出去。

已經很晚了，他們得回溫國公府。臨走前，方瑾枝去瞧瞧方瑾平和方瑾安，本來還想去看方宗恪，但他房間的燈已經熄了，想來已經睡下。他身上的傷還頗重，方瑾枝不忍心打擾他，便沒過去，反正她明日還會再來入樓。

「無硯，我們回家啦！」她歡喜地迎上立在門口的陸無硯，親暱地挽住他的胳膊，好像剛剛那個扮鬼臉、嫌他囉嗦的人不是她似的。

陸無硯側首凝視方瑾枝無憂無慮的笑顏，不由輕輕蹙了下眉，隨即收起臉上的異色，帶她上了回府的馬車。

現在出發，回到溫國公府梳洗完，恐怕就要子時。方瑾枝向來早睡早起，陸無硯擔心她犯睏。

果然，剛上馬車，方瑾枝便一連打了兩個哈欠。

陸無硯攬住她的腰，讓她靠著他。「先小睡一會兒。」

「嗯。」方瑾枝應了聲，尋個更舒服的姿勢窩在他懷裡。

眼看著就要睡著了，她卻忽然睜開眼睛。「哎呀，忘了一件好重要的事！忘記請靜思師太幫我將替靜憶師太繡的荷包帶給她了！」

「不急，明天再送去也成。」

「不行。」方瑾枝連連搖頭。「等會兒靜思師太回去，若靜憶師太看見那個牡丹荷包，會以為我只給靜思師太繡，沒給她做，那可怎麼辦？再說了，今日我本是邀請她們兩人，靜憶師太會不會以為我因為她沒過來，而生了她的氣？

「反正這個時候，靜思師太應當還在路上呢，咱們快馬加鞭送去，讓她把荷包帶給靜思師太吧！」

方瑾枝向來敏感多心，陸無硯覺得她完全是胡思亂想，多大點事，就能想出這麼多有的沒有的。但他向來不會拂她的意，只好答應，讓入茶趕車去追靜思。

靜思坐的馬車趕得並不急，雖然已離開一會兒，還是被他們追上了。

「咦，靜思師太的馬車怎麼停在樹林前？」方瑾枝疑惑地回頭看陸無硯一眼。「該不會是遇到強盜土匪了吧？咱們快去看看！」

陸無硯皺眉，總覺得事情沒那麼簡單。可是方瑾枝記掛靜思，當然要陪她過去了。

下了馬車，陸無硯牽著方瑾枝走近靜思乘的馬車，卻見送靜思的侍女倒在血泊中。

方瑾枝驚呼一聲，陸無硯急忙遮住她的眼睛。

入茶立刻去查看，探侍女的鼻息，又檢查傷口，回稟：「已經死了，一刀斃命。」

「靜思師太！」方瑾枝臉色白了幾分，急忙拉著陸無硯，跑進林子裡尋人。

當方瑾枝和陸無硯找到靜思時，正好看見方宗恪將手中的刀刺入靜思的心窩。

「哥哥！」

方宗恪手腕一頓，幾不可見地皺眉。

方瑾枝鬆開陸無硯的手，跑向靜思身邊。

「靜思師太！」方瑾枝紅著眼睛望著已昏迷的靜思。

靜思雖然昏迷，可是眉心緊皺，似有囈語。

「師太還活著！」方瑾枝一喜，急忙吩咐入茶。「快！帶師太回去找劉先生！」

「是！」入茶立刻抱起滿身鮮血的靜思。

方瑾枝焦急得快哭出來，陪著入茶送靜思上車，才折回去，跑到方宗恪面前。

她紅著眼睛、滿臉失望地說：「哥哥，我以為你是身不由己、各為其主，在該死的衛王手下做事，不過是因為自己的忠義，可是怎麼就變成殺人狂魔了呢?!沒想到，你早連做人該有的善意都沒了！」言罷，淚已落下。

「沒錯，我就是個不知善惡的殺人狂魔。」方宗恪語氣極為平靜。

「哥哥，你太讓我失望了！縱使你對我有恩，從今往後便全部抵消。」

方瑾枝再看方宗恪一眼，眼中是無盡的失望和心痛，隨即頭也不回地朝馬車跑去。

陸無硯靜靜注視著這一幕，臨上馬車前，回頭看方宗恪一眼。

方宗恪靜靜立在夜色裡，眸中無半點波動，直到陸無硯的目光掃來，才雙唇開合，無聲地說：殺了她。

陸無硯瞇起眼睛，黑曜石般的眸中閃過疑惑和掙扎。

「無硯，我們快回去！」方瑾枝出聲催促。

陸無硯這才不去多想，上了馬車。

馬車飛快駛著，陸無硯側首凝視方瑾枝焦急的樣子，一時沈默。

「師太，您在說什麼？」方瑾枝俯下身，把耳朵靠近靜思唇邊。

「那個孩子……孩子……」靜思呢喃囈語，帶著焦灼和愧疚，眼角甚至流下淚水，抓著方瑾枝的手，死死不肯鬆開。

「孩子？師太，您想念自己的孩子了嗎？」方瑾枝握緊靜思的手，柔聲寬慰她。「您別急，您不會有事的，劉先生醫術高超，定能治好您。」

靜思還是不停地說：「那個孩子……不，她已經死了……」聲音虛弱，語氣掙扎。

方瑾枝擔心她用盡力氣，只得順著她說：「您別急，那個孩子好好的呢，別擔心……」

靜思聞言，呢喃輕語忽然停住，頹然鬆開緊緊抓著方瑾枝的手，整個人的氣息都淺了。

「師太！」方瑾枝落淚。

這幾年，方瑾枝時常去靜寧庵陪兩位師太說話，她們也如親人般關心她、照顧她。她曾因錦熙王妃遭遇不測而難過，不想再看已變成靜寧庵中的靜思再出事。

陸無硯立在門口，望著守在靜思床榻邊擔心的方瑾枝，心裡有一絲猶豫，很意外方宗恪會給他暗示，讓他除掉靜思。可是理由呢？既然讓他去殺靜思，原因定與方瑾枝有關。

陸無硯想了想，才悄悄走出去。

陸無硯步出房門，問守在外面的入毒。「靜思師太如何了？」

「傷勢有幾分凶險，就算能活命，最近幾日恐怕無法清醒。」入毒猶豫一瞬。「我去請劉先生了，但劉先生在和葉先生飲酒，推託不來。」

陸無硯點頭。劉明恕本就是隨興的人，不願治靜思也正常。更何況，靜思的傷雖然重，倒是還難不倒入樓的大夫們。

「方宗恪可有回來？」

「沒有。」

陸無硯的目光往樓下一掃，又問：「入茶去哪裡了，一直沒見到她。」

「三少奶奶吩咐入茶去靜寧庵請靜憶師太過來。」

陸無硯輕敲鏤刻舞獅祥雲的木欄，道：「派人去查查靜思的底細。不僅要查她嫁給錦熙王之後的事，未出嫁前的事也查清楚；還有靜憶，一併查了。」

「是。」入毒領命，往樓下走。

陸無硯立在原處，又沈思一會兒，才轉身進屋。

第四十八章

方瑾枝一直握著靜思的手，滿目焦灼和擔憂。

靜思偶爾會呢喃幾句，等到陸無硯走近，才隱約聽清她口中斷斷續續說著的是「孩子」、「那個孩子」、「活著」之類的話。

陸無硯心中隱約明白，靜思口中念叨的孩子，恐怕就是方瑾枝。

「別擔心，她不會有事的。」陸無硯伸手搭在方瑾枝的肩上。「倒是妳，不要一直苦守，回去歇著吧。」

方瑾枝搖搖頭，打算等靜憶過來再說。

天快亮時，靜憶匆匆趕來。

「靜憶師太。」方瑾枝紅著眼睛迎上去。

「我姊姊怎麼樣了？」靜憶憂慮地望著昏迷的靜思，萬分擔心。

「還沒醒過來呢。」方瑾枝垂著眼。「但靜思師太肯定會沒事的。」

靜憶坐在床邊，用帕子擦擦靜思額角的汗水，有些自責地說：「我不該讓姊姊獨自過來。要是我有陪著她，還能有個照應。」

她輕嘆一聲，轉頭望向方瑾枝。「到底發生什麼事？究竟是誰傷了我姊姊？」

「這……」方瑾枝心裡忽然一陣慌亂，說不出口。縱使她在方宗恪面前說得那般斬釘截鐵、義正詞嚴，可心裡還是不由想幫方宗恪開脫。

陸無硯見狀，把話岔開。「妳們都不要守在這裡。大夫會在旁邊候著，不會有事。妳們不能耽誤自己的休息，別等師太醒過來時，反而病倒了。」

靜憶望著方瑾枝哭紅的眼睛，握握她的手。「難為妳守了這麼久。快回去歇著，我在這裡看著就好。」又加了句。「妳不睡，旁人恐怕也不能歇。」旁人自然是指陸無硯。

片刻猶豫後，方瑾枝才說：「我曉得了，這就回去歇著。師太不要太擔心，給您準備的客房已經收拾好，也安排大夫和侍女日夜守著，您別傷了自己的身子。」

靜憶答應，可是並沒有回客房，而是守在床邊。反正回去也睡不著，不如守著靜思，這些年，靜思沒少為她費心。

方瑾枝見狀，又喚來侍女囑咐一遍，才被陸無硯帶回房中。現在已經是下半夜，回溫國公府太折騰，就帶著方瑾枝暫時住下。

房裡，陸無硯坐在方瑾枝面前，用浸過熱水的帕子輕擦方瑾枝紅通通的眼睛。

「別擔心了。好好歇著，說不定明天一早，師太就醒過來了。」

方瑾枝低頭，沈默好一會兒，才說：「我難過，並不完全是因為靜思師太。」

她抓住陸無硯的手，無措地望著他。「無硯，哥哥怎麼變成這樣了？還是……還是他本來就是這樣？當年他離家時，我還小，其實我一直都不了解他吧？

「可是……」方瑾枝搖搖頭。「哥哥能把被遺棄的我抱回家養著、護著，怎會是個濫殺無辜的人？」眼神逐漸清朗。「無硯，會不會是靜思師太還是錦熙王妃時，兩人結了仇？」

「別想了。」陸無硯把帕子扔到盆裡。「睡覺。」

方瑾枝果真不再說話，靜靜躺在床上，可是她輾轉反側，怎麼都睡不著。

陸無硯也沒睡著，轉過身，靜靜凝視方瑾枝，思緒忽又回到前世。如果殺掉靜思能將方瑾枝的身世瞞下來，避免不幸發生，為何不動手？

「無硯，你怎麼也不睡？」方瑾枝也轉過身，在黑暗裡睜開眼睛望著他。

陸無硯抬手，輕輕撫摸方瑾枝的臉頰。「我作了一個夢，夢見妳害死我母親，夢見妳為了救我，也死了。」

方瑾枝笑著敲敲他的頭。「胡說，你都沒睡，怎麼可能作夢。」

「是啊，是胡說的。」陸無硯湊過去，額頭抵著方瑾枝。

「可不許這樣胡說，所有人都會好好的。嗯……我要睡了，夢裡說不定能遇見神仙，教我長生不老的法子，然後呀，咱們都可以遠離生老病死，雲遊四海，逍遙似神仙。」

「好，我陪妳一起作夢。」

兩個人低低笑起來，不久，相擁著睡著了。

第二日一早，方瑾枝雖然睏倦，仍早早起來，匆匆去看望靜思，又拉著愁容滿面的靜憶勸慰一番，讓侍女準備早膳。

「師太，您可要多吃一點。」方瑾枝把水晶梅花餃推到靜憶面前。「您的身子一直都不硬朗，可不能在照顧靜思師太時累著了。」

「我知道。」靜憶望著方瑾枝。昨天晚上，她還哭得厲害，今天倒是冷靜許多。「妳也別光顧著這邊。妳一夜沒回溫國公府，說不定府裡要堆積許多事。」

方瑾枝點點頭。「等會兒我先回去，下午再來看您和靜思師太。」

靜憶聽了，這才發現方瑾枝一直沒動筷，略琢磨便想明白了，方瑾枝許是還沒吃東西，等著和陸無硯一起吃。她心裡急著要回陸家，卻還是先來寬慰她，忙道：「瑾枝，快去忙妳的事情吧，若是不得閒，不必日日過來，左右有我照顧著姊姊。」

方瑾枝應好，起身告辭，與陸無硯一起回去。

方瑾枝回到府裡，果然有一大堆事等著她處理，簷下站了好幾個陸家與方家的嬤嬤。其他的事都好說，只是今年幾場秋雨過後，田莊的收成與生意會受影響，幾個管事得問問方瑾枝的意思，提前做準備。

方瑾枝終於把事情處理好，將幾個嬤嬤送走，已是下午，才得閒回到書房，翻開桌上的帳本。目光一掃，發現擺在桌角的小小金算盤已經被換成大小適合的。

方瑾枝撥撥算盤上的金珠子，嘴角不由揚起笑。沒想到，陸無硯這麼快就幫她換好了。

「無硯呢？」方瑾枝忽地想起，今早陸無硯送她回府後，便不見人影。

這幾日，陸無硯著實太忙，方瑾枝左等右等，也沒把陸無硯等回來，便讓入茶準備馬車，自己先去入樓。反正陸無硯回來後見她不在，一定會去入樓接她。

方瑾枝坐在馬車上，把整件事想了又想，忽然想起一個被她忽略的細節。剛到入樓，她便問方宗恪回來沒有？知道他始終沒回來，心中不由忐忑。

昨天傍晚，方宗恪行走時還需要劉明恕攙扶，身上的傷那麼重，如今又下落不明……憑藉方宗恪的身手，想要殺掉靜思，怎會失手？必是他仍舊十分虛弱！她不應該在事情沒弄清楚之前，對方宗恪說那些狠話，倘若事情不是她所見到的那樣簡單呢？

方瑾枝攥著帕子的手緊了幾分，急忙吩咐入樓的人去找方宗恪。不說其他，若沒有方宗恪，她或許早就死了。

恩情和是非對錯在心裡掙扎，方瑾枝搖搖頭，趕走心中雜緒，去看望靜思。或許，等靜思醒過來，就可以解開許多疑惑。

然而靜思並沒有醒來，陸無硯也沒來入樓接她，只好再安慰靜憶幾句，自己坐車回去。

方瑾枝回到溫國公府後，沒想到陸無硯依然沒回來，吩咐入酒轉告她，他有要事在身，明晚才歸家。

第二天晚上，方瑾枝梳洗後躺下，往裡面挪了挪，給陸無硯留出地方來。

這幾日，她兩邊奔波，實在疲累，還沒等陸無硯回來就睡著了。

迷糊中，她摸摸身邊，依然是空的，陸無硯沒回來。

過了子時，身邊的被褥動了動，方瑾枝沒睜開眼睛，伸手去探。

「是我回來了。」陸無硯湊過去，在她耳邊輕聲說。

方瑾枝蹙著的眉心一點一點舒展開來，鑽進他的懷裡，滿足酣睡。

翌日清晨，方瑾枝在陸無硯懷裡伸了個懶腰，嘟囔道：「你去哪裡呀，走了兩天呢。」又指指自己的眼睛。「你看嘛，你不回來，我都睡不好。」

陸無硯輕吻她的眼睛，笑著說：「宮裡有點事，我去幫母親的忙。」

其實方瑾枝也知道，依陸無硯的懶法，若不是楚映司的事，他才懶得離開垂鞘院。

「這幾日忙嗎？靜思師太醒來沒有？」陸無硯問。

提起這個，方瑾枝的臉色有些暗淡，搖搖頭，失落地說：「哥哥也沒有消息……」

「放心吧，會找到的。」陸無硯只好寬慰她，卻不由皺眉。

這段時日，他和楚映司設計擒殺楚行仄，昨天終於抓到人，這時方宗恪是不是在準備營救？與其讓入樓的人大海撈針一樣尋找他，不如在關押楚行仄的地方守株待兔。

方宗恪是楚行仄的人，陸無硯本無意留他性命，可是……

他側首望著坐在梳妝檯前梳理長髮的方瑾枝，不由多了幾分深思。

就算方宗恪不是方瑾枝的親生哥哥，可畢竟對她有恩，而且方瑾枝偏心，明明親眼看見方宗恪殺人，還能幫他找藉口，甚至擔心他的安危。若方宗恪真的死了，她恐怕又要難過。

這日，陸無硯送方瑾枝去入樓時，因為楚行仄已被擒住，他清閒了，所以陪她留下。

方瑾枝和靜憶照顧靜思時，陸無硯便在自己的屋中品茶。入毒匆匆趕過來，還帶著一個容貌俏麗的入樓侍女。

「有消息了？」陸無硯放下茶杯。

「是。」入毒立在一旁，把位置讓出來給身後的侍女。

侍女將靜思從閨中到出嫁的大小事情細細說了一遍，不外乎閨中受寵，婚後也曾風光，可隨著錦熙王寵妾日益增多，逐漸失寵；也曾孕有子女，卻都夭折。憑她沒有兒子傍身，卻能始終占著王妃的位置，錦熙王又是那樣的貨色，著實需要本事。

然而陸無硯對這些事都沒有什麼興趣，表情不由染上三分失望和不耐煩。

侍女見狀，有些猶豫，開口問道：「奴婢忽又想起一件事，但不知該不該說？」

「說吧。」

侍女低著頭，恭敬回稟：「當年宮變後，長公主未找出衛王家眷，而是在一年後突然尋到的。據說，當初並非搜捕，而是錦熙王寫了密信給長公主，揭發他們的藏身之地。」

「錦熙王？」陸無硯皺眉。「不對，那時錦熙王應該不在皇城，而在封地。」

「就是這裡奇怪。錦熙王在封地三年，不曾回皇城，若說他留下眼線，也說不通。長公主費了那麼大心血都沒找到那些人，憑錦熙王的眼線，又怎能找到？」侍女停了下。「不過，那幾年，錦熙王妃是一直住在皇城的……」

一旁的入毒不由問：「妳是說，錦熙王妃知衛王家眷的藏身處，借錦熙王之口稟告？」

「這只是奴婢的猜測……」侍女看陸無硯一眼，急忙低下頭。

入毒心裡一頓，知道自己失儀。怎麼可以在陸無硯面前這般沒規矩。遂和侍女低頭。

陸無硯顧不得入毒，緊緊皺眉想著其中關節。如果真是錦熙王妃把楚行仄家眷的藏身處告訴楚映司，那麼方宗恪想要殺她就再正常不過了。

但錦熙王妃怎麼會知道？其中恐怕還有隱情。就算知道，又為何向楚映司告密？

陸無硯沈思片刻，忽然問：「她與衛王女兒的關係如何？」

侍女隱約猜到陸無硯的想法，想了下，說：「衛王的女兒楚月兮因容貌有缺，性子孤僻，少與人往來。錦熙王妃比楚月兮大七歲，大概只見過一、兩次面罷了。」

「但是……」侍女又道：「楚月兮雖與錦熙王妃不熟稔，可錦熙王妃的妹妹——沈家二姑娘，卻是楚月兮唯一的閨中密友。」

「哦？」陸無硯追問：「沈家二姑娘的事查得如何？」

沈家非一般官宦之家，長女貴為王妃，二女兒為何年紀輕輕便搬到尼姑庵裡青燈古佛？

「沈家二姑娘年輕時訂過親，據說對這門親事十分滿意，滿心歡喜等著成親，卻被人擄走。她失蹤一年多，她的母親因日夜思念女兒病故。等她回來時，名聲毀了，親事也沒了，沈家人對外說她懸樑自盡，其實是被錦熙王妃悄悄送去靜寧庵裡，成了靜憶師太。」

陸無硯猛地起身。他想起來了！當年帶著六歲的方瑾枝去靜寧庵，第一次見到靜憶時，便覺得她有些眼熟，那時沒有多想，如今前世之事恍若抽絲剝繭一樣，清晰起來。

前世，他對靜憶不過是匆匆一瞥，又非尼姑打扮，所以今生才沒有認出她。

「當年擄走靜憶的是何人？」陸無硯問。

侍女羞愧地說：「奴婢沒查出來。當時有傳言是山上的強盜，可是究竟是哪裡的強盜，卻沒人知曉；而且，以沈家家世，恐怕一般強盜也不敢對沈家的嫡姑娘下手。」

「繼續說下去。」

「是。」侍女大著膽子把自己的猜測說出來。「以沈家的家世，敢動府裡嫡出姑娘的人，要麼是仇家，要麼是權勢更大的人。奴婢查過，沈家並沒有仇家，而二姑娘不過是個閨中女兒，更不可能與人結仇。所以，劫走她的可能是權勢大的人，而且地位應該極高……」

「沈家二姑娘被擄走時是哪一年？」

「安中年秋天。」

許久，陸無硯長嘆了一聲。

當初，方宗恪在方瑾枝出嫁前夜擄走她，或許是因為她父親的緣故，可是陸無硯找到方瑾枝後，方宗恪已不再阻止他們在一起，對陸無硯的態度也變得沒那麼仇視。但方宗恪仍舊堅持隱瞞方瑾枝的身世，甚至陸無硯向他保證會一直護著方瑾枝，也沒有改變主意。

現在，陸無硯終於明白了，怪不得方宗恪說隱瞞方瑾枝的身分並不是因為她的父親，也懂了那句「真相遠比你想的更不堪」是什麼意思。

陸無硯擺擺手，讓入毒和侍女退下，許久後，才緩步走向靜思的臥房。

此時，靜憶和方瑾枝都不在屋裡，靜悄悄的，躺在床榻上的靜思淺淺呼吸著。

陸無硯走過去，看她一眼，略略猶豫，抓起靜思身上的被子，蓋上她的臉，壓下去——

「靜憶師太，您別太擔……」方瑾枝走到門口，看到眼前情景，手中瓷碗忽地落到地上，摔成碎片。

陸無硯猛地回頭，看見方瑾枝呆呆立在門口，青瓷祥雲紋葵口碗摔在地上，滾燙湯藥灑出來，濺在月色罩紗裙上，也潑在她手上，讓手背紅了一塊。

陸無硯幾步走過去，捧起她的手，擦去她手背上的藥漬。

靜憶則急忙趕到床邊搖靜思。「姊姊！姊姊！」

方瑾枝回過神，甩開陸無硯的手，小跑著出去喊大夫。等大夫進來，又匆匆趕到靜憶身邊，拉開擔憂的靜憶。

「師太，您別急，先讓大夫瞧一瞧。」竟是異常冷靜。

方瑾枝牽著靜憶，到牆角的玫瑰小椅坐下，握著她冰涼的手寬慰幾句，又時不時回頭看向正被大夫灌湯藥的靜思。

靜思咳嗽幾聲，努力睜開眼睛，不過一瞬，又合上眼，昏了過去。

靜憶見狀，跑到床邊守著，黯然落淚。

方瑾枝鬆口氣，這才把目光落在立於角落的陸無硯身上。

陸無硯一直看著她，等她望過來時，四目相對。

方瑾枝率先走出門，緩步下樓，陸無硯尾隨而去。

第四十九章

方瑾枝立在大院子的海棠樹前，轉身望向陸無硯。

陸無硯對上她的目光，眼中一片澄澈，等著方瑾枝先開口。

「如果你不喜歡靜思師太，或與她有過節，等會兒我就讓人把她送走，再不出現在你眼前。」方瑾枝的眸中乾乾淨淨，不帶一絲惱怒、難過，像在和他說著最平凡的家常。

陸無硯蹙眉。沒想到方瑾枝開口說的話竟是這般，還是用這樣的語氣。兩輩子，方瑾枝都是他看著長大的，他太了解她，知道她眼裡的平靜不是裝出來的。當日方瑾枝見到方宗恪對靜思出手時，她是那樣憤怒，甚至出口傷人，與方宗恪決裂。

「當然，如果你非要殺她，又因為暫時不能讓我知道的理由，那……別讓我知道，偷偷動手吧。」方瑾枝低下頭，無聲嘆氣，染了一身落寞。

陸無硯忽然覺得，這樣對她很不公平，她什麼都不知道，有股衝動，想把一切告訴她。

可是，他不知道該怎麼開口？

說什麼呢？說她是他死仇的女兒，她的父親如今遍體鱗傷地被他關在牢裡，和蟲鼠居於一處？還是告訴她，他是重生一世的人，在他的前世，她為了救生母誤害死楚映司？還是告訴她，前世的他因為楚映司的死傷害她？

陸無硯痛苦地閉上眼，浮現楚映司於城樓縱身躍下的情景，怎麼都揮之不去。

萬千馬蹄踏過，楚映司的骨血和腳下土地融在一起，屍骨無存。

沒有人知道，他需要多大的勇氣，才敢再愛上方瑾枝。

今生，他別無所求，只希望她什麼都不知道，永遠無憂無慮。

「無硯，你怎麼了？」方瑾枝終於察覺到陸無硯的異樣，望著他眼裡的淚，忽然慌了，去拉他的手。「我不知道你、哥哥與靜思師太之間有什麼過節，但是……」

方瑾枝說著，眼裡的慌張逐漸淡去，慢慢染上堅定。「無硯，不管發生什麼事，不管你和誰敵對，我都會一直站在你這邊！」

望著方瑾枝擔心的澄澈明眸，陸無硯逐漸平靜下來。「沒事。」垂眸掩藏眼中痛楚。

他拉起方瑾枝的手，將剛剛出門順道拿的燙傷藥輕輕塗抹在她手背上。方瑾枝的燙傷並不嚴重，剛剛紅起一大片，此時已經退掉看不出來了，可他還是堅持塗藥。

藥膏涼涼的，但沒有陸無硯的手涼。

「無硯……」

「嗯。」陸無硯應了聲。「還記得妳小時候右手傷到沒知覺的事嗎？」

雖然不知陸無硯為什麼提起這個，方瑾枝還是點頭，等著他說下去，可是他卻沈默了。

「瑾枝。」陸無硯抬起頭，有些疲憊地凝視她。「其實，妳哥哥安頓妳們的那座海島不錯。我們離開皇城吧，尋一處僻靜海島，妳和我，再帶著兩個妹妹，去過隱居生活，好不好？」聲音漸低，竟隱隱帶了一絲乞求。

「你說什麼都好，你去哪兒，我都跟著你走。」

陸無硯卻忽然爽朗地笑了，拍拍方瑾枝的頭。「逗妳玩的呢。」又嫌棄地看著她被染上湯藥的月色裙角。「還不快回去換身衣服，髒死了。」

「這就去。」方瑾枝轉身進屋，上樓梯時，又忍不住回頭看陸無硯。

陸無硯負手立在原地，靜靜望著她。

方瑾枝覺得陸無硯很不對勁，他分明是想逃避什麼，遂對他輕輕笑了下，才轉身繼續往前走，回房換衣服。

換好衣服，方瑾枝靜靜坐在梳妝檯前，望著鏡中的自己發呆。

陸無硯了解她，她又何嘗不了解陸無硯？她曉得陸無硯隱瞞了很多事情。

剛剛，陸無硯的眼中分明浮現了掙扎與猶豫。猶豫什麼？猶豫著要不要將那些瞞下來的事情告訴她嗎？

方瑾枝把方宗恪回來以後到現在的事情細細想了一遍。

方宗恪剛回來時，不同意她嫁給陸無硯，還說天下的男人隨便她選，除了陸無硯。

為什麼是陸無硯？陸無硯有什麼特殊的地方？若方宗恪對陸家有意見，那他要說的應該是——這天下的男人隨便她選，除了陸家的人。

因為陸無硯是楚映司的兒子嗎？

以前她一直認為陸無硯和方宗恪之間有過節，可是方宗恪離開十多年，而陸無硯自荊國回來後，在垂鞘院裡深居淺出，兩人又能有什麼爭執？後來她查出方宗恪的心上人死在楚映司手中，所以因此記恨陸無硯，不許她嫁給他？

不對。方瑾枝緩緩搖頭。後來陸無硯找到海島，方宗恪就不再反對他們在一起，那日兩人曾經私下交談，還故意支開她。

所以，是他們對她隱瞞了一件很重要的事情，甚至，都想殺了靜思！

到底是什麼事和楚映司有關，也和靜思有關？方瑾枝好像想到什麼，念頭卻一閃而過，又跑遠了。

「如果反過來想呢？」方瑾枝站起來踱步。「母親的仇人是誰？靜思師太呢……」

方瑾枝忽然停下腳步。楚映司的仇人是楚行仄，而他不僅是她的仇人，還是陸無硯的。

「衛王……」方瑾枝又呢喃一遍，伸出手，一根手指、一根手指地數。「母親、靜思師太、衛王、哥哥、無硯，或者再加上衛王的女兒楚月兮……」

方瑾枝開始在屋子裡走來走去。

「哥哥為衛王做事，所以不希望我嫁給無硯？」隨即搖搖頭。「不對，連無硯都說過哥哥那麼做是為我好，而且哥哥現在已經不阻止了。

「倘若哥哥不歸，所有人都以為他死了，那他為什麼會在離開多年後突然回來？」

方瑾枝猛地止步。「哥哥回來的日子，分明是我和無硯的喜帖剛發之時，他是為了阻止我嫁給無硯？」

方瑾枝搖搖頭，剛剛想通的線索又亂了，一切回到原點。

她嘆口氣，往外走，努力趕走腦海中的雜緒，去看望靜思。

至於靜思的去留……倘若陸無硯堅持要殺死她呢？還是先把她送走吧。

房裡，靜憶正坐在靜思床邊，絮絮與她說話。「姊姊，妳別拋下我。如今妳我相依為命，倘若妳走了……」

「師太。」方瑾枝進門，勉強扯出一抹笑容。

靜憶望著方瑾枝，怔了半天，才道：「我剛想去找妳，卻一時脫不開身……」

所謂的脫不開身，是因為擔心她離開這裡後，靜思再遭人謀害吧。

方瑾枝垂下眼，心裡有一絲愧疚。「都是我不好。如果不是我一時興起邀妳們過來，就不會發生後面這些事。」

「快別這麼說。」除了這句，靜憶也找不出別的話來安慰，但她看不得方瑾枝愧疚難過的樣子，遂拍拍她的手背，柔聲道：「煩勞妳幫我照看一會兒，我去瞧瞧藥煎好沒有？」

「好。」方瑾枝重重點頭答應，心裡不無感激。都這個時候了，靜憶還是信任她。

靜憶嘆口氣，下了樓，往後院走去。

靜憶到了後院，看見兩個外男，便匆匆移開眼，打算快步走向小廚房，想看看湯藥煎好沒有？

可是不知怎的，她不由又看了那兩人一眼，那個背影……

啪！靜憶手腕上的佛珠忽然斷了，噼哩啪啦落了一地。

葉蕭疑惑地轉過身。

靜憶落荒而逃。

葉蕭在原地立了許久，回憶忽然如潮水般湧上，趕緊追上去，衝進小廚房。

「二姑娘？」

靜憶端著湯藥的手顫了下，勉強壓住心裡的緊張，死死低著頭，強自鎮定地說：「施主認錯人了。」

葉蕭重新打量靜憶身上的青灰色緇衣。「妳……為何出家？」

靜憶越發低頭，又說了一遍。「施主認錯人了。」

葉蕭不信，一步步走向她。

隨著葉蕭的靠近，靜憶心中越發慌亂，低著頭，端著湯藥的手不停發抖，擔心握不住，只得將藥碗放回檯子上，又後退兩步。

「妳我自小相識，怎麼會認錯？文嫻。」葉蕭在離靜思面前一步之處停下來。

「我不是什麼文嫻，只是靜寧庵的尼姑罷了。」靜思推開葉蕭，想離開逼仄狹窄的小廚房。在這樣的地方和葉蕭共處一室，讓她窘迫而痛苦。

葉蕭扣住她的手腕。

靜憶掙扎幾下，卻沒能將自己的手抽回來，不得不開口。「請放手。」

「文嫻，我只是關心妳！」

「夠了。」靜憶無聲落淚。「以什麼身分關心？你我毫無關係，我不需要你的關心！」

葉蕭頹然放手。

他與沈文嫻一起長大，知道沈文嫻喜歡他，在他傾心楚映司那些年，她始終默默等在一旁。在男女十三、四歲就開始議親的大遼，沈文嫻的家世顯赫，本人更是皇城有名的才貌雙全，還有個貴為王妃的長姊，媒人踏破沈家門檻。可她總是搖頭。等到十六歲，在葉蕭遭陸申機連連壓制，甚至被趕出軍中、處處受挫時，仍願意下嫁。

葉蕭記得，那日他在挽月亭拒絕了沈文嫻，口口聲聲告訴她——「文嫻，我心中只有楚映司一人，即使她嫁了，心亦不變。」

他看著她潸然落淚，傷心離開。那天，她穿了茶白色的裙子，裙角繡著大片雅緻的山茶。

記憶裡的沈文嫻總是淺淺地笑，那是葉蕭第一次看見她落淚。

望著她的背影，葉蕭心裡忽然一陣不捨，想去追她，畢竟有著多年相識的情誼，至少寬慰幾句。可是他明白，自己的心永遠裝不下她，若是娶她，反倒是害她，還不如絕情些，讓她去尋找屬於自己的幸福。他實在不能再耽誤她了。

第二日，葉蕭到沈家推掉這門親事，卻發現沈家大亂。

沈文嫻失蹤了。

她在和他見面回去的路上遭遇惡人，兩個丫鬟倒在血泊裡，轎子裡空空的，只留下她的繡帕。她傷心離去的背影竟成了葉蕭對她的最後印象。

因此，葉蕭愧疚了好些年。倘若當日他送她回家，是不是就不會遭遇不幸？

「文嫻……」葉蕭皺眉，至今沒能放下對沈文嫻的虧欠。

靜憶已經冷靜下來，閉了下眼，將眼底的氤氳盡數壓下，然後對葉蕭微微頷首，端起幫靜思熬的湯藥，轉身離開。

葉蕭立在原地，望著瘦弱的她逐漸走遠，消失在目光中。雖然穿著青灰色緇衣，可那身影還是和當年的身影逐漸重合。

恰巧在院子裡的劉明恕輕咳一聲，讓葉蕭皺起眉。「劉瞎子，偷聽是不對的。」

劉明恕將簸箕裡的半夏裝起來，笑道：「我一直在這裡，是你們的聲音太大了。」

葉蕭沒說話，望著沈文嫻離開的方向，心中是知道她還活著的欣喜，又是當年讓她獨自離開遭遇不幸的愧疚，最後慢慢變成一聲長嘆。

靜憶端著湯藥走回靜思的房間，立在門外穩了穩氣息，才撐出幾分笑，走進去。

「瑾枝，我把湯藥端過來了，要餵姊姊喝下。」靜憶走上前，把手中藥碗放在床頭的小几上，然後抱過軟枕墊在靜思頭下，讓她的上半身更高些。

「瑾枝，把藥碗端給我。」

方瑾枝低著頭，沒有動。

「瑾枝？」靜憶這才發覺，方瑾枝好像有點不對勁，伸手輕推她的肩頭。

方瑾枝的身子彈了下，猛地抬頭，直直望著靜憶，滿臉淚水，眼中浮現痛楚。

「瑾枝，妳這是怎麼了？」靜憶也慌了，哪裡見過方瑾枝哭成這樣。

方瑾枝沒說話，只是望著她，任由熱淚從眼眶裡滾落，似一顆又一顆斷線的珍珠。

靜憶慌忙握住方瑾枝的手。「別哭吶，受了委屈就說……」

方瑾枝抽出自己的手，站起身，目光複雜地望著靜憶，然後逃也似的跑出去。

「瑾枝！」靜憶想追出去，床榻上的靜思忽然一陣咳嗽。

「姊姊，妳醒了！」靜憶驚喜地握住靜思的手，暫時顧不上去追方瑾枝了。

方瑾枝匆匆往樓下跑，經過琴室時，忽聽見一陣琴聲，便停下腳步走過去。

方瑾平與方瑾安正在彈琴，陸無硯正在教顧希和顧望下棋。

方瑾枝站在窗外，望著陸無硯。從她站的地方，只能看見他的側臉，即使是教人，陸無硯的話也不多，只偶爾提點半句。

她曾經笑話過他，定是因為太懶了，懶得張嘴，話才這樣少。

只要望著他，她的嘴角總是會不由自主漾出笑來。

自從認識陸無硯那一日起，她幾乎被他捧在手心裡，總是暗中為她安排好一切。她曾經抗議過，可是完全沒用，而且她發現，他所做的一切都是為她好，或者說，他總能把她最需要、最想要的捧到眼前來。

所以，她又有什麼可不滿意的呢？她應該是最美滿、最幸福的人才對。

「姊姊？」琴室裡的琴聲忽然斷了，方瑾安抬起頭望向方瑾枝。

陸無硯也跟著看過來，方瑾枝的嘴角微微上揚，露出兩個小小梨渦。她在笑，可是她的眼角、臉頰還有尚未乾涸的淚水。

「瑾枝？」陸無硯放下手裡的棋子，急忙出去。

「怎麼哭了？」陸無硯心疼地皺眉，微微彎腰，用指腹去擦方瑾枝臉頰上的淚痕。

方瑾枝尚未來得及開口，忽然傳來靜憶的尖叫聲——

方瑾枝愣住，心裡慌張，立刻隨陸無硯往樓上跑。

另一邊，後院的葉蕭也聽見了，也跟著衝進樓裡。

第五十章

房裡，靜思縮在床角，眼中是濃郁的恐懼，而靜憶伸開雙臂，擋在她面前。

方宗恪手中握著刀，刀尖離靜憶的心口不過三寸，動作卻忽然停下，只因靜思喊的那聲「妹妹」。

「妳是沈文嫻？」方宗恪皺眉，眉宇間露出幾分猶豫。「讓開，我只取沈文靜的性命。」

方宗恪想殺靜思，不僅是因為她知道得太多，會向方瑾枝抖出那些不堪的事，更因為她忘恩負義，害死楚月兮。

十五年了，方宗恪始終無法忘記楚月兮死去的那日。她的驚恐、她的無助、她的痛苦、她的淚，還有她望著他的目光。

她哭著搖頭，對隱在暗處的他無聲地說。「活下去……」

方宗恪握緊手中的刀。楚月兮離開以後的每一日，對他來說，都是人間煉獄。

靜憶很害怕，可是她擋在靜思面前，完全沒有退縮。

「哥哥！」方瑾枝衝過來，拉住方宗恪的胳膊。

「宗恪，你要做什麼？」葉蕭也上前阻止。

方宗恪猶豫很久，目光始終落在靜思身上，目光中有仇恨，也有警告。

靜思看著擋在身前的靜憶，又怕又慌，焦急地喊：「妹妹！」

沈家只有兩個女兒，她的妹妹自然是沈文嫻，那個既不幸又狠心的女人。方宗恪覺得，應該毫不猶豫地將兩人都殺了，可沈文嫻是方瑾枝的生母，讓他不得不猶豫。他一直以為這個女人已經死了，沒想到她還活著，而且一直待在方瑾枝身邊。

方宗恪側首，望著方瑾枝抓住他手腕的手，目光上移，看見她哭紅的眼睛。

「為什麼哭？」

「哥哥……」方瑾枝又落淚，像個無措的孩子，眼淚越來越多，最終變成嚎啕大哭。

「枝枝？」方宗恪終於放下手中的刀，像哄小孩子那樣輕輕拍著方瑾枝。

「怎麼了？告訴哥哥誰欺負妳？」

方瑾枝只是哭，哭得上氣不接下氣。

陸無硯的眼神落在方宗恪拍著方瑾枝的手上，厭惡地瞪他一眼，最終還是把話嚥回去，獨自在一旁生氣。

「我告訴她了……」靜思仍舊虛弱，雙唇皸裂，出口的話斷斷續續，卻驚了所有的人。

方宗恪拍著方瑾枝的手忽然一頓，狠辣地看向縮在角落的靜思。

陸無硯猛地抬頭，臉色微沈。

「姊姊，妳告訴瑾枝什麼了？」靜憶急忙握住靜思的手，疑惑地問。

靜思看著她，顫聲道：「瑾枝就是那個孩子，是妳的女兒，她沒有死！」

靜憶聞言，立刻僵住，大吼一聲。「不可能！我才不會給楚行仄那個混蛋生孩子，我明明把那個孩子掐死了！她不可能還活著！」
靜憶目光渙散，瞥見痛哭的方瑾枝，噤了聲。她離開沈家，搬去靜寧庵青燈古佛，並不完全是因名聲盡毀，而是她以為親手掐死了自己的女兒……
方宗恪忽然摀住方瑾枝的耳朵，把她推到陸無硯懷裡。「帶她走！」
陸無硯心疼至極，想立刻拉走方瑾枝。
方瑾枝卻忽然笑起來，對靜憶道：「我以為我只是被遺棄，沒想到您要我死……」
靜憶發抖了。
「妹妹，當時妳剛生產完，哪有那麼大的力氣掐死孩子？我知妳不想見到她，就欺騙妳，說她真的死了……」靜思喘息著解釋。「我擅自作主，連夜把孩子送去給衛王……」
方宗恪上前兩步，想阻止她說下去。
方瑾枝拉住他。「哥哥，你不要再擅作主張瞞著我！我想知道真相，你無權隱瞞！」說到最後，幾乎是用吼的，還帶著眼淚。
方宗恪長嘆一聲。他瞞了這麼久，終究還是沒能繼續隱瞞下去。或許方瑾枝說得對，應該讓她知道真相，他也瞞得太累了。
他轉身看向方瑾枝，道：「妳想知道？好，我全部都告訴妳！妳的生母是妳親姊姊楚月兮的閨中密友，去妳姊姊家中做客時，被妳生父相中，用強硬手段將她囚禁在別院。沒錯，妳就是被凌辱生下的孩子！」
方瑾枝痛苦地後退兩步。

方宗恪繼續逼近她，冷道：「妳出生那天，正是妳的親人被滿門抄斬那日；妳的生日，正是妳的祖父母、兄長及長姊的忌日！妳已經親耳聽見了，妳的生母只想掐死妳，妳的姨母把妳送到衛王那裡，以為衛王會照顧妳，不想衛王卻命屬下把妳扔到亂葬崗！

「妳以為養父母待妳很好？可笑！他們不過是利用妳、傷害妳來要脅我，後來又因為妳對方瑾平、方瑾安很好，故意寵著妳、疼著妳，其實是想在將來為親生女兒找庇護罷了！」

方瑾枝被方宗恪一步步逼到牆角，緩緩蹲下，用手摀住自己的耳朵。

方宗恪蹲在她身前。「妳不是一直質問我，為什麼要阻止妳和陸無硯在一起嗎？因為他很早之前便知道，妳是衛王的女兒，妳該不會不曉得衛王對他做了什麼吧？」

之前，他選擇隱瞞方瑾枝的身世，若陸無硯真心對她好也罷了，但陸無硯並非良善之人，更是恨楚行仄入骨，既知她的身世，為何還要娶她？不得不懷疑這是陰謀，只好先把方瑾枝劫走，再說其他，才有了現在這些事。

「夠了！別說了！」陸無硯推開方宗恪，阻止他說下去，隨即輕輕將方瑾枝攬在懷裡。

「瑾枝……」他一時不知怎麼安慰她，只好拍撫她的背脊。

方宗恪立在一旁，垂眼沈默。

楚行仄已被擒，他必須前去營救，此次定是凶多吉少，若出事，未免讓方瑾枝難過。而且她已經嫁給陸無硯，若因為長兄的死與他生隙，更是不妥。

於是，方宗恪狠下心，故意說：「妳是不是以為我對妳很好？」冷笑。「假的。」

方瑾枝在陸無硯的懷裡抬起頭，淚眼矇矓地望著方宗恪。

方宗恪冷冷地說：「妳姊姊心中愧疚，認為是她連累妳生母，希望妳無憂無慮地長大，是她的遺願，我不過是替她完成罷了。我根本沒把妳當成妹妹，也不在意妳的死活！」

方瑾枝望著他，一字一頓地說：「我不相信。」

方宗恪略帶嘲諷地笑。「楚瑾枝，別那麼高看妳自己，若我真在意妳，又何必說這樣的話來傷人？」拾起刀，大步往外走。

「哥哥……」

方宗恪的腳步頓了下，終究還是沒有回頭，加快步子離開。

方瑾枝推開陸無硯，小跑著追出去，站在樓梯口，望著已經走到一樓的方宗恪，大喊：「哥哥！」

方宗恪握刀的手緊了又緊。他應該毫不猶豫地往前走，卻覺得雙腿沈重，邁不開步子。

身後忽然傳來一聲鈍響，他回頭，看見方瑾枝跌坐在樓梯口，抱著膝，像個孩子一樣哭，睜大眼睛望著他，好似恨不得別人看清她的淚是怎麼一點點凝聚又滾落。

方宗恪忽然想起方瑾枝小時候的樣子。

方瑾枝很早就會說話，開口說的第一句就是「哥哥」。方宗恪以為自己聽錯，沒當一回事，她便執拗地去拉他的衣角，一連吐出幾句。「哥哥、哥哥……」讓他呆了半天。

相較於說話，她學會走路卻很晚。

當時方宗恪不過十五、六歲，哪裡知道小孩子應該什麼時候學會說話、走路，還是經過奶娘提點，才曉得別的小孩子在方瑾枝的年紀時，已經會走路了，聰明的甚至會小跑。

那怎麼行！他方宗恪的妹妹怎麼能比別人笨？

於是，他把方瑾枝抱到後花園裡，板著臉教她走路，頗為嚴厲。她摔跤了，也不去扶她，看著她跌坐在地上哭。

「哥哥……」她從小就是這樣，用大眼睛望著他，等著他回去抱她、哄她。

方宗恪長嘆一聲，腳步沈重地一步步踏上樓梯，最後在她面前蹲下，張了張嘴，最後只吐出一句。「行了，別哭了。」

「你又不是我哥哥了，不要你管！」方瑾枝哭著說。

方宗恪無奈地道：「我是。自從把妳抱回來那日起，一輩子都是妳哥哥。」終究，還是沒能狠得下心。

方瑾枝哭得更凶了，伏在方宗恪膝上，像個小孩子一樣，任性地哭。

方宗恪心疼地輕拍她的背脊，好像伏在他膝上哭的，還是當年那個剛學會走路的孩子。

靜憶望著方瑾枝，心如刀絞。她以為自己的孩子早就歿了，而且是被她親手掐死的。後悔嗎？她不知道，當時她被楚行仄囚禁在別院，還派幾個婆子日夜看守，連求死都不能。

可她不願為他生孩子！若非難產，又不肯配合產婆，楚行仄不會准許將她姊姊請來。孩子生了，她卻一眼都不想看，心裡只有恨。那個孩子就是她的屈辱、她的痛楚！

當靜思將孩子抱給她看時，她使出全身力氣要掐死孩子，好像孩子死了，她所受到的屈辱就會被抹滅。

不後悔，卻痛苦。虎毒不食子，那是她的親骨肉，十月懷胎，每次胎動，如何不牽動一個母親的心？

夜裡，她總是作噩夢，夢見被她掐死的孩子。

此後，她每日跪在佛祖面前懺悔，乞求佛祖讓她的女兒來世投身到好人家。

後來，她在梅林裡遇見迷路的方瑾枝，那般乾乾淨淨的小姑娘，微笑著走來牽她的手，她的小手是暖的，暖到了她的心窩。每每看著方瑾枝時，她總是忍不住想，若她的女兒活著，應該也是這麼大吧？

不，她的女兒不該活著，那本來就是個降生於骯髒的孩子……

靜憶又望方瑾枝一眼，踉蹌兩步，身子向後一栽，昏倒了。

「文嫻！」葉蕭急忙扶住她，攙著她坐進藤椅。

躲在窗外偷聽的方瑾平和方瑾安低著頭，小聲哭起來。

「別哭了……」顧希與顧望安慰著，把她們拉到琴室去。

經過這場混亂，方瑾枝一直坐在角落裡不起來，雖然不哭了，卻沒有說話。

傍晚時，她忽然拉住陸無硯的手，使勁拽著。

陸無硯凝視她一會兒，小心翼翼地抱起她，吻吻她的額頭，輕聲說：「我知道了，我帶妳回家。」

方瑾枝縮進他的懷裡。

回到溫國公府後，方瑾枝安靜得有些過分。

陸無硯把碗筷遞給她時，她會吃東西，洗澡也任由他幫忙。

夜裡，她還是如往昔一樣，親暱地縮在陸無硯懷裡。雖然合著眼，可是陸無硯曉得，她並沒有睡著。

陸無硯側過身，將她擁在懷裡。她不睡，他也不敢睡，只能一直陪著她。

到了第二日，方瑾枝好像什麼都沒發生一樣，如往常那般打理府裡的事並方家的生意。陸無硯偷偷看過那些帳目，並沒有出差錯。

接下來幾日，方瑾枝也是如此，臉上總是掛著笑容，十分有條理地理事，但對於楚行仄、靜憶的事隻字不提，也不再去入樓。

一切都很正常，除了陸無硯知道，她夜裡睡不著。

他只能想法子找些有趣的東西來逗方瑾枝開心，甚至尋了和之前擺在高腳桌上完全相同的青瓷魚缸，又拉著方瑾枝去鯉池網了兩條漂亮的小鯉魚，放進缸裡養著。

把魚放進去時，陸無硯側頭望向方瑾枝，她一直笑，笑得很開心的樣子。

可她這幾日都是這般笑，許是裝出來的。她自小就會演戲。

陸無硯暗暗嘆氣，他寧願方瑾枝哭出來。早知今日，當初就該把靜思、靜憶全殺了！

方宗恪也去溫國公府陪方瑾枝幾日，但他不得不離開了。楚行仄在滙水坡被擒，這幾日就要啟程押回天牢，若是不出手營救，等到他被押回天牢，想救就更難了。

這日，方宗恪買了包紅豆糖送給方瑾枝，斟酌語句，道：「枝枝，哥哥可能要離開一段時日。」

「什麼時候回來？」方瑾枝咬了一顆紅豆糖。

方宗恪默了默，說：「哥哥想離開這裡，四處走走。許是去戚國，或者宿國。」

方瑾枝不疑有他，點點頭。「這樣對哥哥也好。」

「好好照顧妳自己。」方宗恪想了想，勸道：「忘記那些不愉快的事情吧，妳永遠是我方宗恪的妹妹，方瑾枝。」握住她的手。「還是溫國公府裡受人尊敬的三少奶奶、當家主母；至於其他的，不要去想了。」

方瑾枝眸光黯淡一瞬，忽又重新擺出笑臉，努力點頭。「我都知道，會照顧好自己。」

方宗恪看著方瑾枝這副樣子，就知道她沒有真的想通，可是任誰都不能一下子接受那些事，而且方瑾枝年紀還小，能做到這般已是不易。

至於其他的，就交給時間，讓時間一點一點磨平那些痛楚吧。

方宗恪走的那一日，方瑾枝親自去送他，看著他翻身上馬，逐漸走遠。

「哥哥！」方瑾枝雙手圈在唇畔，喊道：「一路順風！」

方宗恪沒有回頭，只是擺擺手，身子隨著馬匹輕輕搖晃，一如多年以前。

陸無硯見狀，將厚實的短絨斗篷披在方瑾枝身上，陪她目送方宗恪離開，才牽她的手往回走。

兩人往垂鞘院走的路上，忽然下起小雪。雪粒極小，還沒落在地上便融化了。

陸無硯望著遠處相疊的重山，想到不久之後又要入冬，山巒會被白雪覆蓋，遂低下頭，幫方瑾枝戴上連著斗篷的兜帽，仔細綁好繫帶。

方瑾枝微微笑著，任由他幫她整理，不說話了。

陸無硯和方宗恪一樣，以為隨著時日推移，方瑾枝會慢慢放下，但是，最後他等到的不是一個無憂無慮的方瑾枝，而是一個病倒的方瑾枝。

方瑾枝病了，毫無徵兆。

這日，前一刻她還和陸佳萱、陸佳藝有說有笑，下一刻就昏倒了，嚇壞兩個姑娘。

方瑾枝發高燒，身體逐漸虛弱，請來大夫，卻查不出病因。楚映司得到消息，派太醫上門，也束手無策。

最後，陸無硯把劉明恕也請過來。

劉明恕道：「我是大夫，又不是神仙，治不了心病。」

結果，陸無硯日夜守在床邊小半個月，整個人都憔悴了，但方瑾枝依然沒有好轉。

方瑾枝仍舊對著他笑，柔聲說：「我沒事呢，過幾天就好……」

望著日漸消瘦的陸無硯，她又是自責、又是心疼。她知道陸無硯擔心她，在他面前時，總是露出笑臉，可在他看不見時，總是偷偷地抹眼淚。

她心裡有個很大的疑惑，想問，卻懼怕知道結果，怕得到的答案要比身世更讓她痛苦。

陸無硯怕方瑾枝悶，把米寶兒和鹽寶兒從花莊叫回來，不須伺候方瑾枝，但要陪著她說說話、解解悶。

為何不用她倆伺候？因為這段時日裡，都是陸無硯親自照顧方瑾枝。

「姑娘，您不能總這麼病著，可得快點好起來……」米寶兒紅了眼睛。在方瑾枝不知道時，已經哭過好多次了。

鹽寶兒悄悄捏米寶兒的手，偷偷暗示她不要在方瑾枝面前掉淚，又為方瑾枝掖好被子，小聲勸著。「姑娘，您病著，好多人擔心呢。」

這話說的自然是陸無硯，只是她不好點破，免得方瑾枝再胡思亂想。

方瑾枝望著屋頂，淡淡地道：「妳說得對。扶我起來吧，我想出去走走。」

「好！奴婢這就去幫您拿衣服！」鹽寶兒和米寶兒喜出望外，忙去拿外衣與斗篷，服侍她穿上。

這段日子，方瑾枝一直躺在床上，偶爾下床，也待在屋裡，不大願意出門。如今她願意出去走走，或許是想通了呢！

兩個丫鬟陪方瑾枝在院子裡慢慢走著。

走了一會兒，方瑾枝覺得，吹在身上的風有些涼。

鹽寶兒看出來，忙道：「姑娘是不是冷了？每日出來轉一會兒就夠。您現在身子弱，別再著涼。咱們先回去吧，明兒再來。」

方瑾枝搖頭。「扶我去書閣吧，我想找幾本書看。」

鹽寶兒和米寶兒應著，扶她去了閣樓。

方瑾枝還沒走近書閣，遠遠便看見門是開著的，緩步過去，望見陸無硯。

他靜靜立在角落的書架前，望著書，神情有幾許悲涼。

方瑾枝忽然心裡一疼，明白這段時日陸無硯實在為她操了太多的心，人都瘦了。他本來就是高傲到不會服軟的人，話又少，可是他總想著法子逗她開心，應該很累吧……

於是，方瑾枝對米寶兒和鹽寶兒使眼色，讓她們先退下，自己悄悄走進去。

第五十一章

方瑾枝還沒走近陸無硯，陸無硯就聽見聲音，轉過身望向她，原本落寞又疲憊的容顏立刻染上幾分笑意，溫柔地問：「怎麼過來了？」

方瑾枝最受不了的就是陸無硯現在的樣子，心裡好像被剜去一塊肉般的痛，忽然落淚，時隔這麼久，再次哭了出來。

「無硯……我好痛苦，我是不是根本就不應該活著……」淚水肆意留下，無法抑制。

陸無硯上前一步，方瑾枝卻後退兩步，盈滿淚水的眼睛看著他，痛苦地說：「這幾日，我一直在想一件事，怎麼都想不通……」

難道是因心裡有事想不通才會病倒？陸無硯急忙問：「什麼事情？我幫妳一起想！」

「你為什麼會喜歡我？在我六歲時，你就言之鑿鑿，說等我長大了要娶我。」

「為什麼……你會對一個六歲女孩許下這樣的承諾？」方瑾枝緩緩搖頭。「不要告訴我那時你就喜歡上我，不可能的。」

陸無硯張張嘴，一句話都說不出來。

「你……很早以前就知道我是衛王的女兒，對不對？」方瑾枝又問。

陸無硯點頭，心裡忽然有種不好的預感。

「所以，在你對我許下這個承諾時，已經知道我是衛王的女兒了？」眼淚又從她眼中慢慢流出，順著她的臉頰滑落嘴角，滲進嘴裡，是那麼苦澀。

陸無硯默不作聲。

方瑾枝忽然大聲地質問：「回答我！是不是！」

「……是。」

方瑾枝笑了。「很可笑不是嗎？你對衛王恨之入骨，卻把他的女兒捧在手心裡，甚至在六歲時許下長大成親的承諾……」

她笑得那般美麗，但眼中是恍若快殺死她的痛楚。

「所以呢？」陸無硯深吸一口氣。「以為我利用妳，還是報復妳？」

方瑾枝只是笑。

陸無硯忽然抬手，猛地砸向身旁的書架，書架轟然倒塌，東西噼哩啪啦落了一地，亂了，也碎了。

巨大的聲音讓方瑾枝一驚，低頭望著掉在腳邊的東西。那是個小小的金算盤，是她剛學管帳時，陸無硯特別訂製的，陪了她很多年，直到上個月，才換了大算盤給她。

當時她沒注意小算盤被收到哪裡去，竟是被藏到這裡。

但小算盤已經摔碎了，一顆又一顆的金珠子滾落一地。

在小算盤旁邊，是只摔壞的風箏，竹架穿透而出，顯得有些猙獰。

方瑾枝想了想，憶起她剛來溫國公府時，陸無硯教她紮風箏，這是他們一起做出來的。

當初說過，等過完年，天暖和了，兩人就一起去放風箏。可是後來因為這樣又那樣的事情耽擱，始終沒有去成。

原本方瑾枝已經忘了這件事，卻在今日見到了這只風箏。

「方瑾枝，這九年在妳眼裡，只是陰謀？」陸無硯踩在摔壞的風箏上，一步步走向她。

「我為妳做的一切，只是為了利用妳、報復妳？」陸無硯說得很慢很慢，好像要花費很大力氣才能把話說完，好像每說一個字，心裡都生出巨大的痛楚。

這樣的陸無硯讓方瑾枝的心揪緊，喘不過氣般的疼，好想隨自己的本意，大聲說：「不是的，不是的……」

可是理智壓住她的情感，讓她艱難地開口。「那你是從什麼時候開始喜歡我的？

「你說啊！」方瑾枝執拗地望著他，想要一個答案。這場質問已經壓在她心裡許久，無法再壓下去，今日定要問個清楚。

她忍著哭腔，哽咽地說：「或許你和哥哥瞞著我的身世是對的，那些真相的確不堪，又讓人痛苦，我不知道那些事，會更無憂無慮，可是我並不後悔。如今既然知道了，這件事，我更要弄清楚！」

淚水模糊她的目光，有些看不清陸無硯，遂閉了閉眼，讓淚水從眼角流出，復又睜開眼望著他，想看得更清楚些。

「你以為我的心病是因為身世？」方瑾枝緩緩搖頭。「我不會因為那樣一對父母折磨自己。我在意的，只有你。

「在好多個夜裡，我望著身邊的你，都想問，可是又不敢。你對我那麼好，如果這一切都是假的，那我怎麼辦？」她怔怔望著陸無硯。「就算是假的，我也沒辦法恨你。你總是瞞著我這個、瞞著我那個，但我只希望你不要再騙我，哪怕真相會讓我更痛苦。」

陸無硯望著站在身前、哭得彷彿淚人兒一樣的方瑾枝。她站在他身邊時顯得格外嬌小，此時整個人垂著肩，顯得越發脆弱無助。

但他心裡憤怒未消，冷道：「還記得我跟妳說過的夢嗎？我夢見妳害死我的母親，夢見妳為救我而死。」

方瑾枝的眸中浮現困惑。

「那不是夢。」

方瑾枝猛地睜大眼睛。

「大概是上蒼垂憐，在我三十四歲時，成為大遼帝王，而身邊所有至親全部慘死之後，讓我回到了二十年前。」陸無硯苦笑。「我醒過來時，群山被皚皚白雪覆蓋，睜開眼就看見立在小徑盡頭，懵懂無措、才五歲的妳。」

那年，他終於完成楚映司的夙願，將大遼變成強國，國泰民安、百姓安樂，可他卻成了最孤寂的帝王，所有人都懼怕他，偌大宮殿森寒陰冷，無人與他並立。

在除夕的爆竹聲裡，他孤身回到溫國公府。溫國公府曾被燒燬，雖然重建，卻失了過去的熟悉感。他走進垂鞘院，坐在輪椅上，慢慢回憶這一生。回憶那麼多又那麼苦，他皺眉，在苦澀的回憶裡小憩，再睜眼時，竟回到過去，回到了第一次見到方瑾枝的時候。

陸無硯抬手，眷戀地撫過方瑾枝被淚水浸濕的臉頰。「想聽一個故事嗎？關於藏在我記憶裡的妳我。」

他不等方瑾枝回答，繼續說下去。

「妳五歲時投奔溫國公府，用小聰明討好陸家人，那時曾祖母瞧妳機靈，又嫌棄我性子太孤僻，便把妳扔到我身邊，讓我教妳讀書，其實不過是想讓我多說說話，身邊有點生氣。

「妳是不是以為我的性子不好相處？經過兩世沈澱，我已經收斂許多，隨和了很多。」陸無硯忽然笑了。「前世的我，潔癖更重。妳來垂鞘院的第一天，我讓丫鬟把妳扔到熱水裡洗了兩個時辰，徹底洗乾淨，甚至後來的每一日，妳來垂鞘院的第一件事，就是沐浴，因此每日上午的臉色都是紅紅的。」

似想起那時臉蛋紅撲撲的方瑾枝，陸無硯的心中憤怒漸漸消去。

「我對妳很嚴格，或者說，喜歡折騰妳。那時的妳，比現在出色太多了。琴棋書畫詩酒茶、歌舞、商道、插花、刺繡……甚至連舞刀弄槍，我都教妳，而且，若妳學得令我不滿意，就狠狠處罰。大冷的天，罰妳站在簷下兩個時辰，或罰妳跪著熬夜抄書，或打手板……

「在妳年紀還小時，為了討我歡心，在閨中參加各種比試，也不管別人是不是比妳大許多，而且只能拿第一，若拿第二，我便會罰妳。後來，若誰贏了妳，我就把誰丟進水裡，或在她出行的轎子做手腳。然後，不知是我太偏私，還是妳真的太出色，天下竟是沒有比妳更才貌雙全的人，簡直堪稱完美——除了商戶遺女的身分。

「妳討陸家人歡心，那些見風使舵的下人甚至偷偷改了對妳的稱呼，將『表』字去掉，曾祖母甚至想給妳抬身分。可是我不准，妳只能是我的，只能在我身邊，哪裡也不能去！」

陸無硯絮絮說了這麼多，方瑾枝聽得呆愣，根本沒反應過來。

「之前，陸無磯這樣欺負妳，依我的性子，哪會放過他？」陸無硯搖搖頭。「但重新來過一次，我倒是放了他。因為上輩子，我把他殺了，所以這輩子就算了吧。」

方瑾枝震驚地望著陸無硯。「他、他是你弟弟……」

「可是他欺負妳啊。」陸無硯溫柔地拭去方瑾枝的眼淚。「對，我一直在欺負妳，可是妳是我的，只有我能欺負妳，別人不行。」

望著滿臉震驚的方瑾枝，陸無硯陷入了回憶，想起那個在人前異常耀眼，卻在他面前乖順得像小綿羊一樣的方瑾枝。

他永遠挑剔她、訓斥她，可是她永遠都能按照他的要求做好，甚至超出他的預期。

那時，他的潔癖接近病態，時常剛吃了東西，就會扶著膝蓋嘔吐，她便舉著帕子、水杯，遞到他面前。知道他嫌棄她髒，她裁新衣服時，總特意吩咐袖子做得長一些、寬大一些，然後把手藏在袖裡，隔著衣服，把東西遞給他。

他嫌棄任何人的靠近，即便是方瑾枝。直到她十三歲那年，陸無磯把她推到了鯉池。

彼時已經入秋，陸無磯故意找了陸家長輩外出吃喜酒的機會，推了方瑾枝。鯉池邊圍了許多人看她笑話，或許有人想救她，可是陸無磯不許，非逼著她求饒不可。

陸無硯得到消息，不甚在意地繼續餵鴿子。他才不會管她。

直到暮靄四合，來報信的丫鬟說方瑾枝還泡在鯉池裡，不肯服軟。鯉池的水並不深，可是她身上濕了，加上那麼多人圍著，根本沒辦法上來。

陸無硯聽了，難得出垂鞘院，在眾人注目中，一步步走進鯉池，抱出震驚的方瑾枝。

那是他第一次抱她，然後把陸無磯殺了。

後來，方瑾枝總是說：「三哥哥，如果我有什麼能為你做的，一定要告訴我。」

就算上輩子他那般苛待她，她還是稱呼陸家別的少爺為「表哥」，只喊他「三哥哥」。

陸無硯說完，沈默許久，方瑾枝忍不住問：「那……後來呢？」

陸無硯皺眉。「妳開始躲著我，甚至求曾祖母幫妳說親，還差點嫁給陸子境。」

「子境表哥？」方瑾枝更驚訝，又疑惑地問：「可是我為何躲著你？」

「我怎麼知道？」陸無硯反問。

方瑾枝立刻癟嘴，想了想，才說：「你說的這些，和你說的夢完全沒關係。」

陸無硯聞言，收起臉上的笑意，甚至染上幾許慍色。

「後來平平、安安被發現了，方宗恪帶妳搬回方家。再後來，別人告訴我，妳是衛王的女兒，衛王利用妳害死了我母親，又利用妳擒獲我。最後，妳為救我而死。」

相較於之前那些點點滴滴，陸無硯顯然不想把這些事說清楚，匆匆帶過，好像回憶一遍都是痛楚。起初，他恨方瑾枝，但後來分不清他該恨她，還是恨自己？

那時，楚行仄故意透露要擒殺楚映司和陸無硯的消息，引得方瑾枝因擔心去報信。然而這不過是楚行仄的計策，最後兵臨城下，逼得楚映司從城牆上躍下殉國。後來方瑾枝得知真相質問他時，反遭扣留，以她為餌，引陸無硯孤身進城。

知道方瑾枝有危險，陸無硯怎能不來？後來，方瑾枝帶著他逃走，眼看追兵逼近，為保護陸無硯，她不得不跳下馬，握住玉簪抵在喉間，以衛王之女的身分掩護他離開。

但方瑾枝曉得，陸無硯不會丟下她，又因害死楚映司，及陷在父親與陸無硯的爭鬥中，讓她痛苦至極，輕生服毒。毒發時，毒血一滴滴落下，眼淚也一滴滴落下，還偏偏要笑的樣子，便是她留下的最後模樣。

想起這些事情都是痛苦，陸無硯不願詳細說給方瑾枝聽。

方瑾枝疑惑地望著陸無硯，心裡很亂，腦子裡也亂成一團。這些事情太過匪夷所思，根本無法判斷陸無硯所說的是真是假？

陸無硯垂下手。「這就是為什麼我明知妳是衛王的女兒，卻在小時候就對妳那麼好，在妳六歲時，就決定等妳長大成親。」

「方瑾枝，妳真的知道什麼是痛苦嗎？」陸無硯眸色漸深。「以為我毫不介懷妳是楚行仄的女兒？

「我的父母死在妳父親手裡。」陸無硯指著門外。「還有陸家的所有老弱婦孺！楚行仄在陸家男兒出征時，血洗了陸家！

「我怎麼能不恨妳？如果當時妳坦誠相告，而不是選擇隱瞞，楚行仄怎麼可能利用妳害死那麼多人！」

「但妳偏偏是被人利用，甚至用自己的性命救了我，讓我連恨妳都不能……」陸無硯緩緩閉上眼睛，掩去眼中的痛楚。

方瑾枝哭著搖頭。「我不知道你在說什麼……什麼前世今生，我聽不懂。我沒有害任何人……」有些慌亂地去抓陸無硯的手。

「妳以為我不怕嗎？我也會害怕，怕今生還是按照前世的軌跡前行，避無可避。」

陸無硯甩開方瑾枝的手，有些疲憊地說：「走吧，至少現在別待在我身邊！」

方瑾枝望著被甩開的手，呆愣許久。「無硯……」

陸無硯側過身，沒有看她。

方瑾枝開始害怕，震驚和恐懼在心裡交織，失措地後退，目光卻凝在陸無硯身上。

他生氣了嗎？他不再理她了嗎？

方瑾枝退到門口，又輕輕喚了聲。「三哥哥……」

陸無硯頹然而立，站在倒地的凌亂架子前，始終沒有回頭。

方瑾枝垂眼，難過地轉身，一步步走下樓，整個人好像失了魂……

陸無硯在原地佇立許久，才慢慢蹲下，去撿地上的東西。

上輩子，他對方瑾枝頗為嚴厲，完全不顧她還小，除了教導她、責罰她，其他事情都懶得過問。

而後上蒼垂憐，把他送回第一次見到方瑾枝的時候。他想好好疼她，彌補前生在她幼時的苛責，彌補在楚映司死後對她的折磨，彌補她為救他而死去的愧疚。他想陪著她長大。

陸無硯將地上散開的小盒子撿起來，裡面是教方瑾枝編的草蚱蜢。那日她挑了最好的兩隻帶回去給兩個妹妹，他卻將她編出的第一隻小心珍藏起來。

還有一張已經發黃的紙，上面歪歪扭扭地寫著「陸無硯」三個字。他第一次教她寫字，故意用「陸無硯」的筆畫比「方瑾枝」更少這樣的理由，讓她先學會寫他的名字。

旁邊是一本小冊子，裡面密密麻麻寫滿了「陸無硯」。前幾頁的字跡還是歪歪扭扭，可是到了最後幾頁，已經像模像樣。

那是方瑾枝送給他的第一份生辰禮物的其中一件。那次，她送給他的禮物足足有九樣：香囊、玉扣、書法冊子、草蚱蜢、白玉鎮紙、襪子、泥人、摺扇、暖手爐，侷促不安地希望，他對她的好可以久一點。

旁邊還有個小盒子摔壞了，裡面的粉色荷包掉出來。那是在他們快要成親時，方瑾枝給他繡的。大婚前一日，她要搬回方家，把荷包小心翼翼地放在架子上，千叮嚀、萬囑咐，要陸無硯不能弄壞，以後她要繼續繡，可是她忘記了。

還有那些硯臺。每年陸無硯生辰時，方瑾枝都會花費心思地尋名硯送給他，說過要將十大名硯湊齊，可是至今也沒有做到。

陸無硯的目光落在那個已經摔壞又被踩壞的風箏上，撿起來，坐在地上認真修補，直到恢復原樣。

他鬆了口氣，把風箏放在一旁，去撿地上的算盤。小算盤陪了方瑾枝很多年，如今就這麼砸壞了。

他捨不得，一顆又一顆地撿起金珠子。

此時，樓梯處突然傳來一陣凌亂的腳步聲，方瑾枝氣喘吁吁地跑回來，站在門口。

陸無硯沒有抬頭，平靜地將金珠子一顆顆串回算盤的細桿上。

方瑾枝奔進去，跪坐在他面前，胳膊環住他的脖子，臉埋進他的肩窩，哭著說：「我不知道什麼前世今生，真的也好，作夢也好，我什麼都不管，只要你別趕我走。要是怕我以後做錯事，那你把我關起來，用繩子綁我。別趕我走，求你了……」

陸無硯垂下手，金珠子滾了一地，發出清脆的聲音。他的喉結動了動，捧起方瑾枝的臉，吃下她臉上的淚，狂熱地咬住她的唇。

不過片刻，方瑾枝的淡粉色唇瓣已成鮮紅色，甚至有血腥味在兩人唇舌之間蔓延。

陸無硯粗魯地撕開她的衣服，露出宛如凝脂般的肌膚。

他瘋狂吻她，這一刻，只想完完全全占有她。

方瑾枝被陸無硯放倒在地，寬大手掌托住她光潔的背脊，將脫掉的衣服鋪在她身下。

方瑾枝有些驚慌地看著陸無硯壓在她身上。此時的陸無硯並不是那個溫柔的他，眸色深黑，黑到讓她有些畏懼。

在她失神之間，雙腿已被陸無硯分開，劇痛立刻席捲而來，她想驚呼，陸無硯卻堵上她的唇，將所有叫聲吃下。

他的眼睛離她那麼近，望著驚慌的她，望著她的眼淚落出來。一次又一次的鈍痛，讓她感覺好像又回到那個漂泊在海上的夜晚。

陸無硯不喜歡她哭，終於放開她的唇，吻她的眼睛，將她眼角的淚一點一點舔淨。

趁著他的唇離開時，方瑾枝帶著哭腔說：「無硯，我疼……」

陸無硯聽了，動作一頓，未給方瑾枝片刻喘息，一陣更加劇烈的疼痛瞬間襲來。

方瑾枝使勁推著陸無硯，哭著喊。「出去！出去！疼……」

「求我啊！求我出去！」

「我求你，求求你了……」方瑾枝哭得梨花帶雨，整個人軟在陸無硯身下。

陸無硯吻去她的淚，卻沒有放開她，而是更用力地交融。

方瑾枝喘息著哭。「騙子……大騙子……三哥哥……」

見她實在疼得厲害，陸無硯才放輕動作，起身讓方瑾枝跨坐在他的腰上。

陸無硯捧起方瑾枝的臉，讓她望著自己。

「喊我的名字。」

「無硯……你這個騙子！疼……」

事畢，方瑾枝被陸無硯抱著離開書閣。她知道他要帶她去淨室，也知道遇見入茶和入熏。可她實在太累了，什麼都顧不得，蜷縮在陸無硯的懷裡睡著了。

第五十二章

方瑾枝醒來時，已經是第二天上午。

她迷迷糊糊地睜開眼睛，望著大紅色的床幔，一時沒反應過來。

她掀開被子坐起，才發現自己穿著陸無硯的寢衣，甩甩寬大的袖子，才將手露出來。

陸無硯不在，她沒有喊人，自己下床，想要倒杯水喝。可是剛剛邁開一步，才發現雙腿幾乎沒了知覺，驚呼一聲，竟然跌倒了。

陸無硯聞聲，匆匆從隔壁走進來，看見方瑾枝跌坐在地。

「怎麼了？」陸無硯急忙抱起她，小心翼翼地放上床。

方瑾枝委屈地望著陸無硯。

陸無硯問完，低頭想親吻她仍舊紅腫的唇。一個人怎能這樣好看？雙唇腫起來時，妍色竟是更加迷人。

方瑾枝卻抬腳踹在陸無硯的臉上。

陸無硯一愣，表情有片刻僵硬。

「陸無硯，你弄壞我了！」

「咳。」陸無硯輕咳一聲。「那個……養兩天就好了。我帶了藥，會好得快些……」

方瑾枝氣呼呼，不想理他。

另一邊，方宗恪正在暫居的房中寫信。

手下小邱滿臉焦急地坐在他對面，忍了好久，才道：「方大哥，這次王爺被押回天牢，定會有很多官兵護送，而且咱們的人打聽到，原本應該在很久之前就把王爺押走，但陸無硯非將王爺留下，折磨許久。現在王爺身子虛弱，讓咱們的營救更困難了。」

方宗恪沒抬頭，繼續寫信。

「方大哥，你到底有沒有在聽我說話啊?!」小邱幾乎是用吼的。

方宗恪終於寫完手中的信，收進信封，用蠟封口，才把信放在一旁的錦盒裡。三個錦盒挨著，兩個已經裝滿信，沒滿的那只也已放了厚厚一疊。

方宗恪又攤開信紙，一邊寫，一邊說：「你說的，我都知道，但我不能不去救王爺。」

小邱急了。「我也不是忘恩負義的小人，但這次實在是太危險了。況且，你又不是不知道，蘇坎一直看你不順眼，這回分明是將你置於死地。」

許久，方宗恪才漫不經心地說了句。「我知道。」

「你知道還要去送死？」

方宗恪又把封好的信放進錦盒裡，略略數了下，才抬頭望著小邱，道：「小邱，你年紀小，跟在王爺身邊的時日也不長，如今王爺翻身的機會渺茫，而且實在危險。這次，你就離開吧。」

方宗恪從袖中抽出一疊銀票遞給他。「我身邊只有這麼多錢，你拿著去做些小生意。」

小邱愣了。他本不是心甘情願跟在楚行仄身邊做事，是遭遇仇殺時被方宗恪所救，為報恩才留下。如今楚行仄的情況誰都清楚，早有離開的心思，做個小生意，過平淡生活。

他反應過來，急忙道：「不行，我哪能要你的錢。」

「別推辭了。這錢不是白給你的，我要麻煩你一件事，而且真的很麻煩，不是一次便能做完，要一直做。」

「什麼事？」小邱好奇。

方宗恪把三個錦盒的蓋子蓋好，推到他面前。

「這裡是六十封家書，以後每年的十二月十二日，寄一封送到溫國公府給方瑾枝。」

小邱愣了好一會兒才想明白，方宗恪分明是在交代後事！

「方大哥，你既然都說衛王不可能翻身，何必堅持追隨他……」

方宗恪擺擺手，吩咐道：「一封都不能少，一日都不要遲。如果你死了，就交給信得過的人寄下去。」

小邱突然有了主意。既然方宗恪還是在意妹妹，為何不用她來勸他？遂說：「方大哥，你想過沒有，現在王爺是朝廷欽犯，你去救他，就不怕連累你妹妹？你妹妹現在可是楚映司的兒媳，讓她以後怎麼面對自己的婆婆？」

方宗恪皺眉。

小邱見狀，以為說動他了，心中一喜，繼續說：「而且你下面兩個妹妹更是……和尋常人不大一樣，過得本就艱難，就算方瑾枝被陸無硯護住，難道不怕兩個小的受連累？」

方宗恪望著一旁燒得通紅的爐火，若有所思地點點頭。「你說得不錯。」
小邱以為自己終於勸住方宗恪，重重鬆了口氣。
但下一刻，方宗恪忽然踢翻爐火，拿起火紅的炭貼在自己臉上。
小邱頓時睜大眼，驚恐地望著方宗恪，結結巴巴地說：「方大哥……你的臉……」
方宗恪彎下腰，雙手撐在桌上，忍著劇烈疼痛，問：「還能認出我嗎？」
小邱跌坐在地上，呆呆地搖頭。

兩日後。
方宗恪戴著黑幔斗笠，穿過熙熙攘攘的人群，被路邊的小姑娘吸引了目光。
一群小乞丐正把她壓在身下拳打腳踢，只為搶她手裡的包子。
「醜八怪！再不把包子交出來，我們打死妳！」
那小姑娘其實也是個穿得破破爛爛的小乞丐，蜷縮在地上，雙手捧著肉包子。肉包子已經被壓壞了，餡甚至掉到地上，她急忙撿起塞進嘴裡。
這樣的事情，每日都在發生，沒什麼稀奇的。吸引方宗恪停下腳步的，是那個小姑娘的臉，她的臉上有一塊胎記，像一隻蝴蝶。
方宗恪沒說話，甚至連一句警告都沒有，就拎起那幾個小乞丐，又丟出去。
落在小姑娘身上的拳頭忽然沒了，小姑娘詫異地抬頭，看見一個高大的人影立在對面，而那些欺負她的人已經被打倒。這個人簡直像個俠客！

方宗恪看她一眼，轉身繼續往前走。

小姑娘爬起來，追上方宗恪。

「謝謝你救了我！我……我沒有別的東西，這個給你！」小姑娘舉起手裡早被壓壞的肉包子，皮餡不分，甚至沾著一點泥土。

「妳拚命護著它，又為何給我？」方宗恪隔著黑幔看她，又盯著她臉上的胎記。

「因為你救了我！如果你不救我，我的包子會被搶走，說不定還會被打死。我爹教過我，滴水之恩，當湧泉以報，但我沒別的東西，只有這個包子了。哦，對了，我的名字叫小豆芽，別看我現在窮，可以後會成為大富人，到時候一定報答你！」

方宗恪看她許久，才道：「不需要。」越過她，繼續往前走。

小豆芽看看手裡的包子，又追上去，嘴裡喊著。「我知道我的包子不好，可它是我所有的家當了！」

方宗恪立在糖果攤位前，摸出全身上下僅有的幾個銅錢，買了一包紅豆糖。

「拿去吃吧。」他把紅豆糖遞給小豆芽。「將來會成為大富人的小豆芽。」

「紅豆糖！」

小豆芽的眼睛瞬間亮起來，拆開包著紅豆糖的油紙，望著一顆顆紅彤彤的紅豆糖，想吃又捨不得。以前她看過別的小孩子吃這種糖，那麼紅，一定可甜、可好吃了，但她沒錢，沒嚐過是什麼味道。

她小心翼翼地拿出一顆放進嘴裡，大大的眼睛裡全是驚喜。真的好好吃！

「別再跟著我了，早點變成大富人，再報答我。」方宗恪穿過人群離去。

今日押送楚行仄的車隊會經過儀水林，那裡是最適合營救的地方。

方宗恪很清楚，楚行仄幾乎沒有翻身的機會，也清楚蘇坎想利用這次機會除掉他。

那又怎麼樣呢？他並不是善人，什麼是非對錯、天下蒼生與善惡，他根本不在意。

楚行仄對他有知遇之恩，他曾立誓永世效忠；而且，他是楚月兮的父親。

此刻，他心裡甚至覺得有點放鬆。如果今日真在解救楚行仄時死去，不是他自盡，又救了楚行仄，倒是不負他對楚月兮的兩個承諾。

如此想著，方宗恪輕輕笑了，笑時扯動臉上被炭火燙壞的皮肉，觸目驚心，看著就疼。

可是，他早已不知什麼是痛了。

楚行仄的屬下已埋伏在儀水林，他回望一眼，小邱不在其中，應該按他說的話離開了。

一會兒後，押送楚行仄的車隊經過，方宗恪帶人殺出血戰。

方宗恪不知道自己受了多少傷，以一敵十、敵百，終於殺進層層守衛，逼近囚車，砍斷囚籠，將遍體鱗傷的楚行仄救出來。

方宗恪帶著楚行仄，在幾個死士的掩護下殺出重圍，前方地面的藤蔓忽然動了，出現一條挖好的密道，他把楚行仄交給接應的人，轉身迎敵。

方宗恪與剩下的十幾人並非且戰且退，而是更加詭異地步步逼近。直到某處，鐵網沖天升起，包住他們和押送楚行仄的車隊。

方宗恪和死士們已做了以死拖延的準備，加上鐵網阻撓，這些人想要追上楚行仄，恐怕要費一番心思。

押送楚行仄的官兵十分清楚，若不把楚行仄追回來，可是大罪！為今之計，只有儘快收拾這些死士，再突破鐵網追擊。

留下的死士中，就數方宗恪最為勇猛，遂先圍殺。

縱使方宗恪武力超群，也抵不過千百人。

落日西沈那刻，方宗恪單膝跪下，穿過心肺的利箭抵在地面上，支撐著他。

「宗恪，父王的屬下背叛他，投奔長公主了。如果父王輸，我們是不是也會跟著死？宗恪，你是不是也會背叛父王？」

「無論妳父王是潛逃要犯還是階下囚，或者流民草莽，我方宗恪永遠不會叛主！」

「騙人。你知道永遠是多久嗎？你們男人的承諾，總是不可信的。」

「月兮，我會用我的一生告訴妳，什麼是永遠。」

記憶湧上腦海，方宗恪用最後的力氣抬頭，望了西沈的落日一眼。

「月兮，我做到了……」垂下頭，嘴角是解脫的笑。

餘生不負，至死方休。

從八歲起，方宗恪就會跟著父親去衛王府送貨。若別的貨物還好，要是送首飾、玉石之類，衛王府的女眷總會挑選很久，時常耗掉一整個下午。

方宗恪閒著無聊，就被府裡的老嬤嬤領進偏屋吃果子。剛開始時，他還能規規矩矩地等父親，次數多了，難免難熬。後來女眷們見他年紀小，又常常來，瞧著也規矩，便不拘著他，讓他逕自在前院的花園裡玩。

這日，方宗恪在花園裡捉蛐蛐，一不留神走偏了，竟闖進一座荒蕪的小院子。衛王府鋪金鑲玉，處處奢華，這院子卻分外破敗，雖隱約可見曾經的豪華，如今只剩滿庭雜草。

方宗恪忽然聽見一道細微的聲音，斷斷續續，像是小動物。他循聲找去，在幾棵高大的柳樹後發現一個狗洞，聲音是從洞裡傳出來的。

莫非這裡有凶狗？方宗恪年紀尚小，不由警惕地後退兩步，卻看見一方小小的白色錦帕從洞裡飄出來，愣住了。難不成凶狗拖人進去？

離開和上前的選擇在他心中掙扎，直到看見一隻小小的腳從狗洞裡露出來。

方宗恪不再猶豫地衝上去，卻在狗洞前停下腳步。

他呆呆看著那隻小小的腳落在地上，然後是另一隻小腳，緊接著是身子。那是個約莫六、七歲的小姑娘，一身素白衣裙，沾了許多泥土。

楚月兮轉過身，看見方宗恪，吃了一驚，不由後退兩步。

她戴著白色面紗，面紗從右側頭上垂下，包住整張右臉，又繞到左邊，繫在左邊的後衣襟上，露出小半張左臉。

正是因為只露出半張臉，才把本來就大的眼睛襯得更大。此時，小姑娘望著方宗恪的大眼裡，是滿滿的驚懼。

「我……」方宗恪也愣住了。

這時，楚月兮懷裡抱著的小兔子動了動，又發出幾聲哀鳴。她垂眸望著牠，眼裡的驚懼逐漸被心疼代替。

方宗恪這才發現，她懷裡抱著一隻雪白的小兔子，兔子身上沾滿血跡，害怕得發抖。

忽然，那隻兔子猛烈掙扎起來，從楚月兮懷裡跳下去，拖著傷腿，一瘸一拐地逃遠了。

楚月兮著急地追上去，踩得青石板路發出一陣好聽的脆響。

方宗恪目送她跑遠，才想起她身上的衣服是孝服。又彎下腰瞅狗洞一眼，略一想就想明白了，根本沒什麼凶狗，小姑娘是追著受傷的小兔子追到洞裡去。

時辰不早了，他不能在這裡耽擱，剛想走，目光掃到地上的錦帕，不由又望望楚月兮離開的方向，把錦帕撿起來。純白帕子上，一點花紋都沒有，和它的主人一樣，乾乾淨淨。

半個月後，方宗恪再次跟著父親來衛王府送貨。不知怎的，他想起楚月兮驚慌的眼睛，和她懷裡的小兔子。

結果，他又見到了她。

楚月兮跪在草叢裡，肆意生長的雜草幾乎掩蔽她的身影。她感覺到身後的腳步聲，回過頭，依然用那樣驚懼的目光望著他，只是這次眼裡有盈盈的淚。

「我不是有意嚇妳的。那個……妳的帕子掉了。」方宗恪從袖裡掏出帕子，遞給她。

楚月兮別開眼，沒有接。

方宗恪訕訕地收回手，目光越過楚月兮，落在她身前的土丘上，不由怔住。

那是個小小的墳頭，看起來不是埋葬人的。再看楚月兮，一雙小手髒兮兮的，滿是泥土，甚至劃破了，有點慘。

方宗恪立刻想到那隻兔子。試探著問：「兔子……死了？」

他剛問出口，楚月兮隨即落淚，低著頭，抬起胳膊拭淚。

「別難過了，用這個……」方宗恪把手裡的帕子遞給她。

楚月兮猶豫一會兒，才怯生生地拿回自己的帕子。

方宗恪鬆了口氣。「剛剛側妃身邊的嬤嬤給我一些果子，我嚐了，覺得一般，就這紅豆糖不錯，比外頭賣的好吃。這還有兩顆呢，吶，給妳！」剝開油紙，將紅豆糖遞給她。

楚月兮望著他的掌心，愣了很久。

「拿著呀！」方宗恪拉過她，把糖放進她手裡，這才發現，她的手上全是泥土。

「月兮！月兮……」

聽見奶娘的喊聲，偷偷溜出來的楚月兮一驚，鬆開手，慌慌忙忙站起來，跑開了。

「原來她叫月兮。」方宗恪喃喃自語。

望著兩顆紅豆糖落在地上，沾了泥，他撓撓頭，念叨一句。「可惜了……」

第五十三章

後來，方宗恪要麼沒機會偷偷溜進這座院子，要麼好不容易偷偷跑來，卻沒見到楚月兮，讓他有點失落。

不知為何，他就是忘不了她的眼睛，看人時總是有點害怕，但目光又乾乾淨淨的。兩次見她，她都弄了一身泥土，可他仍覺得她是個乾乾淨淨的小姑娘，就是孤零零的，而且是個小啞巴，怪可憐的。

等到方宗恪第三次見到楚月兮時，已經是四、五個月後。

那一天，是衛王妃的生辰宴，王府裡來了不少貴客。

方宗恪跟著父親去見其他側妃，送上選好的首飾，父親還特意叮囑他，今天日子特殊，不許亂跑，但他還是去找楚月兮了。

人沒找到，卻遇見一群皇城的跋扈小少爺，甚至起了爭執。不過是不小心撞了下，而且還是他們跑得太快，撞著方宗恪。

可誰叫方宗恪出身商戶，最後他被掌嘴，臉上火辣辣不說，鼻子、嘴角都流血，被打得暈頭轉向，那群小少爺們則哈哈大笑。

但沒一會兒，他們的笑聲戛然而止，連打他的人都停住手。

方宗恪疑惑地抬頭，看見楚月兮站在對面。她還是一身素服，只是料子比之前好許多，是名貴的涓流錦，又在裙角用銀絲繡了梔子，清風拂過時，好似帶著梔子的清香。同樣戴面紗，只露出左邊小半張漂亮的臉，雙手規矩交疊放在身前，靜靜望著方宗恪，皎皎月兮。

方宗恪不想被她看見自己這副樣子，慌忙低頭，用袖子去擦臉上的血跡。慌亂間，不知聽見誰說了句。「小郡主怎麼過來了？」

小郡主？方宗恪詫異地抬頭，楚月兮又看他一眼，便轉身離開。

站在楚月兮身後的奶娘朝方宗恪招招手，方宗恪愣了下，走上前。

奶娘帶著方宗恪去洗臉，又幫他搽藥，最後拿出一個盒子，柔聲說：「這是我們小郡主給你的。」

方宗恪打開盒子，裡面裝滿了紅豆糖。可是，他不想要紅豆糖，他想看楚月兮一眼，便小心翼翼地對奶娘說：「我能親自去向小郡主道謝嗎？」

奶娘猶豫一瞬，楚月兮的性子很孤僻，難得願意幫人。反正也無人會管這座院子，便點頭答應。

此時，楚月兮待在花房裡，跪坐在潮濕的泥地上，伸出小胳膊，去撿一朵掉落的月季。從方宗恪站的位置，恰巧可以看見她捧起那朵月季時，眼中的心疼。

方宗恪走過去，蹲在她身邊，有些不好意思地說：「沒想到妳居然是郡主，那個……剛剛的事情，謝謝妳！」

方宗恪以為楚月兮還是不會理他，卻沒想到她靜靜看他一眼，而後搖了搖頭。

方宗恪見狀，心裡忽然染上幾許莫名其妙的欣喜，挖空心思地找話說：「今天是妳母親的生辰宴，妳怎麼不去呢？」

「她不是我母親。」楚月兮的聲音很輕，如風似絮。

「妳不是啞巴?!」方宗恪震驚地看著她。

立在花房門口的奶娘也是一驚。楚月兮極少說話，若衛王不在府裡，說不定十天半個月也吐不出一個字。

楚月兮低下頭，拿起剪子，將那株凋零的月季修修剪剪，剪去外層枯萎的花葉。

方宗恪撓撓頭，又繼續找話。「那個……妳今天的衣服比之前好看多了！」

楚月兮垂眼，眸光裡的黯然一閃而過，沈默到方宗恪以為她又不會搭理他時，忽然說：「父王回來時，她們就會幫我換上更好的衣服。」

楚月兮站起來，把修剪好的月季交給奶娘，走了出去。

方宗恪望著她離開，又撓了撓頭，沒聽懂她的話。

後來，他又藉著跟父親來衛王府送貨的機會，跑進那座小院幾次，每四、五次，能偷偷見到楚月兮一次。

楚月兮已經不會用那種疏離的目光看他了，偶爾會留些糕點給他，而且每次都有一盒紅豆糖。

這般過了四年，等到方宗恪十二歲時，不方便在衛王府裡亂跑，便想了法子，用替小郡主送首飾的藉口，正大光明地去她的院子。當然，既是明目張膽地過來，是不能見楚月兮的，只能把東西交給奶娘。

偶爾，楚月兮會推開窗戶，靜靜看著他，他心裡便滿滿都是歡喜。

時日久了，方宗恪從奶娘那裡打聽了許多楚月兮的事，知道她的母妃已經去世了，初見她時，她正在為母親守孝。

他還打聽到，以前楚月兮不是總不說話的，雖然性子文靜，卻沒有如今這樣孤僻。直到她的父王和母妃當著她的面吵架，她的父王轉身離開，她的母妃抱著她，哭到聲嘶力竭，然後將匕首寸寸刺入心窩。

下人們聽到動靜衝進來，看著五歲的她被濺了一身一臉的血……

方宗恪因此越發心疼她，一邊覺得她恍若天邊皎月高不可攀，一邊又覺得她太可憐，恨不得替她承受那些痛楚。

後幾年，楚月兮的奶娘開始幫方宗恪偷偷溜進來。

很多時候，方宗恪只是安靜地守在楚月兮身邊，看著她蒔弄花草，看著她餵兔子，又或者聽她彈琴。

方宗恪正值少年，是坐不住的性子，可是每次陪著楚月兮時，心裡就會跟著靜下來。哪怕兩人好不容易才見了面，也時常自始至終不說一句話，卻又處得那麼融洽。

在方宗恪十四歲、楚月兮十三歲那年，有一回，方宗恪望著漫天飄落的桃花瓣，忽然問：「月兮，妳會跳舞嗎？」

楚月兮正坐在桃花樹下看書，聞言，抬眸靜靜看了方宗恪一瞬。

方宗恪立時後悔。他怎麼胡亂說話呢？楚月兮是郡主，怎麼可能隨便跳舞？

然而，楚月兮卻點點頭，抬腕低眉，揮袖起舞，青絲雪裙，披帛生風。

方宗恪不由站起來，聽見自己的心臟一聲一聲地跳動，一步步靠近她……

一陣風拂過，忽然吹落了楚月兮臉上的面紗。

楚月兮驚呼一聲，驚恐地望著方宗恪，明豔眸子裡瞬間盈滿淚水，落荒而逃。

方宗恪也愣住了。原以為楚月兮是因為性格孤僻才害羞遮臉，沒想到她右邊臉頰上有塊手掌大的紅色胎記，從右眼一直向下，穿過下巴，消失在玉頸。

方宗恪馬上反應過來，追上去，門卻關上了。

楚月兮的奶娘無奈地對他搖頭。

自此，楚月兮不肯再見他。

於是，方宗恪日夜都想起她的眼睛。楚月兮不愛說話，但望著她的眼睛，他就能知道她未說出口的千言萬語。

那一日，她用噙淚的眼睛驚恐地望著他，只一眼，方宗恪就知道她所有的害怕、擔心、卑微和在意。是他不好，沒有及時拉住她，讓她逃開了。

數月過去，方宗恪一直求奶娘帶話，讓他再見楚月兮，終於在第一場雪後，見到了她。

她穿著一身茶白襖裙，站在紅梅樹下修剪枝椏。動作是那麼緩慢，好像悠閒自在，卻不小心剪壞一朵開得正好的梅花，洩漏了她的緊張。

方宗恪笑著走過去，奪過她手裡的剪子，扳過她的肩，讓她面對著他。

楚月兮想鎮定地望著他，如以前一樣，可是做不到。縱使所有人叫她醜八怪也沒關係，她完全不在意別人的看法。但她懼怕在方宗恪的眼裡看見嫌惡，只能慌亂地低下頭。

方宗恪抬手，將她臉上的面紗摘下來。

楚月兮猛地抬頭，匆匆向右偏了臉，只用左臉對著方宗恪。

方宗恪捧起她的臉，小心翼翼地撫摸她右側臉頰上的胎記，動作那麼輕，好似輕輕撫過的是這個世上的至寶。

楚月兮垂著眼，慢慢抬起頭，靜靜望著他。從驚慌到平靜，再到帶著淚的燦爛笑意。

他一句話都不用說，她已經懂了。

一會兒後，方宗恪從花房裡出來，奶娘急忙進去，就看見楚月兮望著紅梅，傻傻地笑。

奶娘長長舒了口氣，兩人之間的感情，她完全看在眼裡。起初，她肯幫忙掩飾方宗恪和楚月兮見面，是因為楚月兮實在太孤單了，恰好又不討厭方宗恪的接近，甚至和他說話。這幾年，有方宗恪的陪伴，楚月兮還開始愛笑起來。

可是下一刻，奶娘的心又懸起來。楚月兮是不可能嫁給方宗恪的，縱使她容貌有損，縱使她性子不好、生母早亡，可她是衛王唯一的女兒。

因為楚行仄和她的生母爭吵，使得生母在她眼前自盡，因此格外心疼她。

楚行仄很少留在衛王府，甚至一年半載才回來住小半個月。他回來時，府裡的人就會對楚月兮特別好，恨不得在他面前討好立功；可他不在時，誰會在意一個父親不在、生母早亡，又容貌有損、性格孤僻的姑娘？根本不需要苛待她，冷著就行了。

不過，方宗恪和楚月兮的私會終究還是被發現了。

衛王妃大怒，責備楚月兮。「楚月兮，妳還是不是衛王府的女兒？就這樣自甘下賤跟商戶家的小子私會！我要是妳，都活不下去！身為衛王妃，我不能讓妳敗壞王府的名聲！」

之前，她不怎麼管楚月兮，畢竟她是繼妃，而楚月兮又是已故衛王妃的女兒，既得寵又不好相處，恨不得讓她自生自滅。如今被她抓住把柄，斷然不能輕饒他們，更何況私會這等事，實在是髒人眼！

衛王妃指著楚月兮，嫌惡地說：「瞧著妳心善又守規矩，沒想到竟做出這等荒唐的事！」又指方宗恪。「來人啊，將這膽大包天、膽敢覬覦郡主的混小子亂棍打死！」

「不要動他！」楚月兮第一次對衛王妃說話，第一次求她，第一次向她下跪。

衛王妃愣住，身邊嬤嬤輕咳一聲，才反應過來。見她跪下，忽然想以繼母身分立立威。

「月兮，妳是個懂事孩子，方宗恪做下這樣的事，根本不可能留他性命，妳不要再替他求情了。來人啊，還磨蹭什麼？快把他亂棍打死！」

本來應該把人拖下去打，但衛王妃看著楚月兮落淚的樣子，忽然生出莫名快感，便讓家僕當場行刑。

楚月兮跪在衛王妃面前哭著求情，可是她渾然不動。

方宗恪已經遍體鱗傷，卻仍對她露出溫柔的笑。「月兮，不要這樣，回院子去。」

楚月兮忽然止住哭泣，深深望了衛王妃一眼，起身搶過侍衛腰間的佩刀，橫在脖子上。

衛王妃大驚。「月兮，妳做什麼?!」

「等父王回來，他會以為是妳逼死了我。」楚月兮冷冷地看著衛王妃。

衛王妃心裡逐漸爬上一絲寒意。不管楚行仄是不是寵愛這個女兒，她只要落下苛待嫡女的罪名都是不賢慧，更別說逼死她！

「把刀放下，有話好好說！」衛王妃的臉色有些不好了。

方宗恪又何嘗不震驚，自楚月兮搶下侍衛的刀，他的心就懸起來，急忙道：「月兮，妳小心，別被傷著了！快點回去，別管我！」

楚月兮沒聽他的，一步步後退，退到方宗恪身邊，扶起他。

方宗恪還想勸，她卻忽然回頭看他一眼。

方宗恪怔住，然後笑了，握住了她的手。

楚月兮用這樣的笨方法，扶著被打傷的方宗恪離開衛王府。

兩人手牽著手，一路向前走，沒有目標、沒有計畫，從白日走到落日，走累了，才在小溪邊停下來。

方宗恪側首，望著坐在身邊的楚月兮，欲言又止。

楚月兮轉過頭，靜靜凝視他。

方宗恪無奈地笑了，捧起她的臉，輕輕吻上她的額頭。「什麼也不用說，我都知道。」無論前路有多少荊棘，此生不負。

之後，方宗恪帶著楚月兮藏身在一處田莊裡，變賣腰間佩帶的璞玉，以維持生計。

楚月兮不會做農活與家務，方宗恪在方家又何嘗不是養尊處優？兩人為了吃飯，總是弄得灰頭土臉，甚至燒了衣服、燙了手，最後做出來的飯菜也時常黑漆漆一團，難以下嚥。即使這樣，他們也吃得很開心。望著身邊人，世間只剩甜蜜，哪裡還在意吃的是什麼？

就這樣磕磕絆絆過去一個月，楚行仄終於找了過來。

他喘著粗氣，看著剛從廚房鑽出來的兩人，忍不住一巴掌拍在楚月兮臉上。楚月兮立時摔倒在地，帶翻旁邊的木桌。

方宗恪衝上去阻止。「您別打她！都是我的錯，打我就成。是我居心不良拐走郡主，求您不要打她！」

他明白，楚月兮怎麼說也是楚行仄最寵的女兒，最壞的結果就是他死，她被帶回去。

楚行仄這才看向方宗恪，上上下下打量他兩遍，忽地笑了。「還以為是何方神聖敢拐本王的女兒，原來是個毛孩子。」收起笑。「現在知道錯了？難道你絲毫不顧及家中父母？」

方宗恪的臉色霎時慘白，僵硬地跪下，垂著頭。

楚行仄走到方宗恪面前，居高臨下地看他。「該說你居心叵測還是愚蠢？你明知月兮跟著你只會吃苦，還帶走她，害了她，也害了你自己，更要連累無辜的人。」

「父王，是我要跟他走的。」楚月兮紅著眼睛看楚行仄，眼中是隱隱的哀求。

楚行仄看楚月兮一眼，勉強壓下滿腔怒火，目光掃過簡陋得不如衛王府柴房的院子。

蘇坎見狀，忙替楚行仄搬了椅子來。

楚行仄坐下，死死盯著方宗恪，火氣又蹭蹭蹭往上漲。就這麼個半大孩子，竟敢拐他的女兒！越想越氣，起身在方宗恪的肩頭上踹了一腳。

「不要！」楚月兮爬起來，擋在方宗恪身前。

「走開！」

楚月兮執拗搖頭。楚行仄越過她，望著方宗恪。「讓女人擋在身前的滋味好受嗎？」

方宗恪垂在身側的手悄無聲息地攥成拳。

「你是不是恨本王仗勢欺人？」楚行仄冷笑。「可本王就是有這樣的本事！若你有出息，爬上比本王更高的位置，到時候，只有本王巴巴把女兒送給你的分。」

方宗恪有些茫然地抬頭望著他。

「我大遼開國國君不過流寇出身，比你如何？」

方宗恪不知該怎麼回答，楚行仄也沒要他回答，逕自說下去。「你想娶月兮？行啊，等到你闖出一番天地，明媒正娶把她抬回去，而不是讓她忍受不貞、不嫻、不孝的罵名！」

楚行仄起身，不顧楚月兮的掙扎，抓起來帶著她往外走，侍衛動作整齊地跟上。

方宗恪忽然明白了楚行仄的意思，爬起來追上去。

「王爺！」他在楚行仄面前跪下。「宗恪願意誓死效忠您！」

楚行仄愣住。「你倒想得美，有多少人巴不得來本王身邊做事。你……滿十五歲了？」

「快了。可是我有決心，有不變的忠誠！」

楚行仄剛想拒絕，袖子卻被拽了拽，低頭對上楚月兮哭紅的眼睛。

「好吧。」他身邊不缺人，就讓方宗恪先從小侍衛做起，進了衛王府。

聽說楚月兮回來了，沈家二姑娘沈文嫻急忙去衛王府看望她。身為閨中密友，她知道楚月兮和方宗恪的事。聽楚月兮說了來龍去脈，才鬆了口氣。

天色漸晚，沈文嫻告辭，出府時恰巧遇見歸家的楚行仄，直到她走遠了，楚行仄的目光還沒從她身上移開。

「這是誰啊？」

蘇坎道：「回王爺的話，是沈大人的二女兒。」

楚行仄點點頭。「是個美人。」

楚行仄愛美酒和美人是天下皆知的事情，蘇坎聞言，眸光閃了閃，心裡有了主意……

第二日，沈文嫻在回家路上被蘇坎派人劫走。因哭鬧得太厲害，蘇坎直接把她迷昏了。

那天，楚行仄與同僚喝了酒，未醉卻醺，回府見沈文嫻靜靜躺在他的床榻上，美豔不可方物，只當是沈家知曉了他的意思，將人送過來。

這些年，送美人給他的實在太多，便大方享用了。

不想，第二天沈文嫻尋死覓活，吵得他頭疼，還打他一巴掌。

楚行仄這才叫來蘇坎，聽他將事情稟了，沒有說話，只撩起眼皮看他一眼。

蘇坎一驚，忙跪在地上連連認錯。他沒想到沈文嫺的反應會這麼大，這些年服侍衛王的女人，沒一個是這樣啊！

楚行仄還有事要忙，他雖愛美人，但府裡美人眾多，不至於在沈文嫺身上花心思，遂擺擺手。「去問問她的意思，願意的話，去沈家下聘；不願意就送她回去，再送一份嫁妝。」

蘇坎欲言又止，硬著頭皮說：「王爺，不能送回去，不然，就是跟錦熙王結仇了。」

楚行仄寫字的動作一頓。「她和錦熙王有什麼關係？」

「她的長姊是錦熙王妃。」蘇坎抬起袖子擦汗，覺得這回好像闖禍了。

啪！楚行仄拍下手中的筆，一腳踹在蘇坎胸膛，罵道：「成事不足的狗東西！」

「王爺饒命！王爺饒命！」

錦熙王長年住在封地，留在皇城的時日並不多，一向不參與楚行仄和楚映司的爭鬥。但他手裡也是有兵馬的，若惹他不悅，因此站在楚映司那邊，後果不堪設想。

楚行仄想了想，道：「把事情瞞下來。至於那個女人，悄悄買一處別院，把人藏好。記住，她暫時還不能死，他日或許還有用處。這件事，要是你還做不好……」

蘇坎趕緊應道：「這回屬下一定盡心盡力，絕不給王爺惹麻煩！」

第五十四章

過了兩個月，沈文嫺發現自己懷孕了。

這段時日，她整天尋死覓活，也不怎麼吃飯，十分虛弱。知道自己有孕之後，更是鬧得凶，還用鈍物撞腹，口口聲聲說不會生下這個孩子。

蘇坎讓大夫診治過，說她身體太弱，若是小產，極易送命，只好派人日夜看管沈文嫺，防著她尋死。

後來，這件事還是讓楚月兮知道了，去求楚行仄放人。楚行仄不能告訴她其中關係，只是訓斥。她苦苦求楚行仄，讓她見見沈文嫺，至少可以寬慰她，他才不耐煩地揮揮手准了。

緊接著，楚行仄發起宮變，提前送走家眷，隱姓埋名藏身於姜平。

楚行仄的目的是殺死楚懷川，錯認陸無硯是個意外。

陸無硯和楚懷川的模樣有幾分相似，陸無硯又故意誤導楚行仄，當時楚行仄已腹背受敵，慌張中計，把陸無硯錯當楚懷川抓走，等到他發現時，已經逃出了皇宮。

看著冷靜的陸無硯，楚行仄臉色愈沈。

蘇坎小心翼翼地說：「王爺，依我看，抓陸無硯也是一樣，不如拿他要脅長公主？」

楚行仄冷笑。「你以為楚映司會用皇權來換她兒子？」

一屋子的心腹皆默不作聲，不知道該怎麼辦？畢竟今日宮變的結果是楚行仄輸了，難免十之一二有了別的心思。

楚行仄想了很久，悠悠道：「楚映司不會用皇權交換她兒子，未必不會用別的東西。只是如何獲得更大的利益……」

說著，他忽然笑了。「走，咱們去荊國，將錯就錯，把陸無硯當成楚懷川送給荊帝！」

楚月兮總覺得是自己連累了沈文嫻，心中愧疚，加上得知楚行仄事敗逃去荊國，人心惶惶，竟病倒了。

等她病好時，沈文嫻肚裡的孩子已經七個多月。

她被暗衛護著去別院看望沈文嫻，回來以後，哭了很久。

方宗恪趁不用當差時來看她，楚月兮可憐巴巴地說：「宗恪，我們救救文嫻姊姊吧。」

「別院被妳父王的人看管著，救不了。」

楚月兮垂下頭，難受地說：「文嫻姊姊很恨肚裡的孩子，不想生，想要孩子死……」

方宗恪寬慰她。「妳別多想，或許等孩子生下來……」

「不！」楚月兮連連搖頭。「你沒見過文嫻姊姊，她雖瞧著文靜，卻是個性子烈的，更何況她心有所屬，怎麼可能喜歡那個孩子呢？都是因為我……」說著，又落了淚。

「這不關妳的事，不要自責了。」方宗恪瞧著她掉淚，心裡跟著一抽一抽地疼。

「我明白文嫻姊姊的心情，她讓我下次去看望她時，偷偷帶墮胎藥。可是……那個孩子是無辜的呀！」

楚月兮說著，眼睛忽然明亮起來。「我想到辦法了！文嫻姊姊不喜歡那個孩子，父王下落不明，更不可能管，那我照顧吧！等孩子出生，抱到我這裡養。」

方宗恪笑著揉揉她的頭。「傻乎乎的，妳才多大，哪裡會養孩子。」

「我能！」楚月兮執拗地點頭。

「好好好，都聽妳的。」

楚月兮又甜甜地笑起來。「一定是妹妹，是天下最好看的小姑娘。」

「不可能。天下最好看的，只能是妳……」

等到方宗恪走後，楚月兮望著窗外的紅梅，想了好久，忽然想起沈文嫻的姊姊是錦熙王妃，或許可以讓她把沈文嫻救出去！便讓心腹丫鬟去找錦熙王妃，把沈文嫻的下落告訴她。

錦熙王妃身處高位，當初也託人尋找沈文嫻，卻一無所獲，早就起了疑心，沒想到是楚行仄下的手。

如今楚行仄逃到荊國，正是下手救人的好時機。但賀可為遠在封地，她是個婦道人家，縱使知道沈文嫻被關在哪裡，也不能直接去救人；更何況楚行仄是反賊，若這時和他打交道，會不會讓楚映司誤以為賀可為和楚行仄暗中往來？

錦熙王妃想了想，決定派人盯著楚行仄，又派人跟蹤楚月兮的丫鬟。

若想對楚映司示好，就要先做些什麼，比如揪出楚行仄家眷，包括楚月兮。

另一邊，楚行仄要聯絡仍在皇城的人馬，悄悄回到藏著家眷的田莊裡。

屬下向他稟報楚月兮暗自聯絡錦熙王妃之事，他發了一通脾氣，想著應對之策。

恰巧，這時別院的人來稟，說沈文嫻早產，他只得吩咐屬下去請錦熙王妃。

沈文嫻難產，痛了三日也沒生下來，看著她痛苦的樣子，錦熙王妃更是恨毒了楚行仄。

沈文嫻生產時，楚月兮正穿著農女的粗布衣服，躺在屋頂上，望著滿天繁星發呆，方宗恪躺在她身側。

「宗恪，前天二哥離開以後，再也沒回來，是他的書童去告密，就為了一百兩銀子。那書童自小便跟在他身邊……」

方宗恪悄無聲息地握住她的手。

「宗恪，不僅是二哥的書童，還有之前那些口口聲聲會忠於父王的人都走了，投奔長公主，他們都說父王要輸了。如果父王輸了，我們是不是也會跟著死？」

方宗恪在楚行仄身邊做事，比楚月兮更清楚情況的嚴峻，不知道怎麼勸她，只好更加用力地握住她的手。

楚月兮倚靠方宗恪的肩膀。「我不想死，死了就不能和你在一起了……」

「不會的！我們都會好好的，長命百歲，相守一生。」

楚月兮抬頭凝視他。「宗恪，你是不是也會背叛父王？」

方宗恪笑著揉揉她的頭。「妳忘了我對妳父王立過誓的？若是不信，我再立一回。

「無論妳父王是潛逃欽犯還是階下囚，或者流民草莽，我方宗恪永遠不會叛主！」

楚月兮笑了。「騙人。你知道永遠是多久嗎？你們男人的承諾，總是不可信的。若是諾言可信，父王就不會封了一個又一個側妃，抬進一個又一個夫人，母妃也不會死……」

「月兮，我會用我的一生告訴妳，什麼是永遠。」

楚月兮怔怔看著他，許久，才黯然道：「我曾想過勸你離開……」

「我知道。」方宗恪湊過去，吻她的眼睛。「妳忘記了妳的眼睛會說話，什麼都瞞不了我；妳也應該明白，我不可能離開。」

楚月兮偎在他懷裡，望著漫天繁星。

他們沒再說話，好像回到很久以前在衛王府裡的日子，不需要言語，只要對方在自己身邊，便已足夠。

天邊露出魚肚白時，方宗恪才離開，要回楚行仄身邊做事。

「宗恪！」

方宗恪回頭，望著立在梅樹下的楚月兮。

楚月兮小跑著追過來，幫他理好衣領，彎起一雙眼睛。「好啦！」

方宗恪笑著揉揉她的頭，轉身離開。

若時間倒流，他不會這樣遠去，必牽著楚月兮的手逃離，從此天涯海角，長相廝守。

得知楚映司的人馬包圍田莊時，方宗恪呆住了，不顧別人勸阻，發瘋一樣地跑回姜平。

他還未走近，遠遠就看見大批官兵圍住田莊。

當初為了藏匿容易，這處田莊挖過密道，方宗恪從密道溜進去，隱身於草垛後，望著院子裡圍得密密麻麻的官兵和楚行仄的家眷，楚月兮也在裡面。

他親眼看著那些人扯下楚月兮的面紗，推搡著她，大聲嘲笑著醜八怪。

楚月兮被推倒在地，抬起頭，剛好對上方宗恪痛苦的眼。

「什麼人在那邊？」官兵朝方宗恪藏身的地方望去。

楚月兮的明眸裡閃過驚恐，忽然爬起來，朝相反方向跑去。

官兵們把她抓回來，打她的臉、撕她的衣服，大聲嘲笑著。「什麼狗屁郡主，不過是個醜八怪！哈哈哈哈！」

楚月兮受辱，艱難轉身，望向方宗恪，執拗搖頭。縱使淚流滿面，還是在笑，煦如春日，皎若月兮。

方宗恪跪下，緩緩將頭貼在地上，讓淚落在泥土裡。

一陣尖叫聲傳來，他慌張抬頭，看見楚月兮倒在血泊裡，汩汩鮮血從她額頭湧出，刺傷了他的眼。

她睜大了眼睛，死死望著他，用盡最後的力氣，無聲說：「好好活下去……」

方宗恪艱難地搖頭，這些年，第一次違背她的意願。

楚月兮便那樣望著他，一直望著他。

方宗恪只好痛苦地點頭，楚月兮才緩緩合上了眼。自七歲認識他，走時不過雙七好年華，如此算來，竟然半生都是他。

直到官兵殺光楚行仄所有家眷，方宗恪才從田莊離開，一步步艱難前行，知道身後是燒盡一切的沖天大火，不敢回頭。

他從白日走到夜裡，忽然被石頭絆倒，一動不動地躺在地上，恍若死人。許久之後，他才慢慢蜷縮起來，嚎啕大哭……

方宗恪一瘸一拐回到楚行仄藏身所在，楚行仄正帶著屬下準備遠行，逃往別處。楚行仄的臉色十分難看，向來狠辣無情的他也落了淚，眼中有刻骨銘心的仇恨。馬車悄聲潛行在夜色裡，忽然有輛馬車攔在前面，是錦熙王妃派來的人。有個婦人從馬車上下來，懷裡抱著嬰兒，要交給楚行仄。

原來，沈文嫻生下女兒後，非常激動，錦熙王妃只得騙她，說孩子已被她掐死了，沈文嫻才安靜下來。

至於這個孩子，錦熙王妃也不願意收留。此時，她絕不能和楚行仄扯上關係。所以，她派人把孩子交給楚行仄。若這孩子的父母都不要她，那她的死活不關她的事。知道錦熙王妃的來意，楚行仄仰天長笑。「哈哈哈哈哈哈！女兒？等她長大了，也會被本王害死，不如現在就掐死！蘇坎，把這個孩子扔到亂葬崗！」

「是……」蘇坎從婦人手裡將孩子抱過來，小跑著去了不遠處的山頭。

楚行仄又看向如行屍走肉的方宗恪。「宗恪，此去凶險，你年紀還小，別跟著了。」沒等方宗恪說話，楚行仄擺擺手，等蘇坎回來後，帶著人馬離開。

方宗恪在原地立了很久，好像天下之大，卻再無他可以去的地方。

「等孩子出生了，抱到我這裡來養！」

「一定是妹妹，天下最好看的小姑娘。」

方宗恪僵硬地轉頭，望向遠處的山，忽然跑向山頂的亂葬崗。

崗裡處處散發腐爛的氣息，覓食的狼狗走向一個襁褓。襁褓裡的嬰兒哭聲微弱，凍得臉色發紫。

方宗恪衝過去，把狼狗趕走，抱起地上的女嬰。

「看，妳姊姊不在了，果真沒人要妳。不過沒關係，妳是她的妹妹，就是我的妹妹。以後，我照顧妳。」

方宗恪抱著女嬰，一步步朝方家走去。直到第一道朝陽灑落，他在一株紅梅前停步，似乎又看見立在枝下淺笑的楚月兮。

「家中女孩排『瑾』字，妳就叫……方瑾枝。」

三年後。

「哥哥，我要紅豆糖！」方瑾枝邁著一雙小短腿跑到方宗恪面前，可憐巴巴地扯著他的袖子。「娘親把所有紅豆糖都藏起來了，不給我吃。」

方宗恪怔了怔，才笑著把方瑾枝抱到膝上。「總是吃糖，小心牙壞掉。」

方瑾枝握起小拳頭，苦惱地敲敲小腦袋，好一頓冥思苦想，才慢吞吞地說：「可是衛嬤嬡說，我的牙齒掉光，還會重新長出來，現在壞掉沒關係呀。」

方宗恪被她堵得啞口無言，只得笑著說：「好好好，哥哥幫妳買紅豆糖。」

「哥哥最好啦！」

這時，陸芷蓉站在門口朝方瑾枝招手，溫柔地說：「瑾枝，別纏著妳哥哥，來娘親這裡，要裁新衣裳了。」

「新衣裳！」方瑾枝拍手，引得腕上的金鈴鐺一陣細響，從方宗恪的膝上爬下去，跑到陸芷蓉面前，抱著她的手撒嬌。

陸芷蓉牽起她往外走，低頭柔聲問道：「瑾枝想選什麼顏色、什麼花紋的？」

「唔……要好多顏色！好多花紋！瑾枝要，哥哥也要，娘親不能偏心，不能因為哥哥沒有瑾枝好看，就不給哥哥做衣裳……」

人走遠，聲漸歇。方宗恪望著她們離開，才慢慢收起臉上的笑。

他知道母親為什麼把府裡的紅豆糖收起來。她一直都知道楚月兮的事，不忍方宗恪睹物思人。可是思念一個人到骨子裡，根本不需要借物就能憶起。

方瑾枝太懂事，又那麼乖巧可愛，不僅是他，連他的父母也對她投入許多感情，就算他離開，方瑾枝也能無憂無慮地長大。

時候差不多了。

三年來，他在別人眼裡日益開朗，似乎又變回方家那個無憂少年，但只有他自己知道，每一日他眼前、腦中都是楚月兮的一顰一笑，無論清醒還是夢中。

而後，行刺，失敗，重傷，幸好他與葉蕭相識，葉蕭在楚映司面前替他求情。

最後，他被楚映司廢了雙腿，永世不可回皇城，更不能出現在她面前，否則殺無赦。

葉蕭帶著方宗恪離開，無奈道：「我知道一個人，這天下恐怕只有他能醫好你的腿。只是，能不能找到他，就看你的造化了。」

方宗恪靜靜躺在馬車裡，眼神空洞。

葉蕭嘆氣，勸道：「宗恪，今日是我在長公主面前保你，你總不能陷我於不義吧？好，就算你一心報仇，不在意你我之間這點交情，總要想想你的父母？」

方宗恪空洞的眼中這才有了一絲神采。

葉蕭拍拍他的肩，無奈道：「別再回來了。」

後來，方宗恪沒尋到想找的神醫，卻找到他的徒弟劉明恕。當時，劉明恕不過十多歲，還是個瞎子，怎麼看，怎麼不可靠。

但方宗恪本來就無所謂生死，便隨他醫治，沒想到真治好了。

他可以走路後，悄悄回了皇城一次，發現方府一片荒蕪，去打聽才知道，他的父母接連辭世，而方瑾枝被接去了陸家。

方宗恪趕到溫國公府時，恰巧看見陸無硯把方瑾枝抱下馬車，她親暱地拉著他的手，滿臉笑意。

方宗恪鬆了口氣。雖說是借住的表姑娘，比不得府裡的嫡出姑娘尊貴，但陸家總能保她平安，就算有磕磕絆絆，他也相信他聰明的妹妹能迎刃而解。

他再回來時，方瑾枝已經十一歲，他遠遠望了一眼，瞧她亭亭玉立、乾乾淨淨的，隱約浮現另一個人的影子。

方宗恪別開眼。此次離去，今生便不打算再回來。

直到，他聽說方瑾枝要嫁給陸無硯……

這日，方瑾枝早早便醒了，要挑選新丫鬟，還得去幫訂親的林今歌布置新房。

入茶在外面叩門，輕聲稟道：「小丫鬟都帶過來了，請三少爺和三少奶奶挑選。」

方瑾枝這才招鹽寶兒進來伺候她梳洗，然後和陸無硯下樓。

廳裡站了八個小姑娘，都是十四、五歲的年紀。她們顯然知道這是什麼地方，又被入茶教導兩日，規規矩矩的。

方瑾枝對她們很放心，偏過頭去看陸無硯，果然見陸無硯皺眉，一臉挑剔的樣子。

方瑾枝偷偷朝鹽寶兒伸出三根手指，鹽寶兒低下頭，抿著唇笑。

方瑾枝在猜，這八個小丫鬟裡，最多留下三個。

陸無硯果然沒讓她失望，好一頓挑三揀四，勉強留了兩個。

兩個小姑娘跪下，目不斜視。「奴婢夭夭、灼灼，日後定盡心盡力服侍三少奶奶。」

方瑾枝讓鹽寶兒把她們扶起來，各賞了一袋金豆子。

這時，入熏走進來，在入茶耳邊耳語幾句，拿了一封信給她。

入茶點點頭，走到陸無硯身邊，規矩地稟報。「回三少爺，長公主那邊來了書信。」說罷，把信遞給陸無硯。

信上不過幾行字，陸無硯一眼掃過，不由蹙眉。

「瑾枝，我今晚可能不回來了，妳……」

陸無硯的話還沒說完，就看見方瑾枝癟著嘴，可憐巴巴地望著他。

「好，我儘量。」陸無硯輕笑。

她的身子還沒長開，實在怕疼，夜裡總防著他，不許他亂來，可哪回不是自己鑽到他懷裡去睡？他不歸，她連覺都睡得不踏實。

用了早膳，方瑾枝就帶入茶、米寶兒和鹽寶兒去了榮國公府。林今歌和陸佳萱已然訂親，婚期快到了，她要去幫忙布置新房。

臨走前，她吩咐入熏，領著新來的夭夭和灼灼在府裡四處轉轉，認認路。

第五十五章

馬車穿過熱鬧的集市，方瑾枝挑起車簾，透過半透明的紗幔瞧著外面的熱鬧。

須臾，她被一堆人吸引了目光，隱約可見牌子上「賣身葬兄」歪歪扭扭的字，還聽見嗤笑聲。

小豆芽跪在那裡，臉上沒什麼表情，任由眾人圍觀和嗤笑。她父母早逝，流浪在外，從沒有人對她好，大哥哥是唯一一個對她好的人。

前幾日，她像往常那樣去山林間摘些野果子吃，卻看見方宗恪的屍體。小豆芽懂得滴水之恩當湧泉以報的道理，如今大哥哥曝屍荒野，她應該想辦法安葬他。

方瑾枝不由有些好奇，伸長脖子尋覓，終於看見那個賣身葬兄的人——一個十二、三歲的瘦弱姑娘，右邊臉頰有片紅色胎記，隱隱有些蝴蝶輪廓，身邊是用草蓆裹起來的屍體。

方瑾枝的目光凝在屍體上片刻，吩咐鹽寶兒。「瞧著怪可憐的，給她十兩銀子吧。」

鹽寶兒領命，下了車，推開人群走過去，悄悄把銀子塞進小姑娘手裡。

小豆芽望向方瑾枝坐的馬車，急忙跑到車窗下。「不需要這麼多銀子！」

倒是個重情又不貪的。方瑾枝微微撩開車簾，露出小半張臉，笑著說：「拿著吧，葬了妳兄長，用剩下的銀子好好過日子。」

等鹽寶兒上車，便將車簾放下，馬車繼續前行。

小豆芽立在原地，愣了半天，眼中浮現一抹掙扎，跺了跺腳，又去追馬車。

「還有什麼事？」入茶冷冷的目光掃過她。

小豆芽覺得這個大姊姊好凶，沒有車裡的姊姊溫柔，縮縮脖子，說道：「我不能白拿銀子的，我……送我最寶貴的東西給姊姊！」說著，塞了一只油紙包給她，一溜煙跑走了。

「什麼東西？」米寶兒嫌棄地打開油紙包。「呀，是紅豆糖。」油紙外面已經髒得不成樣子，但裡面卻乾乾淨淨，包著一顆一顆紅彤彤的紅豆糖。

「髒兮兮的，扔了吧。」鹽寶兒說著，從米寶兒手裡拿過紙包，準備扔出去。

「別！」方瑾枝阻止她，鬼使神差地捧起那包紅豆糖，拿了顆放進嘴裡，很甜。

小豆芽走進山裡，將一道道菜餚擺在墓碑前，然後笑嘻嘻地坐下。

墓碑上歪歪扭扭地寫著：大哥哥之墓。

「大哥哥，我不知道你的名字，也不認識你的家人，更不知道你家住哪裡，只好把你葬在這裡。這裡叫姜平，是個寧靜的小鎮，你肯定喜歡。」

姜平，正好是楚月兮去世的地方。

小豆芽使勁吸了吸鼻子。「烤鴨可香啦，我都捨不得吃呢，我對你好吧！大哥哥，我遇見一個好漂亮的大小姐，她給了我好多錢，我可以去做生意啦！所以，我把你送我的紅豆糖給她了，你可別怪我。」拍拍自己的小胸脯。「以後，我一定會成為大富人的！」

小豆芽起身，望見不遠處有株紅梅，小跑過去，三、兩下爬上樹，折了條開得最好的梅枝放墳前。

「大哥哥，我要走啦！等我變成大富人，再來看你。」

小豆芽一蹦一跳地走遠，臉上掛著甜甜笑容，不知是不是想到自己變成大富人的樣子。

一陣風拂過，墳前的梅枝被吹動了，溫柔地撫過墓碑。

不是他太偏執，而是她走後的十五年，相思逼人瘋。

榮國公府裡，喬氏立在影壁處等著方瑾枝。天氣寒冷，她等在那裡不過片刻，臉頰都有些發紅了。

瞧見方瑾枝，喬氏立刻生出笑容，親暱地拉住她的手，幾乎將她摟在懷裡。

「孩子，聽說妳前些日子病倒，我擔心極了。本想去看，但陸家說妳需要靜養，才沒過去，只盼著妳早日好起來。」說著，她打量方瑾枝，點點頭。「臉色還不錯，可大好了？」

方瑾枝握住喬氏的手，彎著眼睛道：「都好了呢。讓母親擔心，是瑾枝的不是。」

「這說的是什麼話，只要妳好好的就成。」喬氏拍拍方瑾枝的手，牽著她進屋。

喬氏把方瑾枝拉到身邊坐下，沒鬆開她的手，柔聲與她說話。

兩人閒話幾句，喬氏就擺擺手，讓方瑾枝跟大兒媳、三兒媳去看看新房布置得如何。

方瑾枝心裡微微驚訝。當初林家大少爺和三少爺成親時，喬氏都是親自張羅的，而到了林今歌，卻做起甩手掌櫃，把事情交給兩個兒媳。

這麼多年了，喬氏依然冷著林今歌，不然也不會讓他在老三成親以後才議親。

跨出門時，方瑾枝回頭看喬氏一眼，她正溫柔地望著她，遂勾起嘴角，揚起一抹笑，才轉身繼續往外走。

當年活得如履薄冰，她處處算計，如今回過頭，才發現錯過很多事，又辜負了很多恩情。她剛來林家時，就知道喬氏和林今歌之間有隙，這麼多年，她居然從沒關心過。

「瑾枝，想什麼呢？」兩個嫂嫂停下來，笑著等她。

方瑾枝這才發現她落後兩步，忙趕上去，笑著說：「在想新房應該怎麼布置呀。」說著，與她們進了新房。

雖然她已經成親，卻沒瞧見自己的婚宴，對於大婚之日的事感到迷茫，看著嫂嫂們吩咐下人布置新房，又絮絮說著當日的禮節。

方瑾枝望著大紅色的新房，有點眼紅。她也想八抬大轎、十里紅妝、過火盆、拜天地、交杯酒、挑蓋頭……可她什麼都沒有，就那麼莫名其妙地嫁了。

回去的路上，方瑾枝一直在想著這件事，竟生出癡想，想重新成親，該有的禮數和規矩一樣不少地走一回……

回府後，方瑾枝把米寶兒喊來，要她去花莊找吳嬤嬤查查喬氏的女兒。小時候的事，方瑾枝已然印象模糊，只隱約記得喬氏好像是因為女兒早夭，才格外不喜林今歌。

然後，方瑾枝窩在藤椅裡，一邊等陸無硯回來、一邊幫他做襪子。

天冷了，陸無硯本就畏寒，卻不愛穿襪子。過幾日是十五，他又要去國召寺，寺中不像家中這般鋪著兔絨毯，她才想著給他做雙襪子。
方瑾枝做好襪子，剪掉最後的線頭，望著手裡的襪子發呆，不禁笑起來。
小時候，為了巴結陸無硯，她竟給他做了雙針腳歪歪扭扭的襪子。
沒關係，餘生很長，她會更用心待他的。
再看手裡的襪子，方瑾枝的目光越發柔和，覺得太素了，不如繡點花紋吧。

另一邊，陸無硯趕到別院時，楚映司正斜倚在美人榻上小憩，臉色不好，帶著疲態。
他剛走近，楚映司便睜開眼睛。「你過來了。」
「本來想幫母親蓋條毯子，沒想到吵著您了。」陸無硯在美人榻前的杌子坐下。
「無礙，我也沒睡著。」
陸無硯抬起眼，發現楚映司眉宇之間的疲態更濃。
「母親是因為荊國要來遞和盟書憂心？雖說荊國此舉意味未明，可近幾年宿國強大，遼、荊兩國並非交戰良時，荊國自當明白這個道理。」
「話雖如此，也不能掉以輕心。」楚映司輕聲說。
陸無硯點頭。「這是自然。部署時可有什麼難處？此時……」
「無硯。」楚映司打斷他的話。「川兒開始防著我了。」
陸無硯怔住。楚懷川開始防著楚映司？為什麼？什麼時候的事？前世未曾發生過，難不成有誤會？楚映司向來多疑，或許前世曾經懷疑，只是沒有對他說？

陸無硯望向楚映司，正色問道：「母親何出此言？是誰說了什麼，還是發生什麼事？」

楚映司淡淡地說：「都沒有，也沒人挑撥。」

陸無硯疑惑地望著楚映司。

楚映司輕輕笑了下。「若母親說，只是直覺呢？」

陸無硯蹙眉沈默。前世與今生最大的區別，就是劉明恕的出現，使楚懷川的身體日益漸好，莫非也因此改變了一些事？

出了楚映司別院，已是暮靄四合，陸無硯跨上駿馬，往溫國公府奔去。

隔日，吃過午膳，陸無硯進書房看書，方瑾枝則先處理府裡的事，等她忙完，就捧著繡筐去找陸無硯。

陸無硯坐在交椅裡，方瑾枝就窩到他對面的羅漢床上，繼續做昨天沒做完的新襪子。

陸無硯合上書，放在一旁，又順手從身後的架上抽出一本，還未打開，便望著對面認真做針線活的方瑾枝道：「府裡的事若處理不來，或嫌麻煩，可以讓大嫂幫妳。」

聞言，方瑾枝想了想。大少奶奶薛氏出身名門，比她大了十二歲，如今孕有二子一女，既鎮得住下人，又友善寬厚，讓她幫忙管家，自然是好。

但管家這種事，哪能隨便讓人插手？再者，就算薛氏答應，也未必盡心，畢竟她是二房的人。

陸無硯沈默一會兒，忽然問：「瑾枝，妳喜歡管家嗎？」

「這和喜歡有關係嗎？」方瑾枝反問。

「妳只回答我喜不喜歡。」

方瑾枝想想，才搖搖頭。「比起來，我更喜歡吃喝玩樂。」

陸無硯便沒再說話，翻開手裡的書卷。

方瑾枝也沒多想，繼續繡著手裡的襪子。

一會兒後，陸無硯仍在看書，沒有抬頭，卻忽然出聲。「選一種花。」

方瑾枝繡著襪子，隨口道：「芍藥。」

「嗯。」陸無硯應了聲，繼續看書。

直到暮靄四合，從窗外照進來的光弱了些，陸無硯才合起書，向後靠在椅背上，靜靜凝望坐在對面的方瑾枝。待天色暗下，才打破一片寧靜，輕聲道：「別繡了，小心傷眼。」

方瑾枝專注許久，猛地聽見聲音才吃一驚，抬頭看窗外。「居然都傍晚了呢。」

見陸無硯起身走來，她忙將手中的襪子藏在針線簍裡，打算等做好了再給陸無硯看。

那點小動作自然沒逃過陸無硯的眼睛。反正早晚會看見，便裝作沒看到，伸手拉起她。

「坐了一下午，出去走走。」

已經入了冬，但今年的冬天很暖，遲遲未曾下雪。臨出門時，方瑾枝本不打算穿得太厚，但陸無硯沒依她，硬是逼著她換上小絨襖，才握著她的手出去。

兩人進了梅林，但梅花還沒開，沒待一會兒，就往鯉池去。

經過垂花門時，方瑾枝看見陳氏和陸佳藝穿過前面迴廊，往另一個方向去，感覺好像……在躲著她。

方瑾枝望著她們走遠的背影，若有所思。自從陸無磯離開溫國公府後，陸家調動官兵也沒把他找回來，從此，陳氏和陸佳藝就有些躲著方瑾枝了。

陸無硯輕輕瞟方瑾枝一眼，隨即看透她的心思。只是他也不知陸無磯到底去了哪裡？

陸無硯和方瑾枝剛回到垂鞘院，入毒就匆匆過來了。

「何事？」陸無硯蹙眉。

入毒看看陸無硯的臉色，才道：「顧望死了。」

坐在高腳凳上餵魚的方瑾枝聞言，有些呆愣地回過頭，望向入毒。

自從知道靜憶是生母後，她已經很久沒去入樓，但顧望出事，非去一趟不可了。

此時，方瑾平與方瑾安坐在臺階上，望著對面小閣樓緊閉的門窗發呆，時不時對視一眼，又移開目光，臉色都有些不好，放在膝上的手也不安地攥著衣角。

不久，劉明恕從閣樓裡走出來。方瑾平和方瑾安急忙起身，拍拍塵土迎上去。

劉明恕能分辨出是她們腳步聲，立在一旁，微微側身讓開路。「去看看顧希吧。」

本來兩人還有很多話要問劉明恕，但聽他這麼說，顧不得問了，道聲謝，匆匆越過劉明恕，跑進小閣樓裡。

一進去，就聞到一股十分濃重的藥味。這處小閣樓是專為劉明恕改建的，除了劉明恕和幾個輔佐的大夫，其他人不許進。

方瑾平和方瑾安跑上樓，到門口時卻停下腳步，有些膽怯，對視一眼，才推門進去。這間屋子裡也充滿濃重藥味，還有……血腥味。屋子不小，陳設卻極為簡單，一桌一椅，並窗邊的一張簡單大床。此時窗戶關著，又垂下幔帳，屋裡有些暗。

兩個姑娘輕步走到床邊，方瑾平低喚一聲。「顧希……」

臉色蒼白的顧希緩慢地睜開眼，空洞的眼神望著屋頂好一會兒，才僵硬地轉過脖子，望向自己的左側。

那裡已經沒有顧望了。

他感覺，失去的好像不是他的弟弟，而是他身體的一半。

緊接著，他皺起眉。

「是不是傷口疼了？」方瑾平看看顧希的左臂，擔心地問。

他的左臂纏了很厚很厚的紗布，可即使如此，鮮血還是滲出來，染紅身下的床褥。豆大冷汗從他額頭泌出，他蜷縮起來，因為疼痛而顫抖。

「不然，去喊劉先生吧？」方瑾安不安地說。

方瑾平已經紅了眼睛，點點頭，剛要往外跑，就聽見顧希十分虛弱的聲音。

她們急忙湊過去，問：「顧希，你說什麼？」

「不用……劉先生說過……」顧希說不下去，急促地喘息兩聲，才道：「會疼……」

方瑾平和方瑾安茫然又無助地站在床邊望著顧希，直到他的疼痛緩些，靜靜躺平，才匆匆拿了帕子，幫他擦去額上冷汗。等他睡著了，才悄悄退出去。

兩個小姑娘想了想，去後院找劉明恕。

劉明恕坐在石桌旁，用玉杵將曬乾的藥草仔細磨成粉末。

這次動刀，過程險之又險，顧希能活下來，已經算是不小的驚喜了。

方瑾平與方瑾安站在後院門口，不敢過去。劉明恕性子冷，平時幾乎看不見笑容，所以她們有點怕他。猶豫一會兒，她們才小心翼翼地走到他身邊，卻不說話。

從她們到後院時，劉明恕就聽出來了。等了許久，沒等到她們的聲音，不得不先開口。

「有事？」

「有……」

「沒有……」向來心有靈犀的兩個小姑娘竟同時說出相反的回答。

劉明恕覺得有趣，便用略溫和的語氣道：「妳們想問什麼？顧希會怎麼樣？妳們什麼時候動刀？還是擔心妳們當中也有一個會步顧望後塵？」

「都、都想知道。」

劉明恕難得耐心地解釋。「顧希會活下去，只是他左臂至少要養一年才勉強能用。大概再過三個月，我會試著分開妳們。至於妳們會不會像顧希和顧望那樣只能活一個，還不能確定。」頓了下。「就算僥倖都活下來，也必有人是缺一臂的。」

「給姊姊！」

「給妹妹！」

兩個小姑娘幾乎是異口同聲。方瑾平和方瑾安的聲音極為相似，有時分不出是兩個人的聲音，一起說話時，甚至會誤以為是一個人。

劉明恕沈默片刻，才說：「這個不用爭，到時候會根據情況，看看更適合誰。」

其實，方瑾平和方瑾安共用的那條手臂是右臂，只能給方瑾平。就算姊妹並不計較這個，他還是決定暫時不要說出來。

兩人道了聲謝，沈默下來。

劉明恕沒再管她們，逕自磨著手下的藥草。

方瑾安悄悄看劉明恕一眼，盯著他的耳朵瞧。她曾聽方瑾枝說過，劉明恕的耳朵能聽出別人的表情，忽然很好奇，他現在能聽出她正仔細打量他嗎？

方瑾安想著，劉明恕忽然停下動作，虛無的目光掃向她。

方瑾安一驚，有些心虛地說：「我們能幫你嗎？」又加一句。「我們會做好的！」

「可以試試。」劉明恕說著，把手中的玉杵遞過去，教她們該怎麼把藥草磨碎。

方瑾平和方瑾安學得很認真，加上本來就十分聰慧，沒多久便學得差不多了。

劉明恕聽著她們磨藥的聲音，知道她們做得不錯，不由點點頭。

兩人剛把竹籃裡的藥草全磨完，就有小丫鬟來稟告，陸無硯和方瑾枝過來了。

方瑾平和方瑾安已經很久沒見到方瑾枝，急忙對劉明恕說一聲，小跑著去前院。

方瑾枝也很想念方瑾平和方瑾安。上次來入樓是得知身世那回，至今沒忘記那日的痛苦。只要想到，腦海中便不由浮起靜憶溫柔的樣子。那麼溫柔的人，竟是她的生母，還想要掐死她。

恨？不，方瑾枝一點都不恨，只是不願意想起，也不願意再見到她。

望著方瑾平和方瑾安，方瑾枝親暱地拉著她們說話，連一旁的陸無硯都顧不得了。

知道姊妹三個有很多話要說，陸無硯不打擾她們，而是去後院，向劉明恕請教顧希和顧望的事。

方瑾枝擔心顧望的死讓兩個妹妹害怕，才急匆匆趕來，想要寬慰她們。然而方瑾枝發現，妹妹們真的長大了，沒她意料中的害怕，會流下眼淚，是因為對顧望死去的傷心。

瞧著兩人並不恐懼的樣子，方瑾枝鬆口氣，但接著又開始緊張起來。

兩個妹妹不害怕，她害怕呀！無論方瑾平還是方瑾安，失去哪一個都不行！

方瑾枝斟酌言語，然後拉著兩個妹妹的手，十分鄭重地說：「顧希和顧望的結果，妳們也看見了，現在告訴姊姊，妳們……還想分開嗎？」

方瑾平跟方瑾安有些茫然地望著方瑾枝，一時之間沒有說話。

方瑾枝繼續說：「如果選擇分開，那麼……是有風險的，可能如顧希、顧望那樣，只能活一個……」說到這裡，濕了眼眶。「如果妳們選擇不分開，那姊姊會送妳們回花莊，或哥哥之前帶我們去的海島。」

兩個小姑娘猶豫，過了好一會兒，才小聲說：「我們聽姊姊的……」從小到大，她們總是那般乖巧，很多事情都聽從方瑾枝的意見。
方瑾枝想了想，緩緩搖頭，柔聲說：「別的事，姊姊都可以幫妳們拿主意，但這件不行。平平、安安已經長大了，要自己決定。」
望著兩個妹妹猶豫的樣子，方瑾枝明白，顧望的死怎麼可能會一點都沒影響到她們？遂輕輕嘆了口氣。「不急，妳們慢慢想，想好再告訴姊姊……」
方瑾平與方瑾安點點頭，抱住方瑾枝。
方瑾枝捨不得和兩個妹妹分開，陪著她們用晚膳，說了好久的話，才跟陸無硯回去。
若是平時，留宿一夜亦可，但明天是十五，陸無硯要去國召寺，得先回府準備。
第二天一早，陸無硯準備上國召寺，起得特別早。方瑾枝也想跟著起來，陸無硯卻把她按回被窩裡。
「天冷了，別起來。」
方瑾枝瞅著陸無硯更衣，盯著他穿上她做的襪子，才滿意地放人。
接著，她鑽回被子裡小瞇一會兒，才喊米寶兒、鹽寶兒進來伺候梳洗。
如今，陸佳萱馬上要出嫁，方瑾枝卻還沒幫她準備禮物，實在是事情太多，沒工夫親自繡東西，想了想，便從自己的庫裡給陸佳萱添了二十擔嫁妝。
二房幫陸佳萱準備的嫁妝才四十擔，再加上商鋪、田莊，方瑾枝送的的確是大禮。
消息傳出去，溫國公府裡不少人暗地羨慕，陸佳萱更是親自來垂鞘院道謝。姑嫂兩個說了一會兒閒話，方瑾枝留她用完午膳，陸佳萱才離開。

送走陸佳萱，方瑾枝剛想睡一會兒，米寶兒就把吳嬤嬤領過來了。

「三少奶奶吩咐的事，老奴終於打聽出來。」吳嬤嬤恭敬道：「榮國公府的小女兒林今謠，是林家唯一的嫡姑娘，身子又弱，自小被榮國公府的人捧在手心裡，視為掌上明珠。「後來，林今謠五歲時，被二少爺帶到假山上玩，卻摔下去，一頭栽進下面的蓮花池裡。救上來時，已經沒氣了。」

吳嬤嬤嘆息。「老太太和大夫人因此傷心欲絕，狠狠責罰二少爺，據說，二少爺被打得只剩半條命。但二少爺當時不過八歲，哪能看住孩子？可是，從那以後，大夫人就對他不聞不問了……」

原來林今謠是這麼去的。聽了吳嬤嬤的話，方瑾枝心裡有些悵然。她自小認識林今歌，知道他脾氣不好，那時林家要認下她，就數林今歌最不贊成，想必他也對妹妹的死自責了很多年吧……

喬氏和林今歌之間的隔閡已經很久，並非輕易能解，但他們畢竟是母子，方瑾枝相信，兩人心裡都十分在意對方，只不過有道溝橫在那裡，沒有跨過去。

方瑾枝想幫忙，讓他們母子可以和好如初。更何況，陸佳萱馬上就要嫁過去，若喬氏還是處處冷著林今歌，難免影響陸佳萱，那就不好了。

沒過幾天，就到了陸佳萱出嫁的日子。

一早，方瑾枝就去了她的小院，瞧著她穿上嫁衣，著實驚豔。披上嫁衣，才是一個女人最美的樣子，這話著實不假。

可方瑾枝沒穿過嫁衣。那件嫁衣，還是陸芷蓉留給她的，為了大婚那日能穿上最美的嫁衣嫁給陸無硯，她提前一個多月開始親自修改。可是，沒機會穿上……

方瑾枝說了幾句恭喜的話，在吉時之前，坐上去榮國公府的馬車。

榮國公府的筵席自不必說，熱熱鬧鬧，彩燈和窗戶上處處貼著大紅剪紙，全是「闔家歡」、「觀音送子」、「鸞鳳鵲喜」的圖案。

方瑾枝見狀，心裡略寬慰些。無論是喬氏臉上的喜色，還是整個婚禮的隆重，都是真的。看來喬氏還是很在意林今歌，只是冷他冷習慣了。

據說，當初她和陸無硯的大婚比這隆重好些呢！可惜，她沒趕上自己的婚禮。

不久，鞭炮並鑼鼓的聲音響起，花轎到了。

方瑾枝隨著兩個嫂嫂張望，瞧見一身紅衣的陸佳萱被全福人從花轎裡扶下來。

林今歌迎上去，臉上掛滿笑意。

方瑾枝的臉上也漾出祝福的笑容。

榮國公府辦喜事，陸無硯並沒有來，此時他正在入樓等人。

一陣匆忙的腳步聲響起，來自出樓、一身玄衣的宋辭趕到門口，輕叩兩下門。

「進。」

宋辭走進屋裡，看見陸無硯立於窗前。

「如何？」陸無硯未轉過身。

「回少爺的話，楚行仄現在在浦昌山一帶，由於他十分狡猾，行蹤幾變，人在何處，尚未得知。」宋辭見陸無硯並沒有指責，繼續說下去。「至於這次暗中幫忙劫走楚行仄的官員名單，已經整理出來了。」宋辭上前兩步，把摺好的單子放在陸無硯身前的桌子上。

陸無硯這才轉身，拿起名單匆匆掃了一眼。「倒是不枉故意放走他。」

陸無硯這麼說，已算是嘉獎，宋辭鬆口氣，又問：「楚行仄已經身負重傷，需要現在調人去搜，一網打盡嗎？」

「不用，先留著他的性命。」陸無硯沈思一會兒，忽然問：「楚行仄被劫走那日，真的沒有見到方宗恪？」

「沒有。」宋辭十分堅定地搖頭。「屬下按照您的吩咐，若是見到他，就偷偷放他走，可是的確沒見到方宗恪。」

陸無硯默了默，才道：「罷了。」

宋辭正要退下，卻被陸無硯攔住，帶著他去入樓後院，遠遠看著正在掃院子的顧希。

顧希的左臂還是會讓他痛不欲生，可是他不願一直躺在床上，時常吊著一條胳膊，做些類似掃掃院子的雜事。

陸無硯走過去，問顧希。「日後，你可有別的打算？」

顧希停下手，望著陸無硯。「只願為您做事。」

經歷過動刀與顧望辭世，他沈穩許多，完全看不出十五歲孩子的稚嫩。

陸無硯點點頭。「你跟著宋辭去吧，他會帶你去出樓。」

陸無硯回去後，方瑾枝已經先從榮國公府回來，像隻大貓一樣窩在藤椅裡，正在一件雪白寢衣的衣襟處繡花紋。可是她手裡握的針已經許久未動，目光也有些虛無，又走神了。

陸無硯走過去，微微彎腰瞧著她手裡的繡活。「又是給我做的？」

方瑾枝這才回神。「怎麼又嚇人！」話一出口，自己先不好意思起來。看看許久未落下的針，分明是她自己走神，怎能賴陸無硯嚇唬她。

「你用過晚膳沒有？我去……」方瑾枝拿開放在腿上的寢衣，想起身，卻愣在原地。衣服沒拿起來……

陸無硯見狀，詫異地掀開被她抱著的寢衣，這才發現，她把寢衣縫到身上的裙子。

方瑾枝在他笑出來前，瞪大眼警告。「要是讓我看見你嘲笑我，再不幫你做衣服了！」

陸無硯迅速轉身，然後方瑾枝看見他的雙肩微微顫動，分明是背對著她偷笑！

「哼，不給你吃晚膳，餓死算啦……」

方瑾枝一邊嘟囔，一邊去偏房換裙子了。

第五十六章

很快到了方瑾枝及笄之日。

陸無硯還沒醒，卻感覺身邊的方瑾枝動來動去，一會兒扯他衣服，一會兒趴到他身上。他實在沒法子了，翻身把她壓在身下，伸手去解她的衣服。

「不行！」方瑾枝用力地按住他的手，阻止他圖謀不軌。

「那妳把我吵醒是想做什麼？」陸無硯尚未睜開眼睛，語氣懶洋洋的。

身下的人沒說話，又不安分地動了動。

陸無硯這才睜開眼，看見方瑾枝嘟著嘴，鼓起兩腮，唇角那對梨渦都被她撐平了。她每次露出這種表情時，都是有哪裡不滿意了，還是十分不滿意的那一種。

「誰惹妳不高興了？」

「你！」方瑾枝語氣堅決。

陸無硯打個哈欠，湊過去，在方瑾枝的額頭輕輕親了下，然後翻過身躺在她身側。「等我睡醒了再說。」

「不成！」方瑾枝坐起身，使勁搖陸無硯，又用手指去撥陸無硯的眼皮。「天都亮了，不許再賴床，起來！」

陸無硯指了指自己的臉。

方瑾枝疑惑地想了一會兒，才想明白他是什麼意思，心不甘、情不願地彎下腰，在陸無硯的臉頰上似小雞啄米一樣親了下。

「這下可以起來了吧！」

「才一下啊……」陸無硯拉長語氣。

「算了，你繼續睡吧。」方瑾枝不高興地嘟囔，下了床。爬過陸無硯時，還故意使勁壓他一下洩憤。

方瑾枝坐在妝檯前梳頭髮，望著銅鏡中的自己，又回頭看床上的陸無硯，見他還不起來，遂轉過身，越發用力地梳頭，小聲念叨：「果然成親後就變了……」

床上的人還是沒反應，方瑾枝繼續嘟囔：「古人誠不欺我！」

陸無硯忍不住笑出聲。「什麼古人？妳又在哪本小雜書裡看的？」終於起床了，未穿鞋襪，赤著腳走在雪白的兔絨毯上。

銅鏡中映出陸無硯的身影，方瑾枝道：「小雜書怎麼了？小雜書也是人寫的。寫的人死了，怎麼就不是古人了？」

「是是是。」陸無硯拖來鼓凳，在方瑾枝身邊坐下，又從她手裡拿過木梳，為她梳髮。

方瑾枝的髮絲很柔軟，和小時候並沒有太多差別。當初陸無硯以為她年紀小，才會有那麼軟的頭髮，不想長大了依然這麼柔軟，黑色長髮拂過他的掌心，滑如錦緞。

陸無硯一邊幫她梳頭，一邊柔聲說：「我知道，沒忘。」

方瑾枝鼓起的兩腮瞬間癟回去，又露出那對小小梨渦，偏頭望著陸無硯。「真的？」

「為夫若敢忘了夫人的生辰，哪還能有好日子過？再說，今日還是妳十五歲的生辰，及笄的日子。」

大遼女子十五及笄，但方瑾枝已經嫁給陸無硯，所以不能像別的姑娘那樣舉辦及笄禮。

方瑾枝嘴角略帶了笑意，把小小的手掌攤開，伸到陸無硯面前。

這是要禮物呢！

望著方瑾枝伸到眼前的小手，陸無硯臉上的表情不由有點尷尬。

方瑾枝緊緊皺眉。「你該不會只記得今日是我生辰，卻忘了準備禮物吧？」

陸無硯沈吟一會兒，才說：「自然準備了，但這禮物不是很好，或許妳不會喜歡。」

「那給我呀！你不給我，怎麼知道我喜不喜歡？」方瑾枝伸出的手指都快戳到陸無硯的鼻尖了。

陸無硯猶豫，才放下手中的梳子，起身走到對面牆前的架子前，從小抽屜裡翻出嵌紅寶石的鎏金紫檀木錦盒。

方瑾枝拉長脖子，眼巴巴地瞅著他，目光隨著陸無硯手中的錦盒移動。等陸無硯回到她身邊坐下時，直接從他手裡搶過錦盒。

她打開錦盒，表情僵了片刻，盒裡裝著一支普普通通的白玉簪。

方瑾枝把錦盒放在一旁，仔細瞧著那支簪子。方家本就經營各種玉石、首飾的生意，她還是懂不少。簪子通體雪白，一眼就能認出是最上等的白玉，卻只雕著一朵看不出是什麼的花，簪柄也不夠精緻，這匠師的水準太差了！首飾一看質地，二看匠師水準，這簪子一看就是新手做的，簡直浪費玉石！

她剛想說話，一抬頭，就看見陸無硯黑了臉。怔了怔，重新打量手裡的簪子，莫非……

「咳咳……」方瑾枝把要脫口而出的話嚥回去，改口道：「真好看！一看質地，就是從整塊上好玉石裡挑了成色最好的部分。這……這匠師的手工也好，看這朵牡丹雕得多美，活靈活現的，放到外面，說不定還會引蝴蝶呢！」

陸無硯盯著她好一會兒，才道：「那不是牡丹。」

「哦……」方瑾枝又仔細瞧了瞧。「瞧我這眼力，分明是月季嘛！」

「……那是芍藥。」陸無硯終於忍不住揭開謎底。

方瑾枝忽然想起，之前有一日，陸無硯好像讓她選一種花，她隨口說了芍藥。要是知道陸無硯打算雕玉簪，她一定說些簡單的花。

「不想要就算了。」陸無硯作勢從方瑾枝手裡搶過簪子。

「我要的！」方瑾枝急忙把東西藏到身後，好好護著，不肯被陸無硯搶走。

她抿著唇笑。「白比我長了歲歲，不，白活了兩輩子，真像賭氣的小孩！」把玉簪捧到眼前摸了又摸，愛不釋手。

「我欠妳一個及笄禮，只好賠妳。」陸無硯起身，立在方瑾枝身後，準備將她的長髮綰起來。

方瑾枝有些驚訝地從銅鏡裡望著身後的陸無硯。「你當真會盤髮？」

陸無硯睨她一眼。「要不要這麼小瞧我？」

他垂下眼，將方瑾枝的長髮握在掌心，修長白皙的十指在黑色髮間舞動，靈巧地將長髮盤起來。

「這樣也好，妳的正賓、有司和贊者，都是我。」

方瑾枝望見陸無硯垂眸專注的樣子，心裡輕顫，忍不住脫口而出。「好看。」

「我可仔細學過的。」陸無硯微微彎腰，從方瑾枝手裡拿過那支白玉芍藥簪，插在她的髮髻間。

方瑾枝低頭，臉頰上不由飄出一抹淡淡紅暈。她說的不是髮髻，是陸無硯……

陸無硯吩咐入茶打熱水進來，親自替方瑾枝淨面。擰了擰帕子，皺著眉問：「順序是不是錯了？應該先淨面，後盤髮？」

方瑾枝笑著搖頭。「你的順序，就是對的順序！」

這個回答讓陸無硯滿意，拉著方瑾枝回到妝檯前，親自幫她上妝。

看著陸無硯仔細挑選的樣子，方瑾枝大感驚奇。他不是最討厭胭脂水粉的香味嗎？

方瑾枝氣色好，皮膚更是吹彈可破，所以平時幾乎不會塗抹胭脂水粉，有一小部分的原因，是她知道陸無硯討厭這個氣味。

「別躲。」陸無硯嫌棄地看著手中胭脂，仔細為她塗抹，又畫了眉、塗上淺紅唇脂。

妝畢，方瑾枝趁著陸無硯去洗手的工夫，急忙瞅向銅鏡，不由鬆了口氣。還以為陸無硯會將她的臉弄得亂七八糟，沒想到成果還算尚可，忍不住笑了起來。

之前，孫氏問過方瑾枝要不要辦生辰宴，但她用陸無硯不喜熱鬧的藉口推辭了。

陸無硯不喜歡熱鬧，她也不喜歡，打算去入樓找兩個妹妹一起過。

但她只能下午去。雖然不辦生辰宴，送禮的人卻不少，得應付大半日。

每個見到方瑾枝髮間的簪子的人都覺得奇怪，但沒問出口。方瑾枝瞧出他們詫異的目光，不打算解釋。

今方瑾枝意外的是，陸佳茵今日居然回府了，還是一個人。

丫鬟夭夭悄悄說：「奴婢聽三房的小丫鬟說，六姑娘的眼睛都哭腫了。」

方瑾枝眼前不由浮現陸佳蒲尋死後的蒼白臉色，眸光一閃，直覺告訴她，陸佳茵嫁給秦錦峰後，一定過得不好，她想去看看。

方瑾枝料想得不錯，她帶著鹽寶兒進姚氏屋裡時，就看見陸佳茵伏在姚氏的膝上哭。

「聽說六妹妹過來了，許久不見，就來瞧瞧。」方瑾枝臉上帶著笑。

如今姚氏哪敢再怠慢方瑾枝，忙吩咐下人搬椅子給方瑾枝坐，又推起陸佳茵，微微蹙眉輕斥她。「瞧妳這沒規矩的樣子，還不快把眼淚收了，跟妳三嫂問好。」

陸佳茵古怪地看方瑾枝一眼，用帕子狠狠抹了眼淚，沒好氣地說：「表妹也過來了。」

姚氏聽陸佳茵喊方瑾枝表妹，而不是三嫂，大感頭疼。如今的方瑾枝早已不是當初那個沒地位的表姑娘，擔心女兒吃虧，忙吩咐身邊的大丫鬟。「還不把姑娘扶進偏屋洗把臉。」

「為什麼趕我走？」陸佳茵十分生氣。「女兒回來看您，您竟然因為她來了就讓我迴避！」手直指方瑾枝。

方瑾枝笑著。陸佳茵這性子完全沒改啊，她已經能料想她在秦家過的是什麼日子。以前還可以說年紀小，又被母親嬌養，但她已嫁為人婦，實在蠢得有點不可思議。

姚氏何嘗不是恨鐵不成鋼？滿屋子下人恐怕都明白她是不希望陸佳茵和方瑾枝吵架，偏偏陸佳茵看不出來！她壓抑著胸口那團火氣，耐著性子說：「母親的意思是，讓妳先去洗把臉，再出來和妳三嫂說話。」

陸佳茵狐疑地看看姚氏，又看看方瑾枝，才不情不願地起身去偏屋。

等她走了，姚氏才陪著笑，對方瑾枝說：「妳別介意，佳茵這性子……」沒臉說下去。

方瑾枝笑了笑。「無妨，都是自小一起長大的，我自然知道佳茵的性子。我過來是因為許久未見六妹，來瞧一眼，也是謝謝您送去的禮物，實在太貴重了。」

「這是哪裡的話，妳的十五歲生辰，當然要送好一點的東西。那套紅瑪瑙擺件還是我當初出嫁時帶來的嫁妝呢。」

方瑾枝有些驚訝。「我倒是不知……」

「什麼?!」陸佳茵從偏屋裡衝出來。「母親，您怎麼能把那套紅瑪瑙擺件給了方瑾枝？那可是您的嫁妝裡最喜歡的一件，當初我跟您要，您都沒給呢！」

陸佳茵又瞪著方瑾枝，自以為是地說：「哦，我知道了，妳這是故意戴著破簪子哭窮，趁著過生辰四處要錢呢？還是真窮了，窮到得靠人接濟？」

方瑾枝過來，的確是懷著看陸佳茵笑話的心思，但聽了這話，卻震驚得不知說什麼好？這麼多年來，即使她尚未奪回方家家產時，也從未缺過錢財，在溫國公府裡一直出手闊綽，第一回被別人說她窮到需要讓人接濟，不由伸手摸摸髮間的白玉芍藥簪。

姚氏深吸一口氣，再十分緩慢地將氣呼出來，才能壓下心裡的怒火。她到底做了什麼孽，怎能生出這麼個女兒來！她自認不是聰明絕頂，可也不算蠢笨，大女兒陸佳蒲更是……

一想到陸佳蒲，姚氏心裡一抽一抽地疼。當初怎麼就瞎了眼，為了陸佳茵這個孩子，傷了陸佳蒲？遂低著頭，拿出帕子擦眼淚。

見姚氏竟然哭了，陸佳茵愣住，從沒見過她落淚，有點心虛地說：「您哭什麼呀？我受了這麼多委屈，哭哭就算了，您也哭是……」

姚氏更氣，直接揮落身側小桌上的茶具，一整套上好水裂紋茶具摔個粉粹。

她望著滿地碎片，驚覺自己衝動，這套茶具是陸佳蒲送她的……很快，自責變成憤怒，胸口起伏，指著陸佳茵，氣沖沖地說：「這次回來若只是為了氣我，就趕緊回秦家吧！」

「母親，您一向最疼我，這個時候不能趕我回去，得給我作主啊！要是您不替我作主，秦錦峰的妾就要抬進門了！」陸佳茵急得直跺腳。這次回來，就是為了讓陸家給她撐腰。

「不就是個妾，也值得妳鬧！」姚氏氣得直拍桌子。「哪個男人沒有三妻四妾？更何況他要抬的還是貴妾，是頂頭上司送給他的，涉及官場仕途，哪能容妳隨便使性子！」

陸佳茵一邊哭，一邊說：「父親那麼多個妾，您心裡不舒服，應該明白這種滋味啊！難道您不盼著女兒過得好嗎？」

方瑾枝隱約聽明白了，看來她所料不錯，陸佳茵這個人根本不用對付，就算把全天下最好的東西都給她，也能被她全部敗光。

方瑾枝不願再待下去，笑著起身。「看來我來得不是時候，就不耽誤妳們說話了。」

「哼。」陸佳茵小聲嘟囔：「裝什麼裝……」

方瑾枝眉眼含笑，權當沒聽見。

姚氏懶得再幫小女兒找臺階下，和方瑾枝客套兩句，親自把她送到門口。

方瑾枝出了屋，還能聽見陸佳茵對姚氏抱怨。「還有秦雨楠那個死丫頭，整日挑撥離間，秦錦峰那個傻的，每次都幫她。兄妹倆好得不像話，誰知道有沒有些骯髒的關——」

啪！一個響亮的巴掌打斷了她的話。

方瑾枝走遠，聽不見餘下的話，而她也不想聽。秦雨楠那孩子，今年應該還不到十歲吧，陸佳茵真是什麼都能說得出來……

方瑾枝步出院子，發現下雪了。細小雪粒落下，今年的冬天不大冷，雪也比往年少。

她回到垂鞘院時，陸無硯已經在等著她了。

方瑾枝匆匆回屋，換了身棠梨色配鸚羽綠的襖裙，披上雪青色的柔軟斗篷，對著銅鏡轉圈，覺得滿意了，才下樓去找陸無硯。

陸無硯見到方瑾枝，溫柔地幫她戴好兜帽，以免弄亂了她盤起的髮。

「走吧，馬車都備好了。」

「好。」方瑾枝彎起一雙眼睛，挽住他的手。

方瑾平和方瑾安在廚房裡折騰一天，擺上一桌佳餚。她們格外看重方瑾枝的這個生日，卯足了勁想幫她慶祝。

兩個小姑娘因為身體相連的緣故，衣服總是特製的，所以穿戴一向十分簡單。今天難得精心打扮，身上是粉白相間的襖裙，髮間配著紅翡翠首飾，顯得格外可愛。

方瑾枝仔細打量，驚覺這一打扮，妹妹們真成了大姑娘。在大遼，姑娘家十三歲就能議親，可她們……

「姊姊先吃這個。」方瑾平將一碗長壽麵推到方瑾枝面前。

方瑾安遞上筷子。「吃了長壽麵，姊姊就會長命百歲。」

「好！」方瑾枝笑著大口吃妹妹們為她做的長壽麵，好似這是她吃過最好吃的東西。

方瑾平見狀，忙道：「姊姊別只吃麵呀！第一口吃麵，意思意思就行，留著肚子吃別的。喏，姊姊嚐嚐這松鼠魚，雕刀時，我差點切了手呢。」

方瑾安也說：「還有這個奶汁魚片，也好吃呢！我剛剛偷嚐了一口，姊姊包準喜歡！」

「好好好，只要妳們做的，姊姊都喜歡……」方瑾枝笑彎眉眼，吃了許多菜餚。

陸無硯靜默坐在一旁，凝視著方瑾枝，看她開心，嘴角便帶了幾分笑。不過他不與人同食的習慣並沒有變，即使是方瑾枝的妹妹，他也不吃。

方瑾枝知道，也不勉強他。

陸無硯坐了一會兒，就起身去出樓，答應晚一點再來接方瑾枝。

等陸無硯走了，方瑾枝放下手中筷子，看著方瑾平和方瑾安，問道：「妳們是不是有話要跟姊姊說？分開的事，妳們已經有了決定？」

方瑾平和方瑾安對視一眼，才對方瑾枝點點頭。

方瑾枝心裡忽然收緊，莫名有些緊張地望著兩個妹妹。

「我們想要試一試！」完全一樣的聲音同時說出口，語氣中帶著濃濃的堅定。

方瑾枝攥住手中的帕子。「當真想清楚了？顧希和顧望的結果，妳們也看到了，姊姊實在不希望妳們出事。」

「可是，我們不想一直過著躲躲藏藏的生活……」

方瑾枝聞言，不由黯然。無論是讓兩個妹妹搬去海島或花莊，都是將她們永遠隱在暗處，實在不公。

可是想到顧望的死、顧希的痛，她心裡就是一抽一抽地疼。她真的很擔心兩個妹妹出事，捨不得任何一個離開。之前她向劉明恕打聽過，知道想保住兩個很困難，需要運氣，頓時掙扎不已。

見狀，方瑾平和方瑾安慌了，忙道：「今天是姊姊的生辰，咱們不說這個了。」

方瑾枝收起心裡的難過，勉強笑了笑，凝視著兩個妹妹。「姊姊之前已經說過，這件事由妳們自己選擇，姊姊不會干涉。只是決定之前，妳們一定要想清楚。」

方瑾平與方瑾安不由垂下頭，小聲說：「劉先生與我們說過有多危險了。」

方瑾枝恍然。劉明恕不會哄騙人，想來早就把最壞的結果告訴她們。嘆口氣，笑著說：「好，姊姊知道了。咱們平平、安安一定會順利分開的。」

方瑾平跟方瑾安聽了，忽然欲言又止。

「怎麼了？」方瑾枝有些詫異地望著她們。

方瑾平小聲說：「平平不大好聽。」

方瑾安也小聲道：「我們都長大了……」

方瑾枝愣住，一時沒弄明白兩個妹妹話中的意思。

方瑾平抬頭望向方瑾枝。「姊姊，妳是不是忘了我們的名字？」

方瑾安又說：「我覺得瑾安比安安好聽……」

「是，姊姊叫錯了，以後改回來。瑾平，瑾安。」

方瑾枝笑著，各挾一塊金絲酥雀給她們，又重新打量她們今日的穿戴。又是對名字不滿意，又是突然下定決心要分開，似乎明白了什麼。

兩個妹妹真的長大，還有了別的心思……但她忍不住又擔心起來。她們自小就被她護在身後，心思不是一般的單純……

方瑾枝正擔心著兩個妹妹，有侍女匆匆上樓，稟告葉蕭來了，要找方瑾枝。

葉蕭早就見過方瑾平和方瑾安，方瑾枝也不想單獨見他，就讓侍女直接把人請上來。

葉蕭上樓，先祝賀了方瑾枝的生辰，才有些吞吞吐吐地說明來意——靜憶病了。

葉蕭絮絮說她的病況，方瑾枝含笑聽著，等他說完，才開口道：「我不去。」

葉蕭嘆氣。「妳還是怪她……」

方瑾枝收起笑容，反問他。「葉先生，您說她是無辜的，那我就不無辜嗎？上一輩的事情，與我何干？」

說著，她垂眸掩去眼裡的一抹難受，才重新看向葉蕭。「葉先生，如果我沒猜錯的話，是您擅作主張來找我，或是靜思師太讓您過來，並不是她的意思。」

「妳怎麼知道？」葉蕭有些驚訝。

方瑾枝苦笑。「因為我是她的污點，是她的痛苦。她之所以念著我，是源於親手掐死女兒的懺悔，被良心譴責，想要得到寬恕，而非源於一個母親對女兒的關愛、想念。」

葉蕭聞言，腦海中不由浮現靜憶蒼白的臉色，還想勸：「身體髮膚受之父母，她畢竟是妳的生母……」

「是，血緣斷不了，可是那又怎麼樣呢？」方瑾枝更加堅定。「養恩大於生恩、情義大於生恩。我的母親是已故的陸芷蓉，是榮國公府的大夫人，是我夫君的母親楚映司。她們任何一個人，都比她更值得我喊一聲『母親』。」

葉蕭聽了，長長地嘆口氣。「對不起，是我冒失了。不打擾妳們姊妹小聚，告辭。」

葉蕭起身，轉頭看見陸無硯已站在門口，不知站了多久？

陸無硯的臉上沒什麼表情，卻讓葉蕭呆愣，知道他是真的生氣了。

葉蕭還未開口，陸無硯便道：「不送。」

葉蕭啞然，只好拱手，從他身邊走出去。

陸無硯這才望向方瑾枝，道：「我在樓上寢屋裡等妳。和妹妹們說完話，準備回去了，就去喊我。」

「好。」方瑾枝偷偷觀察陸無硯的臉色，答應下來。

陸無硯出去後，方瑾枝又拉著兩個妹妹說了好一會兒的話，直到天黑，才跟她們告別。

方瑾枝上樓去喊陸無硯，進了寢屋，繞過游魚繡屏走到床邊，發現陸無硯合眼側躺著，不知是不是睡著了？遂踮腳湊近，在他面前蹲下，仔細盯著他的臉。

陸無硯忽然睜開眼睛，方瑾枝嚇了一大跳，身子後仰，差點跌坐在地。

陸無硯忙探手，在她摔倒之前扶住她，微微用力，把她拉到床上。

「膽子這麼小。」陸無硯忍不住笑話她。

「不是你故意嚇唬我嗎？」方瑾枝仰頭，用懷疑的目光瞪著陸無硯。

「我嚇唬妳做什麼？」陸無硯將方瑾枝當成軟枕一樣抱在懷裡。「歇一會兒再走。」

方瑾枝不大情願地扭扭身子，埋怨道：「你抱得這麼緊做什麼？裙子要壓出褶痕啦！」

陸無硯沒應，重新閉上眼，臉上帶了倦意。

方瑾枝仰頭看陸無硯，瞧他如此模樣，便乖下來，靜靜凝視他，恨不得將他的每根睫毛都數清楚。

其實她並不恨靜憶。不是因為她是生母而選擇原諒，而是不覺得有恨她的必要。

恨一個人太累了，她不想為了不值得的人耗費精力。過得輕輕鬆鬆、無憂無慮，不是很好嗎？她與靜憶之間，餘生不必再相見，便是很好的結果了。

她還記得陸無硯跟她說過的，那匪夷所思的前世，但不想管，只知道珍惜眼下。

那些事，她依然搞不清楚，但是她明白，陸無硯心裡介意。

那麼，她就斬斷和那些人的聯繫。

但凡是陸無硯討厭的人，她便遠離；但凡陸無硯擔心她接觸的人，她便不再相見，斬斷陸無硯所有的顧慮。

她能為陸無硯做的事不多，卻也會用她的方式竭盡全力。

至於父母……今日她對葉蕭說的，也是真心話。她真不認為想掐死她的生母是親人，在她眼裡，親人不以血緣論，她只有四個親人——陸無硯、方宗恪，還有兩個妹妹。

一會兒後，陸無硯醒了，道：「咱們回去吧。」

方瑾枝對他甜甜地笑了笑，挽起他的手。

回去的車裡，方瑾枝如往常那般和陸無硯說笑，好像把剛才的事都忘了一樣。

馬車到了溫國公府，陸無硯幫方瑾枝戴好斗篷後面的兜帽，才跳下馬車，朝她伸出手。

「來，下車。」

外面正在下雪，紛紛揚揚的雪花落在陸無硯的肩頭。方瑾枝微笑著被他扶下來。

風雪有點大，陸無硯把她攬在懷裡，護著她往前走。

方瑾枝伸手，微微掀起兜帽，想幫忙看路。

陸無硯卻低眸看她，輕聲說：「有我呢，妳不用看路，別被風雪吹了臉。」隨即不由分說地將她頭上的兜帽拉下來。

方瑾枝微微笑了。縱使風雪再大，縱使前路漫長，只要陸無硯在身邊，便無所畏懼。

回到垂鞘院後，陸無硯脫下方瑾枝身上的斗篷，讓方瑾枝轉圈，見她身上除了鞋子外，其餘地方都沒沾上雪才滿意地將她往屋子裡推。

「太冷了，去烤烤火。」

「知道啦！」方瑾枝應著，進去了。

接著，陸無硯順手將身上價值不菲的大氅扔了，直接去淨室。

見陸無硯離開，灼灼才過來稟告：「三少奶奶，今日有從驛站送來的信。」

方瑾枝有些驚訝。誰會給她寫信？忙讓她取信，拆開來看。

是方宗恪寄的，內容很簡單，先是為方瑾枝的十五歲生辰獻上祝福，然後說他已經離開楚行仄，四海為家，看了很多風景，再講兩、三件他遇見的趣事。

一會兒後，陸無硯進來，看見方瑾枝窩在藤椅裡睡著了，嘴角還掛著笑容，十分開心、滿足的樣子。

他走過去，將落在她腳邊的信撿起來，一目十行掃過，不由皺眉。

之前他在楚行仄被押回天牢途中故意放走他，為的是誘出那些暗地裡幫助楚行仄的官員。當日，他故意吩咐宋辭注意方宗恪，若是看見，留他一命，不想方宗恪並沒有出現。

方宗恪真的已經離開了楚行仄？陸無硯覺得，以他兩輩子對他的了解，這人偏執得可怕，實在不像說放下就能放下的人。

陸無硯搖搖頭。算了，暫時不管他吧。

——未完，待續，請看文創風613《瑾有獨鍾》3

江山如畫 不及美人／半卷青箋

2018年2月出版

瑾有獨鍾

花有謝期，但她回眸一笑的身影卻烙在他心底。
再見惦念一世的女人，怎能放手？

文創風 611 1

身為皇族，陸無硯明白，捍衛大遼乃天生使命，
但帝王孤獨，前世收服四邦，卻讓他失去摯愛，心碎而亡。
幸虧神垂憐，再睜眼時，讓他回到與方瑾枝初識那年——
江山似畫，哪及她聲聲喚他三哥哥的模樣？
有緣無分的痛，經歷一次足矣。
這次，換他守護她，至死方休！

文創風 612 2

他是她心中最重要的人，因他歡喜，陪他苦惱。
她決定做他的妻，有陸無硯的地方，才是她的家，
誓言只有一句——生不能同時，死必同期！
剛許下相伴相隨、不離不棄的承諾，卻意外發現——
原來一切阻礙及殺戮，皆因她的驚天身世而起；
原來情有獨鍾是對彼此的懲罰，她是否應該為他放手……

文創風 613 3

歷經兩世風雨，陸無硯深覺幸福不易，只想牽著妻子一起走，
如今她懷著小無硯，怎能不恪盡夫責，給他們平安的天下？
依據前世記憶，大遼與四邦交戰在即，他運籌帷幄，唯願功成，
孰料一場宮宴卻讓愛妻踢翻醋桶，讓他好生無奈。
征戰四方他無懼，怕的卻是她的傷心和委屈，
唉，她的夫君，只有她能保護，唯有她能欺負啊……

文創風 614 4 完

遇見陸無硯，方瑾枝才知曉，原來有一種感情，叫生死相依。
她習慣棲息在他的羽翼下，卻非嬌養的姑娘，
一擲千金、散盡家財只為養兵，陪他守護這片國土。
大遼關鍵之戰逼至眼前，她知他肩負皇室使命，勢在必行，
好吧，與其牽腸掛肚，不如和他共赴生死！
有道是夫君有難，妻子同當嘛～～

風 文創
612

瑾有獨鍾 2

國家圖書館出版品預行編目資料

瑾有獨鍾 / 半卷青箋著. --
初版. -- 臺北市 : 狗屋, 2018.02-
冊 ; 公分. --（文創風）
ISBN 978-986-328-833-6（第2冊：平裝）. --

857.7　　106023734

著作者	半卷青箋
編輯	安愉
校對	黃亭蓁　簡郁珊
發行所	狗屋出版社有限公司
地址	台北市104中山區龍江路71巷15號1樓
電話	02-2776-5889～0
發行字號	局版台業字845號
法律顧問	蕭雄淋律師
總經銷	知遠文化事業有限公司
電話	02-2664-8800
初版	2018年2月
國際書碼	ISBN-13　978-986-328-833-6

本著作物由北京晉江原創網絡科技有限公司授權出版

定價250元

狗屋劃撥帳號：19001626

網址：love.doghouse.com.tw　E-mail：love@doghouse.com.tw